华章
传奇派

品味无限不循环的人生

飞刀

我在小城当医生

刘三叔 著

重庆出版集团 重庆出版社

图书在版编目（CIP）数据

飞刀：我在小城当医生 / 刘三叔著 . —重庆：重庆出版社，2020.12
ISBN 978-7-229-15430-1

Ⅰ.①飞… Ⅱ.①刘… Ⅲ.①长篇小说—中国—当代 Ⅳ.①I247.5

中国版本图书馆CIP数据核字（2020）第227969号

飞刀：我在小城当医生
刘三叔 著

出　　品：	华章同人
出版监制：	徐宪江　秦　琥
责任编辑：	王昌凤
责任印制：	杨　宁
营销编辑：	史青苗　刘晓艳
封面设计：	八　牛

重庆出版集团
重庆出版社　出版
（重庆市南岸区南滨路162号1幢）

投稿邮箱：bjhztr@vip.163.com

北京温林源印刷有限公司　印刷
重庆出版集团图书发行有限公司　发行
邮购电话：010-85869375/76转810

重庆出版社天猫旗舰店
cqcbs.tmall.com

全国新华书店经销

开本：880mm×1230mm　1/32　印张：9.625　字数：190千
2021年3月第1版　2021年3月第1次印刷
定价：42.00元

如有印装质量问题，请致电023-61520678

版权所有，侵权必究

目 录

第 一 章　抚城这座城 / 001

第 二 章　脑动脉瘤手术 / 012

第 三 章　出事 / 024

第 四 章　急诊科 / 041

第 五 章　艾三 / 056

第 六 章　颅脑感染 / 070

第 七 章　结石 / 081

第 八 章　不签字的女儿 / 096

第 九 章　被家暴的人 / 108

第 十 章　不折腾 / 125

第十一章　善意的谎言不是谎言 / 137

第十二章　打断骨头连着筋的爱情 / 156

第十三章　头孢大战千台春 / 167

第十四章　颈椎病 / 179

第十五章　想离开的陈阿南 / 197

第十六章　中关村创业者 / 210

第十七章　送终 / 225

第十八章　农民工的峰回路转 / 239

第十九章　鬼门关 / 261

第二十章　去武汉 / 291

第一章
抚城这座城

抚城离辽宁省省会沈阳四十多公里,就跟绍兴与杭州的距离一样。绍兴自古出师爷、出秀才,比如东晋时"群贤毕至,少长咸集",到绍兴兰亭搞了个聚会,大家写写文章侃一侃,很有风雅气质。再被王羲之写成字帖,这就是文化记忆了。

抚城不一样,抚城是个练胆的地方。哪个哥们儿事业发展不如意了,就来抚城逛逛,成了就是不世之功,败了就留在这走不了了。

第一个来练胆的是唐太宗李世民。《永乐大典》里说,薛仁贵嫌走盘锦湿地征辽东这条路太泥泞,就准备从秦皇岛上船,直接渡海到营口登陆。李世民晕船,薛仁贵就把他骗到装点得像楼阁模样的船上灌醉,等他酒醒了,人都在渤海上了。这事后来整出了一个成语,叫"瞒天过海"。

第二个来练胆的是徐茂公,即徐世勣,李世民给他改名叫李勣,就是《隋唐演义》里瓦岗寨的那位。在抚城高尔山城下,他白袍白马，在二十几万高丽军中几进几出，就为了提振士气，就喜欢穿得高调。后来《镜花缘》里的主人公唐敖跟李勣的孙子徐敬业拜了把子，徐敬业造反被武则天革去功名后，跑到海外去练胆了。你看，来过一次抚城，不光自己胆子练出来了，孙子胆子也不小，都敢造反了。孙子的朋友胆子也不小，都敢去黑齿国、两面国、犬封国当海贼王路飞了。

第三个来练胆的，是明朝兵部右侍郎熊廷弼。萨尔浒大战中，清太祖努尔哈赤在抚城城东歼灭了三路明军，方圆几百里已经没有成建制的明军了，各处人心惶惶，大小官员都开始搬家去山海关。熊廷弼带着两个人，大雪夜沿着沈抚高速公路这条线，就这么骑着马溜溜达达地到了抚城城下。抚城还没沦陷，他叫人吹起唢呐，搞了一套祭奠阵亡将士的仪式，这才不紧不慢地撤走。努尔哈赤就在山上看着，都没敢下来打招呼。

第四个来练胆的，是一个叫山口文雄的日本人。这人在满铁株式会社西露天矿上班，有个女儿长得漂亮，嗓音也特别好，总被叫到新抚区欢乐园歌舞厅唱歌。他挺反感这种粉饰太平的侵略行径。后来有一队抗日义勇军袭击了他当时所在的老虎台煤矿，日军无法找到抗日义勇军，就屠杀了义勇军行军路线上的平顶山村三千多人。山口文雄也被怀疑跟中国抗日武装有联系，被拘留了一段时间后才放出来。他出狱后放弃了抚城的工作，也有可能是他觉得自己练胆失败了，就带着女儿离开抚城去沈阳了。

他女儿叫李香兰，唱过一首歌叫《夜来香》。后来张学友也唱过一首歌,就叫《李香兰》。就是这个李香兰。

第五个来练胆的,是北京H医院的一个神经内科医生,叫刘铮亮,他回到家乡,来做一个有些难度的手术。

刘铮亮也是一个奇葩,从小就是那种听话的好学生。每天早上都是牛奶配煮鸡蛋,二十多年从未间断,问他也说吃不腻。中午一般一碗米饭配一份上海青,逢年过节才叫一份肉末豆角;晚上一碗粥,或是一份煮玉米。衣服裤子色调统一,黑白两色,逛优衣库一买买四五件同款,回来换着穿。哪天突然换了一条彩色的围巾,医院里的护士们都会讨论半天。每天早晚洗一遍澡,每周日早上八点准时把四套床单、被罩挂到职工宿舍楼下面的晾衣架上。喝口矿泉水都要标记好开瓶时间,拿签名笔老老实实把信息写上,跟打吊瓶的护士一个职业习惯。不交友,主要是不会,和传统的东北人格格不入,他的生活仿佛永远都不需要求别人,所以也就不需要朋友。

刘铮亮曾经在抚城生活过二十年,今天回来,依然觉得心里突突的。毕竟,他十年没怎么回家,对这里已经陌生了。

抚城是一个神奇的地方,远离她的时候吧,你想她;可你大老远回来了,前脚刚落地,后脚都不想下车,扭脸就想关车门走。

你说这地方人仗义吧。刘铮亮他们家隔壁邻居两口子,男主人三十岁就脑血栓卧床不起,女主人高挑漂亮,门口经常过的地痞无赖天天撩姑娘,可没一个人跟这女人逗贫调戏,地痞也觉得欺负人丢脸。这会儿人老珠黄,但女主人这辈子没在人前尴尬过。还有刘铮亮他爷爷，刚领的退休金被几个小毛孩抢了，老爷子回来自己跟自己生气，但是不报警，说："有个孩子我认识，老佟头的孙子，不学好，当混子。我这不是怕，我这是给老佟头面子。老佟头是没了，可当年我一个人闯关东，第一年来东北，寒冬腊月冰溜子从房檐一直顺到门槛，是老佟头脱下来给我穿的第一条棉裤。抢我钱这小子，跟他爸一样，都是混子，老佟头这辈子可怜啊，儿子儿子不行，孙子孙子不行。"然后他爷爷就把被抢这事忘了。

你说这地方人差劲吧。大半夜晾在窗护栏里的衣服，除了内裤不偷什么都偷。刘铮亮他妈去年夏天回一趟抚城办户口，也没带换洗衣服，本想在老房子住一宿第二天就走，结果天亮一看，衣服、衣服挂甚至铁夹子都给顺走了。刘铮亮他妈这个恨哪，急忙打电话给他爸让他送衣服来。

你说这地方人厉害吧。刘铮亮刚考上大学的那一年，正好赶上大下岗。炭素厂、化工厂、油毡纸厂、机械厂、叉车厂、钢铁厂、西露天矿，从西向东这条马路上的所有厂子都在开人。刘铮亮他爸这些工人们晚上串门讨论的，都是你多少钱买断工龄，他多少钱买断工龄。菜市场里老爷们儿蹲在马路边，手上拎着串成百叶窗一样的一排长方形小木板，上面写着瓦匠、木工、水电、力工……会得越多，木板越长。大冬天吐口痰一分钟就结冰，这帮人脚底下踩着的冰都不是雪化出来的，全都是痰凝结成的。十个人一堆，八个人一圈，从早到晚就这么在路边等着。他们会垒火炕、打柜子、修水电，还能扛二百斤的大包。按理说都挺牛的吧，白天冻一天了，天黑了不回家，还会有几个人去小饭馆喝点儿酒。三个老爷们儿就敢要五个羊肉串、两盘凉菜、一盘尖椒干豆腐，还有十二瓶啤酒。穷人穷出传承之后，都能穷出仪式感来。就比如尖椒干豆腐，如果勾芡的汁水不沾盘子，那就是没放淀粉，工人阶级就不干了，几个人就嚷嚷起来："老板，你这买卖还能不能好好干了？国宴大菜俺家没做过，我也吃不起，我就不挑了，尖椒干豆腐能那么做吗？芡汁都没有，这豆腐本来该水嫩弹牙跟十七八岁小姑娘的脸蛋儿似的，你这可好，炒成了个老娘们儿饱经沧桑。"

这块装完了，回头见隔壁桌有两个熟人，也招呼过来一起喝。到结账的时候，五根羊肉串五块钱，两盘凉菜六块钱，尖椒干豆腐六块钱，十二瓶天湖啤酒十四块四，一共三十一块四。还有隔壁桌的两个凉菜和一个烤鸡架，七块五。可这两个人也过来喝酒了，后面又叫了十瓶啤酒十二块钱，到底谁喝的，两边意见很不统一。几个人摸了半天兜，谁也不想请客，骂一句同伴："你好意思总白吃，天天混，什么时候见你结账了？"对方也骂："我们吃得好好的，你叫我们并桌过来的，咋地，吃完了不请了？"

一共五十块九毛的一顿饭，打起来了。酒瓶子满天飞，两个轻伤，两个轻微伤，就一个当初组局的哥们儿，吃到一半的时候躲结账上厕所跑了。警察录笔录说，一共五个人吃饭怎么就四个人打架，哥儿几个这才发现这孙子跑单了。

你说这地方人怂吧。1998年，刘铮亮家马路对面机械厂工人住宅楼的田姨从钢厂下岗了，没活路，就转悠在主干道的天桥上。兰州人有句口头禅,叫"黄河又没有井盖盖",意思就是活不下去就跳黄河吧。抚城没有黄河,抚城有浑河,可水流太慢,不像"黄河之水天上来",跳下去也不可能"奔流到海不复回",估计就算冲到盘锦,也得晾在浅滩上。后来田姨自己跟人说,她去过浑河的和平大桥,她就怕自己跳下去脑袋扎到淤泥里,大腿还露在水面上,不体面,太不体面了。所以她才选择天桥。

田姨一看桥下全是三轮车,俗称"三蹦子",抚城人叫它"小凉快"。为什么叫"小凉快"？因为夏天的时候坐在上面微风吹过,凉快。冬天天冷,小凉快支出一个小烟囱,里面还冒烟,烧煤取暖,烧油拉活。这些小凉快司机,都是下岗的。田姨一看,我这跳下去砸到同样苦命的人太坑人,擦干眼泪回家"论成败,人生豪迈"了。

后来,她支起一个摊,卖四川的麻辣烫,生意还算凑合,可是夏天的时候没人大热天吃麻辣烫,做买卖不能只做冬天不做夏天,那大半年喝西北风也不行。抚城是满族、朝鲜族、汉族混居的地方,没有什么东西不能拌一拌,烫好的菜不放汤,直接加调料拌一下就好,这样夏天生意也能做。就这么的,"麻辣拌"诞生了。四川人不是喜欢复合味吗？那抚城人来一个立体的复合味,一道菜里麻辣酸甜齐了。想要吃得习惯,还是需要一些铺垫的,喜欢的人回到家乡能吃出妈妈的味道,不喜欢吃的人吃一口只能吃出继母的味道来。后来,田姨在北京、上海、广州、深圳等地开了有几十家分店,但是人没走,还在抚城。刘铮亮上一次看到她的时候,她脖子上的金链子都快比手指头粗了,用貂皮大衣把自己裹成了球。

同时期的沈阳下岗工人发明了烤鸡架,就用炼钢的焦炭烤,燃料是从厂里顺出来的。现在小零食包装上都喜欢写"炭烧",那是木炭。那些年,吃烤鸡架要是不用焦炭,没有足够的炼钢灰质和极低的硫化物释出,就少了工业朋克的气质。生产焦炭的过程虽然是一类致癌,可吃焦炭烤鸡架不一样,我们就是要用炼钢的热情烤鸡架。穷,你买两个羊肉串不可能从天亮嗦到天黑,铁钎子会冒火星子的。但是鸡骨架不一样,没多少肉,可它便宜,进货价八毛钱一个,卖两块五,又禁得起咬嚼,上一瓶啤酒,就可以吃一天。但是,烤鸡架没能烤出品牌,工业朋克没能转化成复制量化的商业机遇。当年烤鸡架的今天还在烤鸡架,当年拌麻辣拌的今天当上大老板了。

道路决定命运。

这次从北京回抚城,刘铮亮是应邀来做一台手术的。

刘铮亮有一个高中同学叫陈阿南,属于他们班倒数五名蝉联选手。当年高考的时候刘铮亮报了北京协和医学院,陈阿南也听了家里人的建议,报考了省内的医学院。大学毕业后,陈阿南也没考研,早早地在家人安排下回来,到了当地中心医院当大夫。

陈阿南打电话跟刘铮亮说:"老刘,我这有一个患者,需要做脑动脉瘤手术。我呢,跟你说实话,咱们这边吧,设备啥的都有,硬件没问题，就是人不行。这台手术吧，还是挺有难度的，咱们小地方医院大夫，不敢下刀，想请你来做一台手术。你可是北京的大夫，咱们说难的手术，在你手里那都不叫事儿。对不，老铁？"

刘铮亮已经熟悉了他和陈阿南之间的套路，但流程是不能节省的，还是要稍微委婉拒绝一下，就说："那你就让患者去沈阳治呗，省城肯定能治。"

陈阿南又说："老铁，一来呢，沈阳陆军总医院神内手术现在也排队呢，专家大夫约不上；二来呢，我也是想给你介绍活儿。你看这台手术做了，你飞一刀，五万块钱，多顺当。手术成功了，家属再来一个红包打赏，这不就都进自己兜了么。"

电话那头家属的耳朵就凑在陈阿南的手机旁听着，刘铮亮得在这边表现得不是那么情愿，这是一种默契。不情愿，家属就会让渡一些权利，大老远来给你做手术，那就是给朋友面子，帮一个忙，这样后续就很难有议价空间。

这个表演要求对刘铮亮来说，有点儿难。如果不是为了他想象中的那种完美的婚后生活，他是不愿意和陈阿南这种人有过多接触的。但是现实逼着他得习惯陈阿南这样的人。现实这个东西很有意思，你不按它的意思走，它就给你安排一条更难的路线。爱走不走，早晚得走。

刘铮亮跟陈阿南是这么分工的：陈阿南负责在抚城找到合适的患者，那种家里还算有些钱，但是又没什么能耐可以到中国最好的医院排上队的。你在抚城吆五喝六，可是去北京任何一所知名医院，您该住走廊住走廊，甚至有可能排不上一张床位。陈阿南找到患者，再隆重介绍刘铮亮，说他是本乡本土考出去的医学博士，又说刘铮亮所在的医院，那可是中国最好的医院，你要不信，行医资格证给你看，这可是开颅手术，不是治甲沟炎，没两把刷子谁敢胡来。

他招徕到客，再谈一个价，当然这孙子从来不白干活，佣金抽多少他从来没告诉过刘铮亮，刘铮亮也不多问，反正手术费有就成了。这在医生行，有一个名词：飞刀。

几年前刚工作的时候，刘铮亮他爸妈就开始着急了，毕竟读完博士都三十岁了，个人问题还没着落。他们就催着刘铮亮赶紧谈恋爱，但是又不考虑自己的实际情况。老两口儿都是1997年第一批下岗的，住在抚城城西工人聚集区苏联援助中国"156"项目时附赠的工人住宅楼里面，刚从低保户转成退休职工，人均月收入从九百块进步到一千八百块，就开始幻想儿媳妇了。

刘铮亮说："妈，咱家啥条件，哪个姑娘愿意跟我？"

他妈说："咱家差啥呀？咱家你爷爷哪天没了那就有两套房了，咱住一套，租出去一套，或者直接卖了，一下子就宽敞了。"

刘铮亮说："你可拉倒吧，咱家那老破房子是苏联人修的，岁数比我爸都大。我爷爷那套房子那还是伪满时候日本人盖的，这破房子以前电影明星李香兰都住过，跟李香兰一个岁数了，九十多年了，谁买呀？没人买就没有价格，没有价格谈什么家庭条件？"

他妈说:"再等几年你爷爷的房子就成古董了,那一拆迁就老值钱了。"

刘铮亮说:"妈,你懂不懂啊,成古董就更不能拆迁了,就只能放在那了。"

他妈说:"你不懂,有人买。"

东北人天生有一种莫名其妙的智力优越感,就是自己哪怕要学历没学历、要经验没经验,但是爷有眼光,爷眼睛毒着呢,看啥都准。这可能是几代闯关东的人凝结成的幸存者偏差:你看,当年我祖上眼光就毒,知道往东北跑就能活,关里都饿死人了,他们就没眼光啊;像我们来东北的,大马路上撒种子都能活,水土好,这地方饿不死人你说行不行!所以今天我看这事就这么回事,扯啥里格楞呢。

刘铮亮他爸妈就这样,极端地具有优越感。

毕业头一年,经过朋友介绍,刘铮亮跟一个女老师认识了。名字不重要,反正她在这个故事里就两场戏,不用知道也罢。她比刘铮亮大一岁,北师大毕业,在海淀一个很著名的小学当老师。

当老师的人几乎都有一个特质,习惯性地输出思想,看到什么不顺眼的事都要说几句。谈了一年左右的时候,她就开始训刘铮亮:"我都跟你谈了小一年了,咱俩以后怎么合计你得有个规划吧,你想不想结婚?"

刘铮亮也没别的可选择的台词,毕竟人家姑娘都三十一了,这要是在抚城都没法称呼她是姑娘了。一年时间,该了解的也都了解了,行不行确实得给人家一个痛快话了。刘铮亮只能说:"想。"

她说:"那咱们合计一下,在北京买房吧,准备安家。我们家出一百万,你们家出一百万,咱俩再贷款一百五十万,一步到位,买一个两居室。咱也别在海淀买,太贵,一平米都八九万了,买个房子六七百万实在背不起。咱就在郊区昌平买,我们教师的子女都有学位,也不用买海淀学区房还能去海淀上学,三百五十万,就足够了。"

她说这话的时候,刘铮亮一个月的工资八千,她一个月六千五。

这笔账算得没错,姑娘说的话也句句在理,没撒泼打滚,也没胡搅蛮缠。唯一的问题是,刘铮亮家没有一百万。他妈一直盼着拆迁的他爷爷那套老房子,是1978年落实政策的时候补的二层小楼,建筑面积一百五十平方米,托李嘉诚生得晚的福,没有公摊面积。抚城是一个资源枯竭、人口外流的城市,这样一个老楼,由于面积太大、房子太老,还要低于市场价百分之三十,隔壁邻居挂牌二十五万,大半年没人买。所以刘铮亮他妈的如意算盘少了好几个算珠,根本扒拉不动。

就在这筹钱的当口,陈阿南给他介绍了第一台手术,刘铮亮就是这么上的贼船。

这次回来,陈阿南介绍的这个活儿,开口就是五万,远远比以往几千块钱的有诱惑力,想想遥远的回龙观的房子,刘铮亮没有拒绝的理由。

第二章
脑动脉瘤手术

　　学过医的人都知道，在学校里学的大部分都是通识，真正的手艺是在医院里跟着教授学的。在别的学科，博士毕业就非常具有学术权威了，但是在医学口，博士只是一个门槛而已。读博的时候，每天就在门诊急诊动嘴，跟着查房记录，从早忙到晚。可来北京大医院看病的，都是全国各地来解决当地解决不了的疑难杂症的，这些人肯定不愿意让学生主刀，尤其是刘铮亮他们神经内科的，所以在做学生期间，看得多、做得少也是自然。

　　不过毕竟是研究这个领域的，因此神经介入手术对他来说也并不是多难。

　　人的大脑，需要血压和血量来维持运转。你的基因决定了你遇到外伤止血能力比较强，这里面可能就有血纤蛋白的功劳。可是这个血纤蛋白有一天没有干劲下岗了，分流溶解血纤蛋白的能力不行，它们就变成了血栓。慢性的颈动脉血栓久了，从脖子到脑子这根曾经粗壮的动脉血管，就会变得极为狭窄，俗称"一线天"，极容易引发脑梗死。

大脑缺血就容易脑梗，血多了就容易脑出血。比如陈阿南电话里说的这个患者，蛛网膜下腔出血，查出了动脉瘤。

一下火车，刘铮亮就直奔医院，第一件事是要先看看患者家属。不察言观色，提前做好准备，一不小心遇到医闹可就麻烦了。到医院的时候，天已经黑下来了，周围也没什么茶楼酒肆，他们直接找了家医院对面的朝鲜冷面馆见面。聊了几句，也都是孝子贤孙的样子，刘铮亮说什么他们都点头，这样他心里就开始松动了。

这个手术和以往的取栓手术不一样，以往的手术并不是地方上的大夫技术不行，而是陈阿南抬高了需求，明明可以让小学老师辅导的课程，他非要请一个大学老师来教。但这一次是蛛网膜下腔出血，当然也不难，只是凶险。

刘铮亮问："你们的主治大夫给你们讲病情和治疗方案了吗？"

孝子说："大夫说，现在已经超过了最佳救治时间，等生理指征稳定才能手术。所以我们家里人觉得吧，是他水平不行，那什么指征稳定了，那还用手术么？就是因为不稳定，有病了，才要手术。"

西医大夫有一个毛病，就是讲病理的时候，对什么人都力求严谨，像是开一场辩论会，从他嘴里说出来的每一句话都是科学严谨的，所以就算病人家属问，也永远得不到他们想要得到的简单的因果关系或者时间节点。

比如：

大夫，我爸还能活多久？

大夫，他这个脑血栓是不是喝酒喝的？

大夫，这个手术做完了，我儿子肯定能活吗？

这些问题是西医大夫永远都不知道怎么回答的，他能猜出个大概，但是他不想把自己猜出来的答案说给你听。他一旦说给你听了，那就是他不专业，因为医生不是算卦的。可如果这位不想算卦的较真的医生拿出统计数据给你看的话，正常人又不愿意相信冷酷的统计学数据。就跟你说有百分之十的希望治好，但是得花个七八十万，你们自己决定吧。你又觉得这大夫太坑人了，因为他把你放到了道德审判的被告席上，给你爹治病要花大几十万，成功概率只有百分之十，这是一道数学题，又是一道哲学题，还是一道社会学题，更是一道伦理题。

这道题太难了，大部分人都不会做。

你会对一个给你出难题的人有好印象吗？

刘铮亮想了想说："现在不敢手术，是因为害怕你爸爸血管痉挛。动脉瘤破裂，就好比鄱阳湖大堤决口。鄱阳湖大堤决口怎么治理？你只修鄱阳湖堤坝就能管用？长江发洪水鄱阳湖有没有影响？肯定有啊。所以要等，等什么？等长江水位下来点儿。"

不一会，四碗冷面端上来了。其实因为刘铮亮刚下火车，来的时候早过了饭点,这几个人都不饿,只是占着人家的地方谈事,不点些东西说不过去。抚城的冷面里,除了放梨片,还会放点儿西瓜。

刘铮亮招呼店主过来,说:"店里还有西瓜吗?"

店主说:"还有半个,我给你们切了吧。"

刘铮亮忙拦下,说:"不用切,直接端上来。"

店主说:"行,那我给你们算五块钱吧,这也有五六斤。"

西瓜端上来了,刘铮亮又从餐具柜里取了个勺子。两个患者家属和陈阿南都看着他,以为他要吃西瓜。

刘铮亮用勺子搅和西瓜瓤,使劲压,挤出水分,对其他人说:"蛛网膜在大脑颅骨内浅表,那里出血只是一个表象,就像一个切开的西瓜,用勺子搅和西瓜瓤,有大量的汁水出来,那是西瓜瓤的细胞破裂溢出的水。这只是表象,内在原因是勺子挤压了西瓜细胞,压力太大,细胞破裂了。病人蛛网膜下腔出血,内在原因是脑动脉瘤扛不住高压破裂了。"

贤孙问:"刘大夫,那我爷爷这病,手术危险在哪呢?出血咱们给堵上不就行了吗?现在医学这么发达。"

刘铮亮说:"咱们接着用抗洪抢险的比喻啊。现在鄱阳湖大坝的决口堵上了,可是鄱阳湖水位一直在警戒线以上,随时有管涌溃坝的风险。手术的办法目前看有两个。"

他拿出手机,打开了高德地图,搜索鄱阳湖,找到了湖口县,指着湖口说:"看到了吗?一个办法是在这儿修一座大坝,堵上，让鄱阳湖和长江没有任何联系，变成两个系统，鄱阳湖就再也不是鄱阳湖了，变成长江边上一个小鱼塘。这样长江你再怎么发大水，我鄱阳湖水位没变化，那就不会溃坝决口了。这是一种手术方案。还有一个办法，就是把鄱阳湖用土填满，这个湖没有了，就不担心溃坝了。这两种手术，一个叫动脉瘤颈夹闭术，一个叫动脉瘤栓塞手术。听懂了吗？这两种治疗方案，各有利弊。你说堵住湖口，给瘘口夹上，那瘘口太大了，堵不上怎么办？这是一个问题。那你说围湖填土就绝对安全吗？也不是。因为围湖造田是从边缘一点点往中间填，把湖水逼走，那土地是干的。我们放进去的弹簧圈，那是在血管里操作的，就相当于往湖里扔大石头块子。湖水总量肯定是减少了，给堤坝的压力也确实小了，可毕竟还是有压力的。所以预后，哦，就是手术以后，就算手术成功了，风险肯定也有。"

两位孝子贤孙仿佛从刘铮亮这里获得了久违的智力共鸣，表情从严肃变得放松了些，同时也从这种市井风格的科普语言中建立了对刘铮亮的信任。

大多数人都会有一种认识，就是真正的牛人，不光会和牛人沟通，更会用市井语言去与大众沟通，能让最没文化的人也听懂你说的话，那才是真学问、大才华。但是他们不知道，医学是一门科学技术，不是一门教育学，医学没有给病人家属科普的义务，也就不会浪费时间培养医生的这种能力。要不是从小就有相声和东北二人转这两门功课的长久熏陶，刘铮亮也不能掌握这一独门绝技。

刘铮亮接着说:"这个病太凶险了,就算我给他手术,当场手术可能成功,可是十天半个月内,还是有较大概率再出血的,如果再出血,很难救回来。你们家属再最后商量商量,商量好了告诉我。不用有负担,你们同意了呢,我就手术;你们要是不同意呢,我就当回趟家,走走亲戚,也不耽误我个人的事。"

孝子脸憋得通红,忙问:"刘大夫,你看啊,如果,我是说如果,如果这个手术做完了,钱也花了,老爷子没救回来,那到时候,咱这手术费怎么算?"

听到这话刘铮亮不满意了,因为这种前期铺垫的活儿,陈阿南应该已经做好了才是,别等到这会儿还要唱红脸和白脸。《捉放曹》陈宫上去就把曹操给放了就得了,哪来的闲时间叨叨,试探。你要是不叨叨,是不是走得更从容了?是不是就不用吕伯奢家里人大半夜杀猪了?是不是吕伯奢全家就不用死了?刘铮亮瞧了一眼陈阿南,没接话。

陈阿南抢过话来:"咱们这个是手术,手术的风险呢,我们前期都已经告知你们了,对不对?手术不是你去菜市场买西瓜,保熟保甜,你切开了是生瓜直接给你换一个,手术中间遇到各种意外,都很难彻底规避,但是人家医生付出劳动了,你就得给人家钱。"

贤孙看起来明显是读过些书的,又说:"那风险告知是针对医院和患者的,您这给我们请的北京的专家来手术,我们也掏了额外的钱,钱还不少,多少得给我们一个保底吧?别到时候人财两空。"

陈阿南已经很不耐烦了，刘铮亮让自己的脸上保持冷静，实际上他也不耐烦了，但是他要脸，他可是外地请来的专家，虽然普通人不知道医学博士在这行是什么地位，但他还是不能表现得过于势利。这单生意，既然是陈阿南揽的，那他就应该把脏活累活都接了。

陈阿南看懂了刘铮亮的表情，看来这事还得自己来，谁让自己拿着佣金呢？于是道："这世界上就没有绝对有把握的事，如果你们觉得不牢靠，你们也别请人家刘大夫来手术了，你就用抚城的大夫，人家回去上班，这样你们心里也踏实，老爷子那边你们尽心了就行了。百善孝为先，论心不论迹，论迹寒门无孝子。"

刘铮亮当然点头表示同意。

这时候孝子拦下了，说："我儿子不懂事不会说话，还得请北京的大夫手术。能争取肯定多争取一点把握。知情同意书我们签，您放心手术就行。"

一天后，病人体征情况好些，手术开始准备。

刘铮亮刚准备进消毒室，就见一个短发的漂亮姑娘挑起下巴跟他打招呼："新来的大夫吧？以后多照顾生意！什么时候有空给我打电话，请你吃饭。"

刘铮亮不想强调他是来飞刀手术的，也就敷衍着点点头，不自觉地接过了她递来的名片。

她叫艾辰，开了一个饭馆，名片上写着她是饭馆总经理。这饭馆名字起得挺有意思，跟郭德纲的相声作品一个名，"白事会"。顾名思义，就是你没事别去吃饭，你要请朋友去这家吃饭，你朋友肯定揍你。这是专门给丧事做宴请的馆子，凉菜多，热菜少，每桌上单不上双。白事的主家心情没几个好的，心情不好的时候都喜欢穷讲究，这一行更不容易。

艾辰很漂亮，短发，白色宽松的上衣，牛仔裤，充满善意会微笑的眼睛，眉毛细长如蛾眉月，樱桃小口红润似月季，杨柳细腰衬托出圆润的臀线。她有着抚城姑娘那种野劲，你对她好她天天黏着你，你对她冷她也不给你好脸子。穷过也富过，头两年刚赚起钱的时候也败霍了不少。也没人教她怎么化妆，就会浓妆艳抹，比如这个蛾眉月，明显就是文上去的。

抚城的冬天最冷的时候有零下三十多度，但室内二十多度，温差大，这时候很多病重的老人心脑血管负担重，出个门突然一阵凉风，人就躺下了，所以这也是艾辰家的生意旺季。今天艾辰来探活儿，应该就是人手忙不过来了，她才来串场。

陈阿南笑着说："她爸叫艾三儿，抚城最有名的丧葬一条龙老板。"

刚才刘铮亮的眼睛就没离开过艾辰。

陈阿南见他走出很远还在若有所思，就笑着说："知道人家小姑娘为啥要联系你么？"

刘铮亮摇摇头。

陈阿南接着说:"别的科室吧,不管是消化科、呼吸科还是肿瘤科,进来的重症病人基本上都有一个大概的时间表了。你人还在治疗呢,他们那个行业早就把你算到绩效里了。别看你这忙活呢,肯定了,跑不了。人家都在医院盯了多少年了,我跟你讲,看命数,他们比我们大夫看得都准。至于你用多少钱的骨灰盒,买坐北朝南还是坐西朝东的墓地,用几个人吹打,搞多少单的花圈,人家一看你的打扮就能估计出预算。"

刘铮亮忙问:"那她跟我套近乎干吗?"

陈阿南笑着说:"她肯定把你当成新来的大夫了。因为咱们神经科变数大啊,一个大活人,早上好好的,晚上就没了。这对人家来说是计划外的。人家肯定得提前备货吧,纸牛、纸马得提前生产吧,哭丧的得提前酝酿情绪吧。把咱们科室答对好了,他们第一时间能得到消息,别人还在店里等着人主动来置办呢,人家直接来人到医院,该擦身擦身,该换洗换洗,这买卖就到手了。"

闲聊完,医生和护士们一起进入手术室。

护士在一旁准备器械,本地医生助手念着病志:"病人六十五岁,有高血压病史,突发蛛网膜下腔出血时意识清醒,有剧烈头痛,脑CT显示动脉瘤破裂。"

刘铮亮问:"颈动脉超声检查做了吗?"

本地医生回答:"还没有,要不我现在就让他们去缴费,赶紧补上。"

刘铮亮停顿了几秒，说："算了，能给家属省点儿钱就省点儿吧，也是老手了，不至于遇到斑块还不知道躲。"

情况有些棘手，一步步来吧。

刘铮亮平静地指示护士："四分之一肝素盐水加压冲洗血管。"

护士一边重复着命令，一边执行：四分之一肝素盐水加压冲洗血管。

下一步是腰椎动脉穿刺。

刘铮亮在患者的腰椎动脉上操作，这一步其他人不能代劳，鲜红的血液从动脉鞘里流出。

"主动脉弓造影。"

助理医师重复道："主动脉弓造影。"

一台显示器监视着心脏上部的这个大动脉血管。这里是心脏泵出的动脉血走过的第一个丁字路口，一部分下行到全身各器官，一部分上行到头部。此时刘铮亮脑海里想到自家医院最幽默的教授王好老师上课时的名言，被几届学长学姐传为段子："但凡路口，都容易发生交通事故，这里有职业碰瓷——血管斑块。"

这个"碰瓷"，一语双关。

手术台旁边一个旁观的抚城医院的老大夫，在给他身边带的年轻大夫指导讲解："碰掉一块栓子，顺着血流直接上行到颅内，堵死任何一个小路口，就可以形成脑栓塞，病床上的人马上就Game Over。按理说，脑栓塞可以打溶栓针对吧，哪怕肠溶阿司匹林也可以吧,可这个病人是脑出血,打溶栓针或是阿司匹林稳定血管内的血栓容易引发血压急剧升高,血小板倒是不聚集了,这就相当于发洪水呢,你人工降雨冲河床里的淤泥,更容易再次发生脑出血,更要命。这就是两头堵的病,你说要命不要命?当医生有时候比病人还难,你不这么干吧,就不叫救死扶伤;你偏这么干吧,就是置之死地而后生,是把你自己放到死地然后生。"

刘铮亮确定下一步,口述:"双颈动脉造影。"

医师重复着:"双颈动脉造影。"

刘铮亮跟进下一步:"双椎动脉起始部造影。"

医师重复着:"双椎动脉起始部造影。"

3D旋转造影之后,脑动脉瘤的位置完全确定,在瘤上面还长了一个子瘤,就像脑袋里长了一个葫芦。

陈阿南在旁边看着吸了口气:"位置挺刁钻啊。"

刘铮亮点点头,在一旁观摩的老大夫又跟进来学习的年轻人小声低语道:"这个瘤长在前交通位置上,这就更考验医生的手法,手术后积水过多,就会导致偏瘫或者其他手术后遗症。手术出血量稍微多一点,就有可能惹上一身麻烦。大小便失禁、失忆、说胡话,说白了,就是你主板电路板烧坏了,一块内存条烧坏了,本来8G的内存,现在变成4G的了,不光不能玩游戏,连开机都慢。"

显示器上显示着这个病人从腰椎到后脑这一条血液河流的影像。导丝沿着线路逆流而上,小心翼翼。就像刘铮亮他爷爷六十多岁的时候，在抚城欢乐园花鸟市场骑着自行车，一手握把一手扶着身后刚买的鱼缸，前横梁上还坐着一个小孙子。他头躲过摊位顶棚上挂着的鸟笼子，车轮躲过地面上突兀铺开的假古董地摊儿，拐弯绕过鸡零狗碎，动作七上八下，心里稳如泰山。老爷子的脚永不落地，就像此刻刘铮亮手中的导丝，在显示器上像个泥鳅一样前进。

这只泥鳅不能碰到这个病人血管上的任何一个斑块，碰到了躺着的这位就不叫病人了。

导丝到达了主动脉弓，司机左顾右盼缓缓转弯，刘铮亮提前吸了一大口气准备，就在转弯的这几十秒停止呼吸。转弯，没有看到斑块，完美。进入颈动脉，就好像冲出了晚高峰的北京南二环直接奔大兴机场撒欢狂飙，这一路高歌猛进，直达目标。

今天的手术方案是栓塞。治疗原理刘铮亮之前已经拿手机用鄱阳湖的比喻给患者家属讲清楚了，填满动脉瘤体，围湖造田，让这个堰塞湖彻底消失，就不用担心溃坝的问题了。

有首歌怎么唱的？

"唤醒了沉睡的高山，让那河流改变了模样。"

第三章
出事

围湖造田的沙土准备好了,重工设备也到位了。

支架导管到位,先拴子瘤,再放置支架,所有人都屏住呼吸看着造影显示器上导管里吐出的弹簧圈,在动脉瘤内一圈一圈缠绕徘徊。弹簧圈一点点向动脉瘤里填充,互锁臂结构通过微导管头部,弹簧圈自动和导管脱离。

此刻,周围几个帮忙的医生都已经完成手中的工作,静静注视着刘铮亮操作:弹簧圈不过比头发略粗,但是在狭长的前交通血管瘤里像是钻进树洞的松鼠,并没有多少辗转腾挪的空间,螺蛳壳里摆道场。

动脉瘤没有在手术时破裂,弹簧圈在瘤体内的设定位置非常合适,几乎遮挡住了出血点。刘铮亮伸头让陈阿南擦了擦额头的汗水,这才开口对身旁的陈阿南说:"幸亏用DSA介入,如果开颅手术,瘘口那么大,夹闭起来还挺麻烦。"

手术很漂亮,忙活了四个多小时,总算过了这一关,刘铮亮脸上终于见到了笑容,他觉得自己离昌平回龙观的两居室又近了一大步。

孝子把刘铮亮拉到住院病房一楼门廊外,一摞钱裹在信封里,递到手上。贤孙在不远处打着电话,偶尔往他们这边瞅瞅,但又保持距离,不远不近。刘铮亮赶紧把钱揣到裤兜里,几万块钱撑得裤兜鼓鼓囊囊。他刚要回陈阿南的办公室,却被一直站在旁边夹着一根烟的艾辰在一楼吸烟区叫住了。

艾辰等孝子贤孙走远,才笑着说:"刘大夫,刚才你都被人家偷拍了,没发现吗?"

刘铮亮一惊:"是吗?谁拍我?"

艾辰依旧笑着说:"那家人小儿子啊,人家给你钱,不得留个凭证啊,这家人心眼真多。你呀,真是刀尖舔血。"

刘铮亮说:"也可以理解,这又不能开发票,给自己一个心理安慰也正常。倒是你,让你失望了,这单生意没做成,白等了一下午。"

艾辰笑了起来:"嗨,迎来送往,世事无常,我们家自己的生意,我又没有绩效,有什么失望不失望的?我们这行也没什么成本,今天这个病人没用上,别的人也能用上,花圈、纸钱给谁用都是用,那东西又没有保质期,这地方早来晚来早晚得来,人啊,早走晚走早晚得走。贼不走空你听说过吧,阎王爷也不走空。"

刘铮亮第一眼看去就觉得她很漂亮,尤其是笑起来之后,笑靥如花。但是她说话这个损劲儿,让人对她喜欢不起来。她手腕上还有一个烟疤,青春期的时候,肯定跟哪个小伙子爱得死去活来,后来说不定因为小伙子在游戏厅里又喜欢上了哪个隔壁的小姑娘,她为情所困,自己给自己烫的。

抚城盛产这种姑娘,装作很势利,张嘴闭嘴都是钱,就像《新龙门客栈》里的金镶玉,跟核桃似的,外壳硬,可你一旦撬开,里面都是油汪汪的。刘铮亮看到她的第一眼就起了凡心,他在她身上仿佛找到了过去三十年因为努力学习而错过的很多义无反顾的爱情。人过了三十岁,遇到合适的婚姻合伙人很容易,遇到一个你可以心动的人很难。

在跟艾辰聊这几句的时候,刘铮亮就给自己加了很多戏,脑海里过起了电影。但想象在现实面前很快适可而止,毕竟他是来飞刀手术攒钱买婚房的,这事他知道,只是刚才看着那张脸,险些忘记了。

回去跟陈阿南还有医院的主治大夫沟通预后:术后半个月依旧非常危险,各位多辛苦了。

一个月后,刘铮亮已经回到北京上班的时候,接到了陈阿南打来的电话。

陈阿南说:"老刘,出事了。病人早上剧烈头痛,血压升高到220,呕吐不止,突然就昏迷了。人现在又送到医院来了。"

刘铮亮正查房出来,接到这个电话,只能支开一旁的其他同事:"什么情况?怎么处理的?打甘露醇了吗?"

陈阿南回答:"打了,上吸氧设备了,静脉氨甲苯酸,尼可萨米、洛贝林都上了,血氧饱和度70%,没用,是动脉瘤破裂了。"

刘铮亮叹了口气:"这也是没办法,术后高血压,老天爷不给命,神仙来了也救不了。"

陈阿南说:"老刘,你想想办法,这家人现在就在医院闹呢,好几十口人把我们科给围了,什么难听说什么,还说要是人死了,就在住院部搭灵堂。哥们儿你帮帮我,我是真没辙了。"

刘铮亮觉得这可能就是花了钱的家属宣泄情绪的不正常但常见的反应,说:"阿南,你跟他们解释解释,这都是手术前家属签了知情,另外你们使劲抢救抢救,万一救过来了呢?熬过这一段,让病人转院去沈阳。"

陈阿南收起电话就跑进急救室,患者的呼吸停止,面色青紫。

护士喊道:"双瞳孔不等大。"

陈阿南立刻建议主治大夫:"赶紧给患者器官插管吧。"

护士把喉镜递给了主治大夫,医生把管芯插入了患者声门,呼吸机接上,病人血压开始下降,可陈阿南刚松口气,患者的血压突然急剧下降。

护士几乎失声喊了出来:"血压到70了。"

主治大夫几乎是喊出来的:"快点上多巴胺,200毫克静点!"

护士马上操作。

可心电图变成直线了。

陈阿南的心凉了半截,但他还不愿意放弃,他喜欢这个工作,只是不甘于清贫,他不想因为这么个破事就把自己的事业毁了。他也激动起来:"心肺复苏,我来,肾上腺素静推吧。"

主治大夫点点头。

陈阿南脑门上的汗珠不停地滴在患者的胸前,边按压边念叨,几乎带了哭腔:"大爷,你行行好,没什么事就喘口气。你这么躺着,我收不了场了,大爷,你喘口气……"

除颤器拿过来,200焦一下,两下,三下,病人依旧没有任何反应。

患者的孝子这时也冲了进来,指着陈阿南骂道:"你这鳖犊子,你不是说北京的大夫牛吗?牛怎么还给我爸治成这样?钱也花了,你他妈给我找了一个二杆子大夫!你就给我治,不许停,你要是敢停,腿给你掰折了!"

陈阿南上去继续心肺复苏,按了半个小时。

在最后一下时,他听到了患者身体里一声闷响,应该是压断了患者的一根肋骨。心电图没有任何变化,瞳孔早已经放大。

病人死了。

第二天一早灵堂就摆到了神经科办公室大厅,哭丧的队伍挤满了整个楼层。医院的大夫们早就见惯了这种事,既然有人来闹事,躲着走就是了。

一个大夫见到陈阿南还说:"没事,也不是我们的技术不行、医疗事故原因给治死的,病人术后突发,老天爷不给命,医生也没办法啊。让他们闹几天,我就不信明天还能来一百多人,我看都是托儿。你呀,这次得打持久战了。跟院长打好招呼,等他们十天半个月,就都歇着了,谁没事跟这耗着呢?"

陈阿南一想,有道理。病人是术后因为情绪激动还是别的什么意外原因,血压突然升高导致二次脑出血,这要掰扯起责任,神仙也说不清楚。

第二天,人果然来得少了很多,就剩下七八个人。但是,他们又扯上了标语:"非法行医。"

陈阿南心慌了。

果然,闹到院长那,院长出来跟家属谈判。

家属见到院长就说主刀大夫不是本院的医生,而是外面请来的大夫,医院有管理责任。

院长说:"这个事,我们作为公立医院,如果牵涉到这里面,你们可以提起法律诉讼,如果法医机构认定病人的死亡是由我们医院的医疗事故引起的,那你们可以拿着鉴定起诉,该怎么赔偿附带责任我们就怎么赔。我们收治病人,提供医疗资源协助治疗,完全属于人道主义援助,这一点我们在手术通知书上是有详细记录的,我们也已经调查过了,医院收取的费用也都完全合理合法,没有任何问题。至于你们说的治疗方是否为非法行医,是否违反了医疗规范,这个不属于我们第三方的责任,而是你们和主刀大夫的合同约定，你们应该去北京找主刀大夫。至于我们医院的陈大夫，我们肯定要处理，如果你们对他个人的行为有异议，也可以提起诉讼。"

家属听到这话当然不满意，可医院在这件事上确实没有法律责任，他们也咨询了本地的律师，律师说："你们非要追究呢，说不定也能要到一点钱，估计一两万吧。"

孝子很高兴，苍蝇腿再小也是肉，几乎就要达成合作了，然后他又问律师："那你这律师费得多少钱？"

律师几乎都没停下手里的活儿，头也不抬地说："两三万吧。"

孝子气坏了，说："我打个官司赢了，怎么还得赔一万块？"

律师还是头也不抬："你告的对象责任小，只能赔那么多，就这还未必能赔，还要看法院怎么判，你赢了人家才能给。我是按劳动时间计费的，你的免费咨询时间要到了，再问就要计费了。"

孝子马上闭嘴，走出律师事务所大门的时候对贤孙说："咱们不请律师，一样能要到钱，无论是抚城医院还是那个什么狗屁刘博士，都得攥出水来。"

陈阿南被医院勒令辞职了。不过这事他倒是不着急，他跟刘铮亮不一样，他又不缺钱买房子，他爸在卫生局当副局长，辞职又不是开除，他就是个保媒拉纤的，也不是非法行医，不会吊销行医资格证，在家休息一段时间，过段时间再换一家医院工作就是了。

可孝子贤孙没拿到钱，医院请来律师跟他们讲：这个手术医院作为急诊救治方，本着人道主义原则支持手术在本地开展，这件事从法律层面上说，当家属决定使用外部医生来主刀手术的时候，已经签署知情同意书和免责声明了。

律师絮絮叨叨念完调解意见，直接用大白话说："你们只能去跟主刀大夫维权，找我们医院没用。你们非要打官司也行，这官司肯定得耗个一两年，我们又没责任，一分钱都不会赔。"

孝子想了想，跟贤孙说："咱们不打官司，打官司肯定不能赢，还得花律师费。你看这半个月咱们在抚城的医院打持久战，有用吗？人家根本不搭理你。咱得讲战术，射人先射马，擒贼先擒王。咱们去北京找姓刘的闹，他不是要上进吗，我看他能不能坐得住。咱也不吵吵巴火的，就扯个条幅静坐，哎，谁也不干扰，就在他办公室门口一坐，坐他个十天半个月，我看他服不服。"

北京离抚城可真近啊。坐上K96列车，只要一晚上，第二天一早就能到。出了北京站，很快就到医院。孝子贤孙两个人直接走到神经内科，堵在门口等刘铮亮上班。

那天一早刘铮亮出门，刚到东单路口一个美福林西点店买了块蛋糕当早点，带到医院上班，就看到这二位坐在办公室外走廊的长椅上，手里还拿着横幅："刘铮亮非法行医。"

往来的医生、患者纷纷侧目，两个保安就在旁边两三米处站着，手里还拿着防暴叉。

孝子说："刘大夫，想不到吧，我们来了。"

刘铮亮被这一套给吓坏了，赶忙请他们把横幅收起来："有什么事咱们办公室里说。"

孝子笑着说:"那怎么行?咱们就在这说,让大家给评评理,你非法行医去抚城把人给治死了,我们来北京告御状来了,就求个公道。保安大哥,你放心,我们肯定不动粗,我们说的事也不是你们单位的事,是他私下里去别的医院治病,打着你们医院的旗号,把人给治死了。"

刘铮亮赶紧客客气气把他们爷儿俩请进了办公室。

孝子还是笑着说:"刘大夫,陈大夫已经被开除了,你说,咱们这个事,你打算怎么处理?"

刘铮亮只好赔着笑苦着脸说:"您父亲这个病,确实不是我手术造成的医疗事故,术后二次出血,这个我们在手术前就说好的,你们也签了知情同意书,这都属于手术治疗后的意外情况。我理解你们家属的心情,但是这真不是我不负责任,也不是我学艺不精,完全是您父亲太没运气了,希望您理解,术后突发情况这不是人力能控制得了的。"

孝子收起了笑容:"你一句没运气,我父亲的命就没了。刘大夫,明人不说暗话,我们既然来了,早就想明白了,你要是故意治死我父亲,我就不这么跟你说话了。虽然你说手术挺成功,但是病人死了,你说这手术还叫成功?既然不成功,我们家也承担了这么大的精神损失,咱们也别找法院什么的,麻烦,就私了,五十万。你给我五十万精神补偿费,我给你那五万块钱手术费你也得退给我,我就当这个事从来没发生过。"

说着，他又拿出手机，翻给刘铮亮看那段他给钱的视频。

刘铮亮脑海里此刻就一句话，从没见过这种厚脸皮的，眼前浮现的都是诸葛亮对王朗那种淋漓的气势。但是，办公室可不是个争吵的好地方啊！

刘铮亮说："咱们有话好好说，别闹得满城风雨，真要给你钱，我也需要筹措一下，我手头没多少钱。你那五万块钱手术费，我现在就还给你。"

说罢，刘铮亮拿出手机，面对面转账给他。他想，就算我不给他后面的五十万，也许这五万块钱可以让他丧失在北京跟我打维权持久战的决心。这台手术自己就当吃苍蝇了。也许，那五十万就是个障眼法，他们的目的就是要回那五万块钱呢。

他还是想得太善良了。他觉得心里堵得慌，这再也不是他爷爷那一辈人认识的抚城人了，那一辈人爬冰卧雪，给新来的移民盖房子，脱下自己的棉裤给刚认识几天的小南方穿上，帮着小南方挖地窖、修厕所，砖头不够还会去厂里拖出一百多块耐火砖搭炉子烧砖。以前他能感受到的家乡的温度，都没了。

是什么让这些东西都没了呢？不是穷，也不是市场竞争，而是机会稀缺。人啊，只要机会少，他就不容易见到亮，不容易翻身，拼死拼活也就那样，多干少干也还那样，看不到前头的亮，他就一定变成招人烦的德行。

只要有点路子，谁不想活出点面子来？

第二天，这对父子又不请自来，还坐在昨天的位置，一声不吭，等刘铮亮上班，还是一顿好言相劝，好不容易送走。临走的时候孝子说："刘大夫，我们也没什么正经工作，就天天在这耗着我们也耗得起，不就是一天四个馒头、两袋咸菜嘛。我看你能不能耗得起。"

刘铮亮回应道："你有这份毅力，好好干一份工作，何愁不能成首富。"

第三天，如约而至。

第四天，不期而至。

第五天，不见不散。

第六天，主任找刘铮亮谈话。

王好主任是全国最著名的医生，他在《柳叶刀》上发表的第一作者论文，可以顶得上一个东部经济发达省份所有医院医生发表的神经内科论文科研价值的总和，四十多岁就拿国务院津贴，是刘铮亮这些人心中的偶像。

他平时不怒而威，不苟言笑，不接受采访，更不喜欢医生们不务正业。本院的医生们经常被邀请去电视台参加节目，或者被请去写书，王好都是非常厌烦的，他治下的科室，虽然没有被他严令禁止，但是从他对其他愿意出名的医生的态度上看，他的下属也不敢在业务能力未到的情况下贸然出位。用他的话来说：到什么山，唱什么歌，当医生的本职就是看病，要写书，辞职当专职作家去。

刘铮亮走进他的办公室时，他还是端着一杯铁观音，一边喝一边轻轻吐出一片茶叶,搁在手心。等了半天,他才不紧不慢地说:"我这个人吧,从来不屑于讲什么医德。天天满嘴讲医者仁心,显得虚伪做作。医生为什么要张嘴闭嘴讲自己医德高尚?这就跟编辑说自己不会写错别字、律师说自己法条背得好、军人说自己勇敢一样,这是医生应该做的,最基本的要求。所以我从来都不提,没意思。一个医生要是只能凭医德来建立口碑,那就是技术不行,也不是吃这口饭的料儿。"

刘铮亮认真听着他说话,头低着看地面,人生中仿佛第一次感受到,这个平时极为和善的老教授,要用平和的语言来对他进行一次最后的审判。

王好接着说:"但是,医德,是根基,根基虽然不是招牌,但根基比招牌更重要,你坏了的是医院的根基。我调查过了,那两个人第一天来医院我就调查过了,开飞刀手术,在别的医院可能有人睁一只眼闭一只眼不管。大家都会说,学医,又在这样的单位工作,博士起步,寒窗苦读二十多年,在别的行业早就是行业大咖了,在医生行还是小伙计。工资也没多高,压力还那么大,咱们就在别的医院收点儿钱手术怎么了?人家开饭馆的还能送外卖呢,咱们医生就不能上门送手术吗?在我这不行。你今天可以开飞刀,明天是不是就要开营养液吃回扣,后天是不是要拿天价红包,大后天是不是要求患者用进口高端支架然后去跟药代分钱?一环套一环。"

此刻,刘铮亮已经汗颜,嗫嚅着小声说:"王主任,求求你,给我一个机会。我这事糊涂，我知道自己这么干不对。"

王主任道："留是不可能留你的，留下一个你，用不了半年，咱们医院就会变成中央厨房，全国的医院就都是肯德基、麦当劳，我们的大夫就全国跑吧，也别坐诊了。你知道国家培养一个医学博士要多少钱吗？你以为就你家缺钱吗？我们的大夫都去开飞刀，出了事吊销一个行医资格证，你知道国家要损失多少吗？去哈佛、去耶鲁、去斯坦福，还有霍普金斯交换培养，这得多少钱？我们这行不是饭馆，可以送外卖。我们跟教师行业一样，你在学校当老师，就不许你出去自己开班补课，要不然，穷人家的孩子就再也别想上学学到知识。我们是社会主义国家，什么是社会主义？就是公平，有病可以看，排队拿到号，就可以见到最好的医生，这道理你不懂吗？我给你机会，你主动辞职吧，我不开除你，算是咱们师生多年的情分。如果那两个医闹不起诉你，说不定，你还能保留行医资格证，干点周边行业，毕竟是这儿出去的，到哪儿都肯定有口饭吃。当然，在北京干公立医院肯定很难了，背景调查这一关你都不容易过，但是干个药代什么的也许可以。这就是我的底线，你也知道我的脾气，不用再试探了，马上就去人事处办理手续吧。咱们到此，山水再难相逢。"

刘铮亮知道，他这是触红线了，说什么都没用。这里有一种偏执，不屑于过多解释。这是一种文化，也是一种传统，重要的话说一遍你就得记一辈子，重要的事做错了就别废话了，不是一个世界的人，多说一个字人家都嫌累。刘铮亮被熏染上了这种传统，王好更是如此。

多说无益了。

刘铮亮永远都会记得那天他从王主任的办公室走出来时的狼狈样。所谓意气风发,其实来自于这个单位带给他的优越感。而今,刘铮亮失去它了。

回到办公室,几位同事还不知道事情已经进展到这一步,还在跟他打招呼,但见到刘铮亮开始收拾办公用品,一时间都安静下来。大家一言不发,看着他平平静静抱着个人用品走出了办公室。

走廊里,那两位孝子贤孙见到刘铮亮立刻迎了过来,贤孙手里还拿着一个驴肉火烧,开心地嚼着。

刘铮亮苦笑着问:"刚才没见你们,出去买驴火了啊?"

孝子笑道:"这附近没什么好吃的,这不天天熬在这,虽说穷家富路,但是,我们是来讨公道的,也不知道熬到哪天,那不得省着点儿啊。"

刘铮亮回应说:"你们也熬到头了,我被医院开了。"

孝子一惊:"哎呀,老弟,这可太对不起了。那你那钱咋办?"

刘铮亮被他气笑了:"我没钱了,你要是想告就告吧,我一分钱都不会给你的。首先你要先请个懂医学的律师,然后审核病历,研究手术方案,找出手术过程中的人为失误,还要解剖尸体做病理分析。来吧，想维权你就维，我身份证号你有吗？我给你，去吧，提起民事诉讼。"

贤孙听到这话有点儿着急："你是不是不信我们起诉你？信不信告你个倾家荡产？"

刘铮亮说："那才是一场持久战，得打个两三年，试试吧。我也没什么可失去的了，私有财产就银行存款几万块钱，你去告吧。"

孝子贤孙起初不信，去人事处打听，才发现煮熟的鸭子飞了。贤孙开始埋怨起他爸聪明反被聪明误，不这么大张旗鼓慢慢敲打，说不定还能刮掉几层皮，结果这样杀鸡取卵，卵没取到，鸡死了。

刘铮亮从医院出来，万念俱灰。失去了工作，就意味着自己已经失去了在北京的一切可能。长安街上怎么没有天桥呢？如果有该多好啊。1998年抚城钢厂下岗工人田姨，你是不是就在抚城丹东路的天桥上，审视过自己的人生要不要和桥下的"小凉快"产生交集？长安街没有天桥，可走过一个路口，和平门内大街有天桥，走上去吧，看看桥下的车水马龙。他又想，北京的二环里怎么没有"小凉快"呢？老天爷就不能给我一个借口吗？你倒是拦一拦我啊。

也算是自己给自己找了一个借口，他还没把这事告诉女朋友。刘铮亮一个电话把她约出来，两个人坐定，他告诉了她实情：我失业了，也不可能再在北京行医。

她问:"那你怎么打算的?"

刘铮亮不敢看女朋友,眼睛瞅着桌角说:"我还不知道。我今天约你出来就是想跟你说一声,如果你觉得不合适,咱们以后就不用见了。我觉得挺对不起你的,耽误了你这么久,打乱了你的整体计划。我记得你说过,三十三岁前一定要结婚,三十四岁一定要生孩子。你看我这情况,挺不好意思的。"

说这话的时候刘铮亮在等待她的回音,其实他最期待的是女朋友上来就给他一巴掌,然后很愤怒地离开,这时候他再追上去拦下。不就是丢了工作嘛,脑子还在,换一份收入更高的工作很难吗?去卖药,活儿是没什么技术含量,也没有了在医院工作的荣誉感,可年薪一百万也不是多难,那可是实打实的钱啊。

他想知道,他是不是至少还拥有一段爱情。

可她开始跟刘铮亮客气:"没事,你也想开点儿。结婚呢,就是找一个合适的家庭,合适的合伙人,就跟股份有限公司一样。"

刘铮亮故作姿态地笑着接过话茬儿:"对,你看我这个合伙人破产了,而且也没有技术专利。合伙做生意,没有本钱,还要分割股份,这肯定是不健康的股权结构,也不利于长期发展。"

她听出来刘铮亮这话有点儿不高兴,想敲打他,又不想刺激他,这话不说估计以她的秉性肯定憋不住:"今天这单我买吧,你以后用钱的地方挺多的。"

认识的时候客客气气,分手的时候相敬如宾,大家都是小城市里考出来的体面人,再不高兴,也要活给自己看。你看,我现在变成大城市的人了，咱们要活得体面，别肉体进城了，精神还在城乡接合部。好聚好散，多体面。

有时候，刘铮亮多想要一段撕心裂肺的爱情啊，什么叫撕心裂肺的爱情？就是一个蛮不讲理的老娘们儿跟你撒泼打滚，坐地上哭，随手操起什么东西就往你脸上扔，去你家把你家东西砸个稀巴烂，嘴里咒骂着："你还老娘青春，王八蛋，你说你错没错？你错哪儿啦？你凭什么跟我分手，要分手也是我来说，你凭什么甩我！臭不要脸的，你给我说清楚。"

这才带劲，才够味，这才是灵与肉的交融。你以为交媾过了就是爱情升华了，就是水乳交融了？爱情不是一见钟情，而是什么问题出现的时候，都拆不开打不散，就要那股子狗皮膏药撕下来带层皮的感觉。

她还是太客气了，也太疏远了。

把她送回家刘铮亮扭头走的时候，可能也就老天爷还能替他记得当时他是哭还是笑。如果是哭呢，那一定是因为即将构建好的至少看上去幸福的家庭梦想就这么彻底失去了；如果是笑呢，谁不想因为爱情而去拥有婚姻呢？

刘铮亮又回头看了看她的背影，心里想：她需要一个婚姻，一个家庭，和一个是谁并不那么重要的男人。

第四章
急诊科

跟她分手后,刘铮亮又在北京熬了一个多月,在家里修改一篇论文,好交给师弟。他不知道怎么跟家里人说这件事,一直到有一天,他爷爷给他打电话来说:"别在北京装蒜了,家里都知道了,实在混不下去,明天就回来吧,包饺子给你吃。"

老爷子的一个电话,总算让刘铮亮回过魂来。

刚到家,那个李香兰住过的老宅,刘铮亮就闻到了饺子的味道。饺子端上来,眼泪就止不住。

刘铮亮他爷爷刘贻荪,闯关东那会儿来的抚城,八十多岁了依然硬朗。爷爷说:"回老家,咱差啥?要不我也不愿意你在北京工作。我这年轻时候可劲儿生,好不容易儿孙满堂,这一长大,一个个都跑了。回来,咱就开个诊所,拔个牙,给人家扎滴流,也能有口饭吃。老天爷给你那脑袋,脑袋就是出路,怕啥呀!"

刘铮亮嘴里剩半个饺子,嗓子眼儿酸得根本咽不下去,哭着说:"爷爷啊,我什么都没有了,我还能干啥呀?念这么多年书，就给人家扎滴流？那还念书干啥，早知道我当年就念卫生学校得了。"

他爷爷说："活人还能让尿憋死？你爷爷我当年从江苏来东北找我爸没找着，只能从长白山往沈阳贩药材谋生，大半夜在山里头被狼撵着走，你说我怕不怕？怕，可是老爷们儿就得顶上，怕也不能说。咱东北人为啥胆大？吹牛吹出来的？东北原来哪有人，都是关里人跑过来的，我告诉你，全是胆大的人闯出来的。你看看，你牛，谁看见你都服；你自己水裆尿裤的，谁看见你都欺负你。遇着事就平，遇到坎就蹲，能咋地呀！我当年刚到抚城就琢磨，抚城人，就像十月底的高粱秆，芯早就干成棉花球了，壳还硬，就硬挺着，哪怕吹吹牛，吹牛给自己听，也要挺着。不挺着不行，不给自己打鸡血不行，这地方太难熬了，自己再不给自己定定神，怎么熬过去？你呀，就是从小一板一眼顺顺当当走过来，没吃过亏，冷不丁儿这一闷棍，给你打懵了。怕啥呀，给我回来，北京的大夫当不了，咱回来干啥不行？"

老爷子说的刘铮亮都懂，但是他不想回去。

这一代抚城人，从小就接受一种教育：好好学习，学习好了考出去，千万别回这破地方。这是一个悖论，就是你爷爷辈好不容易从关里逃荒求活路跑过来，觉得这好就落地生根；然后，你父亲辈劝你赶紧跑了别回来。当初祖辈来这里，因为这里有工作，有工厂，就算你没找到工作，种地也能分到一二十亩地；后来要离开这里，因为工厂破产了，工人下岗了，要去外地谋出路。人活着，不就是谋出路嘛,有几个人家在抚城有三代以上的祖坟呢?谁不都是漂泊来的?努尔哈赤几乎把辽东的汉人杀绝了,现在这些抚城人,不都是祖辈两条腿从山东、江苏、热河、察哈尔一路走过来的?既然能走过来,为什么不可以选择离开呢?啥叫故土难离,其实就是懒得动。

东北早已经不是窝棚、马拉爬犁、狗皮帽子的东北了,也不是扳手、车床、炼钢工人的东北了。水泥森林,玻璃灌木,柏油马路上跑着的是奔驰、宝马、英菲尼迪,办公室里都是笔记本电脑。看起来是现代了,可如果你竖起耳朵听,还是能听出熟悉的味道,抚城的长途客车里还是播放着东北二人转《王二姐思夫》:

八月呀秋风冷飕飕哇,
王二姐坐北楼,
好不自由。
我二哥南京啊去科考,
一去六年未回头。
想二哥我一天吃不下半碗饭,
两天喝不下一碗粥,
半碗饭一碗粥,
瘦得二姐皮包骨头。
这胳膊上的镯子都戴不住,
满把戒指就打出溜啊。

东北人的情感就是这么直接，但有时候又絮叨，土，说想你爱你就说夜里难熬，说日渐消瘦、形容枯槁，就说戒指戴手上打出溜滑。啥叫出溜滑？就是冬天在冰面上滑。这种感情表达就比不了南方人"轻云刚出岫"那种温婉。大白话又让刘铮亮这种读了不少书的人开始看不上，觉得这太俗了，没有文化，不够含蓄。

不过既然回家了，以后就不能再以知识分子自居了。医生没了医院和手术台，就好比警察丢了枪，消防员没了消防车。落地的凤凰不如鸡，每一个从外地打拼不下去回来的人都有这种自卑感。

陈阿南虽然被医院开除了，但是他们家门路多，毕竟是抚城，咱们哪儿哪儿都熟，换个医院接着干。

刘铮亮见到陈阿南就说："王八蛋，你可给我害苦了。"

陈阿南说："老刘，我知道我对不起你，说什么都多余。你后面有什么打算？"

刘铮亮苦笑着说："我不知道，要不，我去南方看看，当医药代表？"

陈阿南说："你可拉倒吧，你以为是医生就能干医药代表啊？人家那是销售，你干过销售吗？"

刘铮亮苦笑着说："我除了拿手术刀别的什么都不会，可我现在能去哪个大医院啊？小医院人家就算要我了，神经内科也不是一个人就能撑起来的，设备呢，搭配的人员呢？人家医院没这个需求，肯定不养闲人，我就算想去家门口的抚城七院，都去不了。我早知道有这么一天，就干皮肤科了，就算被开除，我去电线杆子上贴小广告给人打抗生素也能吃口饭。"

陈阿南诡异地笑了笑："那未必，抚城七院缺人，他们那的医生最近跳槽的不少，很多科室都是老的老小的小，青黄不接。你要真想来，我去找院长，给你想办法，能进去。"

刘铮亮把手里的水杯放下问陈阿南："那需要花多少钱？"

陈阿南笑着说："花什么钱，老刘你这学历、经验都行，这就正好是周瑜打黄盖，这种情况好办。"

一个月后，陈阿南把事办完了。毕竟刘铮亮的行医资格证没被吊销，之前医闹的孝子贤孙拿到手术费之后也没继续闹，所以刘铮亮还有继续当医生的机会。

七院神经科、内科目前编制已经满了，院领导先把刘铮亮安排在急诊科。爷爷听到这个消息的时候乐坏了，当年刘铮亮和北京的医院签合同的时候，他在电话那头也就"哦"了一声。

爷爷说："这下好了，将来我要有那一天，大孙子你来送我走。这多带劲，本乡本土，上班走路五分钟，下班顺道还能把菜买了，到家脱了衣服就吃饭。将来买套好房子，抚城一百平的房子，五十万能下来不？娶个媳妇，挑会过日子的。有人才有家，有个好人跟你过，住窝棚都舒坦；没有人，给你一个故宫你住进去，就觉得幸福了？北京有啥好，一平米房价都快十万了，啥家庭能在那买房？抚城多好，要山有山，要水有水。咱就在抚城过日子，人这一辈子过啥呢？就是过人呢。一个个人从你眼前过，爹妈、爷爷奶奶、姥姥姥爷，然后是媳妇，将来再有孩子，再有孙子。世面你也见过了，书也念过了，回来，就当陪我了，帮我把我这辈子要过的几个人都过圆满了。"

这是刘铮亮他爸出生的医院，也是刘铮亮出生的医院。它不大，就两个楼，一个门诊楼，一个住院部楼，也没什么科研项目。如果不是急诊，平时病人也不愿意来这看病。医院周围都是穷人，饭店招服务员起薪一千五，一碗冷面五块钱卖了十年。有一家冷面馆没跟其他家商量就涨价到六块，然后就没人来吃，黄了。

刘铮亮没想到，他人生中最有价值的时光，会在这里度过。

刘铮亮第一天到抚城七院报到，是龙院长亲自来见的面。

老头满脸堆笑，说："首先呢，欢迎你啊，小刘，不管怎么说，你毕竟是大医院培养出来的。我知道，你以前犯过错，我知道，这没啥，不就是飞刀手术嘛。"

刘铮亮听到这话惊得眼睛都圆了，在原来单位只能偷偷摸摸出去跑的飞刀手术，龙院长说得这么轻松。

随即龙院长收起笑容，认真地对刘铮亮说："小刘你刚来，你不知道我什么脾气，他们都知道我。抚城经济不好，比不了北京、上海，咱们医生工资也低，一个月基本工资才三千多。你说，这医院虽然不大，各个科室总得有拿得出手的大夫吧？哪个大夫不是用病人的身体甚至生命培养出来的？电视剧里说的都是医者仁心，那我就要问了，让你放下书本马上拿起手术刀，拿起导丝，你就能马上治一个活一个，华佗附体了？不能，都得一床床手术堆，都是从手忙脚乱一步步过来的。好不容易用时间、用病人堆出来的好医生，人家也是读了二十多年书，挨了十多年累，人家成手了，说自己想去沈阳，想去北京，想去南方工作，人家就是想多挣点儿钱，你能拦着人家？"

刘铮亮摇摇头。

龙院长接着说："所以啊，也不怕你笑话，我的管理模式，就是睁一只眼闭一只眼。把好大夫留住，往小了说，我这院长当着安心，往大了说，抚城这穷地方，下岗工人、退休职工有地方看病，有靠得住的医生给手术，这就是功德无量。"

刘铮亮的嘴角开始有点儿笑意，他思忖着，龙院长这后面是要讲职场潜规则吗，是要拉他入伙？就问道："龙院长，您都是怎么睁一只眼闭一只眼的？"

龙院长哈哈大笑，说："比如说，有这么一个大夫，去乡镇医院给人家做手术，收了五百块钱，给人家农民省了进城的住院费。乡镇医院一天床位费才五块钱，城里呢，就咱们这医院一天还七十呢。一天七十，住院一个月，一个工人一个月工资出去了。你说这事我能不能管？我能管，也确实在我职责范围内，可是我张不开嘴啊。就说去年，有两个病人进内科，家属说啥也联系不上，一打电话就关机，病人危重了，得管吧？花了好几十万，好不容易治回来了,过几天,病人脚底抹油跑了。这钱谁出?那我作为院长,我肯定得罚他们科室钱吧。从制度上说就得罚钱,要不人人都来医院免费治病,都这么干谁受得了,我就得犯渎职罪了。这边你严格要求了,那边你就得放宽点儿约束,当领导,肯定不能既要马儿跑,又要马儿不吃草。"

龙院长拍拍刘铮亮的肩膀,说:"但是啊,我也有我的原则底线。有的大夫,治个发烧感冒,打两个静脉注射液,前面退烧药氨林巴妥,后面就跟上一个柴胡注射液,或者是丹红注射液,再不就是喜炎平注射液,排毒消炎嘛。三十块钱能治好的病,让人家花三百,一百块钱回扣药厂给你。花三百把病治好也就罢了,这些蒸馏出来的中药注射液,咱们都是学医的,知道副作用多大,搞不好一针下去就能死人。这肯定不行。往公了说,这叫利用知识壁垒草菅人命,这不就是在欺负人家老百姓不懂嘛;往私了说,这就是把全院的医生往邪路上带,把我往监狱里送。所以,你这个底线将来也必须给我守住,别给我整没用的,逮着一个病人就随便上什么营养液、进口药,别当我是瞎子。另外咱们抚城就这么大,你这么干了,都是低头不见抬头见的乡里乡亲,名声也不好听。本来就犯过错误,回老家了还犯错误,你以后还能去哪混?你有一天岁数大了,老了,还回不回来?根在这,就别乱来。"

刘铮亮长见识了,他此刻对龙院长的尊敬油然而生。唱高调容易,随波逐流也容易,在两者之间找到好人和坏人之间的临界点,当一个俗人,但不是老好人,最难。中国就一个协和,还有几个顶级医院，但是中国有几千个、几万个抚城七院，你不可能要求所有医生都以最高道德标准去约束自己，要求所有的医生都是行为上的圣人。如果真这么做，就要付出极为巨大的成本去维持。医疗服务不是商品经济，没有多少同类竞争的空间，你非要跟命讨价还价，死神是不会给你打折的。所以，别指望大幅度提高别人的道德标准来降低自己的生存成本，这是从古至今乃至未来，都不可能的事情。

刘铮亮他们急诊科有几个年轻人，大家聊起来，各自一打听，都是上下两三届的高中校友，中间隔着几个认识的朋友，或者跟谁打过架，或者上学那会儿跟谁谈过恋爱，所以很快就相熟了。

科室里有两个人他经常接触，一个是陈阿南，另一个是车明明。车明明这姑娘典型的嘴损抚城女人，三十二岁了谁也看不上，至今单身。她张嘴说一句话能给你顶一个跟头，大家爱跟她交朋友是因为她一喝酒就开朗。喝酒的时候，一手拎着天湖啤酒瓶子一手兰花指，半醉半醒跟满桌的朋友说，你看我这小腰，看我这前凸后翘，婀娜多姿，人都说我招蜂引蝶的眉眼，放浪形骸的身形，外面不一定多少人呢，其实你们不知道，我都要憋爆炸了。来吧，干吧，都在酒里呢。等一醒酒，就是端庄淑女，高冷女王。

刘铮亮第二天上班，就遇到一个段子一样的病人。

两个"小凉快"司机，下午没什么活儿了，就在石油大学路口的杨树下乘凉。一个"小凉快"司机就对另一个说："哎，你说，冷面那东西怎么吃一碗就吃不动了呢？当时吃不动，过一会儿还没两趟厕所，又饿了。还是粽子好，胀肚，顶饿。"

另一个司机说："我媳妇今天就给我带的粽子。"

头一个司机马上走过来一把抢走了一个粽子，一手支开来抢夺的同伴，一手飞快地把粽子扔进嘴里。也是着急，也是正好笑闹着，他笑着笑着脸色铁青，双手扶着脖子就憋得青筋尽显。

幸好石油大学路口不远就是七院，三分钟不到，人就送到急诊室了。

刘铮亮正给一个病人做心电图，刚把贴片贴上，警铃响了。病人知道自己这个事并不特别急，也很明事理，就对刘铮亮说："你要是有急事就忙去吧，我自己看着就行了，不就这三条曲线嘛，什么时候变直了我叫你呗。"

车明明接过话："你没事，你这心电图蹦跶得跟五线谱似的。"

"小凉快"司机的同伴一路大喊救命，刘铮亮马上从诊室出来，都没来得及进门诊，在大厅里就问："怎么了？"

同伴回答："吃粽子卡住了。"

刘铮亮马上顺着病人口腔往里看，同时告诉车明明，准备喉镜，一会上。病人已经窒息三四分钟，再拖一分钟就要出大事。

刘铮亮又对陈阿南说，先试试海姆立克急救法，这是粽子进气管了。这司机太胖了，刘铮亮有点儿撑不住，两只手从司机后背伸到前腹部，竟然都不能合拢抱住。陈阿南在前面使劲向上推，给患者胸部压力,好让粽子向上移动。

推几下,就看看喉部,内镜没到就用手机的手电筒功能借助灯光看,还是看不到粽子残渣。

陈阿南说:"要不,咱们赶紧插管吧,再窒息患者就不行了。"

刘铮亮刚想同意,马上又想到了什么,说:"不行,他吃的是粽子,那玩意黏,这一插管就该把粽子顶下去了。"

他眼珠子不停地转,审视着急诊室的所有设备,希望找出一个可以用上的工具。

止血钳。

这可是个好东西。刘铮亮操起止血钳,搭好喉镜,直接就伸到患者口腔里,止血钳的头正好能够到,还可以把粽子夹出来。车明明这会儿已经准备好内镜,跑过来准备检查,才发现这边已经处理完了。

患者的脸色慢慢从铁青变回红润,不一会就恢复了意识。两个人对刘铮亮千恩万谢,刘铮亮开玩笑似的说:"以后吃东西别闹,都挺大的人了,食不言,寝不语,不知道吗?"

同伴司机还问:"哎,大夫,你说他这是不是没进化好,吃个粽子还给吃气管里了。"

陈阿南在旁边笑着说:"人这嗓子眼里啊,长着一个道岔,喘气的时候,它就扳到这边,吃饭的时候,它就扳到那边,这两件事,只能选一个。他刚才就是扳道岔整差迷了,火车掉道了。"

粽子窒息患者还没送走，120急救车的声音响起来，有紧急情况。急救中心给的信息是，一个十五岁的女孩在中午放学的时候被大货车撞飞，病情危重。

担架送到的时候，几个医生马上接手。

护士推着担架向急诊手术室狂奔，一边跑，一边喊道："血压75，55。"

患者已经深度昏迷，刘铮亮仔细观察患者，右颞头皮出血。他扒开了小姑娘已经被血水浸染的头发，才发现脑组织已经随着患者急促的无效呼吸外溢。

刘铮亮心凉了半截，多年轻啊。他马上对陈阿南喊道："开放性颅脑损伤，赶紧包扎。"

他又扒开患者的眼皮，双瞳孔散大，照射眼球，5毫米光反射消失。再看别的地方，胸腹部擦伤，左大腿骨折。他又对车明明下命令："简单固定大腿，让护士剃头，验血型，你准备上心电监护，安排导尿，抗休克。"

稍微处理一下后，刘铮亮他们几个把患者送进了急诊绿色通道CT室。陈阿南看着CT说："右颞硬膜外血肿，多处颅骨骨折，脑组织严重位移，挤压脑干组织，脑脊液循环受阻。"

他沉默了两秒钟，才看了看身边的几个人说："脑疝。"

脑疝，是指颅腔内的某一分腔有占位性病变，压力高于其他分腔，脑组织从高压区向低压区位移，有时被挤入硬脑膜的间隙或孔道。

小女孩的父母这时候也赶了过来，围着几个医生问什么情况。陈阿南回答说脑疝，孩子爹妈根本听不懂，一脸茫然。

这时候刘铮亮说："脑神经被拉扯挤压，脑干组织也被拉扯挤压，大脑里面的脑脊液循环都阻碍了，简单点儿说，就是孩子的大脑里头现在撞得不成样了，柴豆腐撞成豆腐渣了，都散了，不手术的话，肯定没希望了。如果手术的话，也很有可能是植物人。手术和预后支持，再上很多药物，全下来搞不好二三十万。钱花了，也有可能人没留住，或者留住了也是植物人。你们考虑好了再决定。"

小女孩她妈看了一眼孩子她爸，问刘铮亮："大夫，你有几成把握能救活？"

"一朝被蛇咬，十年怕井绳"的刘铮亮，此刻脑海中闪过了拒绝的念头。他想躲过这个坑。以他的经验判断，这个孩子很难救活了，既然很难救活了，他也没必要再让自己置身险境。如果抚城七院的工作丢了，他可就只能偷摸开个地下诊所打吊瓶，给人治感冒发烧了。所以他有那么一瞬间，让自己也让人憎恶地说出了几句虽然真实但没有职业道德的托词。他想用困难吓走患者家属，也想用这些困难保证自己安全。

小女孩她爸说："咱治，俺家不差钱。"

不差钱？不差钱你能让你家孩子在工农街道那破学校上学？不差钱你能住耐火材料厂工人社区？这些话医生们怎么可能听不出来

呢，刘铮亮以前就在那里上学，全班五十二个学生到最后考上高中的就他一个，其他人不是在歌厅，就是在菜市场卖菜，那里的家长都下岗颓废，孩子也跟着放羊，他能考出来都是奇迹。

小女孩她爸见刘铮亮犹豫这几秒，好像是猜到了大夫的自保心态，"扑通"就给刘铮亮跪下了："求求你了，大夫，给我闺女救回来！就算救不回来我们家厚道，我们不会讹上你，求你了，大夫！"

刘铮亮点点头，刚要说行，陈阿南接过话来，说："你们先把手术费交了，赶紧把手续办了，无论是手术还是治疗，都得有手续。"

刘铮亮知道陈阿南什么意思，这老同学是在保护自己。这种遇事先求自保而不求真理的处事风格，在他看来就是他与抚城这个城市的深层矛盾。但是他自己刚才不也那么卑劣嘛，虽然就一瞬间。

小女孩她爸问："大夫，需要多少钱？"

陈阿南说："先准备三万块钱吧。这些钱也就打底，后面肯定不少。"

小女孩她爸说："我现在手头就一千六，我先交上，这就回家准备钱。咱家不差钱，我能弄到。大夫，赶紧给我闺女治，我跑不了，我这就回家，别等我，我半个小时肯定回来。"

小女孩她爸说完要走，刘铮亮赶紧拦下，说："别着急走，钱不着急，见不着钱也给你们孩子手术，你们别怕。但是你们必须签字，所有的情况我们都跟你们说过了，你们确定签字，我们才能手术。手术马上就能做，做完就要上好药，别耽误了，赶紧准备钱。"

两口子没合计，马上都签了。

小女孩她爸立刻一路小跑出了急诊去取钱，孩子她妈签完字就瘫在那了。

刘铮亮他们几个从急诊的走廊去往手术室，刚走到门口，就看到了艾辰。陈阿南用下巴点了一下旁边那个男人，对刘铮亮说："他就是艾三。"

第五章
艾三

艾三可不是个简单人物。

他年轻的时候没钱，又想一夜暴富，就跟哥们儿几个抢劫。被抢的事主肯定不服啊，两边就打起来了，艾三拿出刀给了人一刀。另一个哥们儿一看下死手了，跟着一刀把事主捅死了，当然被抓后直接就判死刑给毙了。艾三被判了十八年，在监狱里待到第十年的时候，艾三他爸着急上火一天三包烟，终于抽出了肺癌，查出来都是晚期了，二十分钟倒一口气，就挺着想看一眼儿子。监狱法外施恩，让狱警带着艾三来看他爸最后一眼。艾辰一听说她爸要回来，就在家里包饺子等。艾三一进门就在他爸耳朵边喊："爸，我来看你了。"过了一分钟，老头睁开眼，眼珠子瞳孔要散没散，慢慢调焦好半天才聚了神，看到是自己儿子来了，后面还跟着狱警，憋了一口气，也不知道是从丹田出来的，还是从脑门顶出来的，声嘶力竭喊了一个字："跑。"喊完这个字，多一秒钟都没有，脖子一扭就死了。就像东北冬天的煤气罐存量见底了，把煤气罐放到大水盆上,给煤气罐浇上热水烫一下,煤气遇热膨胀火苗"腾"一下起来了,然后转瞬即逝,火就灭了。艾辰就在那摇着煤气罐,她这一笊篱饺子,说什么也煮不开了。

等艾三提前释放出狱的时候,女儿都十五了,老婆早就跑了。艾三出来找工作,没有哪家正经行当愿意要他。哪怕是歌厅招镇场子的保安,人家老板都是双手作揖客客气气给送出来,扭头跟经理说,这种人有过人命案,不知轻重,我哪儿敢要啊。哪天老哥情绪上来了,再给哪个喝多的酒憕子来一刀,我就得跑路了。我就要能吓唬住人的就行,你别给我整真下黑手的,我这是做买卖,谁来挑事有人能帮我削一顿就行,我又不整黑社会,要那狠人干啥。

得找活路。艾三跟着朋友在抚城七院给急救中心扛担架、推病床,一个月三百块钱。早上一个馒头两毛钱,一块腐乳五分钱,中午两个馒头四毛钱,两块腐乳一毛钱,晚上两个馒头四毛钱,一块腐乳、一块臭豆腐一毛钱,一天天就这么过,没滋没味。女儿艾辰上学交个练习册费五块钱,艾三拖了半个月也没交上。班主任老师来家访,骑着自行车到丹东路街道,一进门看到家里的陈设就哭了。家里床就三个脚,暖气片上开了一个水龙头,地上摆着一个盆,冬天的时候就用暖气管子里的热水洗衣服。暖气管子里的水为了防止堵塞里面都添了氯化物,可以溶解铁管子里的杂质,所以有腐蚀性,洗出来的衣服穿着穿着浑身痒痒,衣服穿久了一撕就破。但是没办法,省钱,省水。这样的日子过了好几年。

后来有个病人大半夜去世,艾三负责把人送到太平间。病人家就来了一个家属，艾三一看竟然是以前的同案犯，这哥们儿也是出狱后没工作、没家室，老爹去世也只能一个人跑来跑去办手续，忙不过来，就跟他说："三哥，你帮我给我爸穿一下寿衣呗。"

艾三说："你爸就是我爸，你赶紧跑手续，这事我来。"

因为穷，发送人的时候，花圈都是几个狱友或是同案犯或是同案犯的狱友自己买手纸扎的，灵棚是跟小卖部借的可口可乐遮阳伞。可是可口可乐公司给小卖部的遮阳伞都是红色的，办丧事用红伞有点太另类，艾三大半夜又敲开小卖部的门买墨水涂黑，四个伞中间搭一块白布，这才算搭上灵棚。

灵棚搭好，哥几个又没心没肺支起了麻将桌，稀里哗啦，洗牌声响彻这个安静的退休工人居住地，在四下漆黑、缺灯少火的环境里，配合着哀乐，映衬出悲喜交加的复杂情绪。

第二天晚上哥儿几个正守灵，天阴了，来了一场雨，涂上去的一得阁墨水沿着遮阳伞的伞骨就这么形成了几十个黑水柱。苏式工人宿舍的楼院泥地上堆积出了好几片黑水坑，像是昨晚刚洗过几车煤。遮阳伞变红了，人也哭着哭着笑了，笑着笑着又哭了，这葬礼办得喜庆，老远看还以为快餐店的开业典礼。

第三天起灵，艾三从家里拿出了他爸当年吹过的唢呐，一边吹一边哭。他哭他自己怎么活得这么惨，又哭哥儿几个怎么就都混成了天涯沦落人，更哭自己的爹当年走比这还凄凉。哥儿几个也都跟着一路哭，哭一会就嚎，大老爷们儿嚎起来，隔着两条街听着都觉得瘆得慌。一直哭到墓地，墓地也是选到了一个墓园的角落里，不朝东也不朝南,这样的位置最便宜。哭也哭完了,墓碑周围的杂草也都清理干净了,艾三特意拿了一包石灰,在墓碑周围均匀撒上,说这样就至少一年不长杂草了。

祭拜完,封了墓室,要走的时候,艾三说:"我给老爷子吹一段唢呐吧,我把他儿子带进监狱,现在出来重新做人多难啊,我给他道个歉。"

说完他就吹了一段唢呐独奏《乡音》,凄凄惨惨戚戚。

磕了三个头,几个人要走的时候,旁边一男一女把他们拦下了。这两口子是来给家里人提前选墓地的,家里人已经病入膏肓,所以见到他们这样也触景生情。

那女的说:"大兄弟,你们是哪家丧事一条龙的?给我留个电话呗,我们家过几天可能就要用了。我看你刚才哭的那样,礼数也好,我想给我爸也找你们,给他老人家热热闹闹发送走。"

艾三当时就懵了,但是他也不了解行情,就说:"你能给多少钱啊?"

那女人说:"就从穿寿衣到下葬,这一套,五千块钱行不行?"

艾三问:"别人家都多少钱啊?"

那女人懵了:"你干这个的你问我,谁没事挨家打听这个价啊。"

艾三盘算盘算,说:"这样吧,你先给我三千块钱订金,我给你置办置办。"

他拿到三千块钱，先去婚庆店要车。葬礼和婚礼不一样，要出单不出双，一台车一百五，七台小车抹个零一千块钱，一台大客车二百，一共一千二。再去建材市场买了棚布，挽联横幅托邻居写，丧棚钢架哥几个自己电焊，花了一百四。去快倒闭的一个不大不小的杀猪菜馆订了五桌饭，交了五百块钱订金。又自己扯了四丈白布、三米黑布，回家做孝带。骨灰盒花钱找耐火厂的木匠帮忙。东北那几年哪有楠木、黄花梨，听都没听过，东北有的是杨树、松树、白桦树，不过这几样做成骨灰盒就一个毛病，木头里的纤维没晾干透，容易裂纹，木质纤维噼里啪啦往下掉。这玩意不能当骨灰盒，保不齐几年后事主家再搞合葬，一开墓，里面骨灰盒烂透了，骨灰都成糨糊了。艾三就去高湾农场寻摸了一棵野桃树，砍下几个大枝节，回来靠着暖气烘了一个星期，再去找油毡纸厂的朋友要了半桶底桐油，把做好的桃木骨灰盒漆好，再烘干，这才完活。

全套算下来，赚三千块钱。

这买卖好，你说一个价，没人还价。硬性成本就是出车和找饭店，其他的都能对付，你要有钱你就多出钱，你要没钱，我也能想出没钱的办法。

艾三又在医院，但凡有病人没了，他第一时间知道，还第一时间接触家属，三两句话就把买卖拿到手了。一单五千、八千，再加上各种仪式，多念叨几句二人转跳大神的唱词，什么"日落西山黑了天，家家户户把门关，喜鹊老鸹森林奔，麻雀家雀奔房檐，五爪的金龙归北海,千年王八回沙滩",把这一套整出来,仪式感立马就有了。

他的核心团队跟人家都不一样,都犯过事,蹲过大牢,都知道里面的苦,不像街头染红毛的小崽子不知深浅、吆五喝六,脾气都老实多了。哥儿几个一起扎纸,哪个哥们儿要上个厕所,头几年还会习惯性地说一声"报告",后来慢慢好些了,也会打个招呼说上厕所。

年轻时候犯过事,就在身体里留下了烙印。害怕,怕惹事,看到小年轻的打架都躲老远,遇到文个大龙的光膀子大哥都不愿意多瞅,就怕被问"你瞅啥",惹不起了。

两三年的工夫,艾三这生意就起来了,哥儿几个一起干,三五家分店就开起来了。沈阳的墓地价格比抚城贵些,他还能在沈阳大东区拉一些活儿。为了利益最大化,行业上游的车,下游的饭店,也都自己开了。上下游都是自己的买卖,利润也就多了。正好闺女也大了,饭馆这摊生意就让闺女管着。

这就是柳暗花明又一村。

艾辰见到刘铮亮,笑着迎上来:"刘大夫,怎么你来七院上班了啊?"

刘铮亮看见艾辰,脸上就自然带笑:"刚过来,你今天这是趴哪单活儿啊?"

艾三递过来一支烟,刘铮亮没接。艾三说:"刘大夫,我听说急诊又来一个出车祸的,一会得开颅手术?你给我们透个底,能救过来不?"

刘铮亮说:"你们搞白事的,也没什么成本,救得活救不活一会等手术结果不就行了,你现在问我,我上哪儿知道?"

正好手术准备完毕,刘铮亮就一路小跑进手术室了。艾三看着刘铮亮的背影跟他女儿说:"这小子瞅着水平不低啊,以后七院这生意要难做了啊。"

陈阿南不着急,他要回急诊坐班,就问艾三:"艾叔,我也不明白,啥活儿值得您亲自跑一趟?"

艾三笑着说:"这你就不懂了。这小姑娘出车祸了吧,肯定胳膊腿骨折了,这再做开颅手术,里里外外都折腾个遍,真要是送走了,不得给好好打扮打扮啊。人家是小姑娘,才十五岁,脑袋上套个白纱布下葬?那也不好看哪。人家来人世一遭,走的时候不得干干净净、漂漂亮亮的嘛。这一收拾,一打扮,俺们这行就有用了。你三叔我就会吹吹打打、念悼词、开光、发送、摔盆、打幡这一套流程,说白了就是动嘴的。人家那是手艺活儿,我想学也学不会,怎么把脑袋缝上不滴血、不露针,眼角上不上胶水,嘴里放啥,肛门怎么堵,这些都得学。你以为入殓就是把脸刷得红扑扑的就完了啊,眼角不放胶水,那皮肤一干,再加上冷冻,眼睛睁开了你说吓人不吓人。有的农村讲究停几天,肛门就得堵上,还得上药水,因为要杀菌,要不这细菌繁殖起来太快了,赶上大热天,三天没到可能肚子就鼓起来了。咱们这行别的钱都是常规钱,就赶上这种的才算大的。这小姑娘爹妈肯定心疼闺女啊,再没钱也不能让闺女血的呼啦走吧,哎,今天咱就等这一单。"

陈阿南听着怎么这么别扭:"听着怎么有点儿缺德呢?我们手术救人盼人活,你们父女俩在这盼人死。"

艾三不愿意了:"什么叫缺德?人救活了,你们救人一命胜造七级浮屠,功德无量;人没救活,我们风光发送给人尊严,也是功德无量。这哪能叫缺德,这叫对冲。懂经济学不,人家美国的巴菲特都这么说,做买卖,两头押,不亏。人体体面面送走了,家属心里不也舒坦不少。二胡拉起来,唢呐一吹,我跟你讲,没有二胡拉不哭的人,没有唢呐送不走的魂。气氛一到,哭出热闹,也能哭出心里的苦,哭出半辈子的憋屈,嚎出一辈子的愁。死人都死了,那活人咋办?哭完擦干眼泪人家家属就还是个正常人,还能支棱起来活。这就是我们这行的德行,懂了吧。"

艾三这样的人,只能看到表象,就是一个小姑娘被大货车撞了,脑袋里面都出血了,看这样人肯定不行了。其实刘铮亮他们都知道,孩子送来得早,尽早进行颅内减压手术,清除血肿,还是有百分之二十的机会活下来的。当病危通知下来的时候,艾辰就站在小女孩她妈对面,她一个眼神过来,艾三就出去张罗了。

入殓师肯定得会缝针的,这孩子出车祸没的,保不齐肋骨折了几根吧,得找个明白人会收拾的给收拾收拾。内衬不能用铁丝,要不然火化的时候骨灰里多出一捧钢丝球这就不严肃了,得用竹子,匝好,撑着寿衣不倒。

这活儿艾辰用手机的计算器都算好几遍了，按最节省的人家花销走，至少三万块钱，稍微有点儿排场的，四万块钱。

手术开始了，先要维持病人机械通气，这孩子已经不能自主呼吸了。全层切开头皮，再反转过来，暴露颅骨。这时候可以看到，患者的前颌骨有一个骨折瓣，向四周放射状散开骨折线。

车明明说："颅底还有反流出来的脑脊液。"

刘铮亮说："生理盐水配庆大霉素冲洗。"

他让车明明用咬骨钳咬下一块患者颅骨骨瓣，留下一个窗口，一边操作一边给车明明讲："患者颅内血肿，血肿量估计至少90毫升，中线结构偏移12毫米。这种情况死亡率统计就没低于过80%，必须快速脱水，不能让她持续血肿。甘露醇20%静脉注射，滴速160。"

护士一边操作一边重复道："20%甘露醇，滴速160。"

刘铮亮亲自切开了小姑娘的气管，好让已经不能自主呼吸的小姑娘保证血氧量。他切好气管，让护士跟进操作，又过来帮车明明处理大骨瓣。这个时候就听护士说："ICP还是太高了。"

刘铮亮头也不抬："阿南，你去取甘露醇、速尿、多巴胺。"

陈阿南冲出手术室，直接去了急诊药房，再回手术室时，也来不及消毒，只能先在手术室门口把药递给护士。

小女孩她爸就问陈阿南："怎么样了，大夫？"

陈阿南回答："ICP太高了。"

孩子她爸问:"啥叫ICP?"

陈阿南回答:"就是颅内压,孩子现在脑子里压力太大,被车撞了之后,脑袋里血肿了,压力就大了。现在都5.33千帕了,我跟你说,哥哥,你也要有点儿准备。你要不信我说的话,你就去网上查,现在孩子的手术数据参数都是有记录的,你家孩子这情况,你把这些参数放网上搜搜,能救活的,全世界都是有数的。"

孩子她爸蹲在那里不住点头:"真救不活,那就是她的命了。那下面大夫要怎么治?"

陈阿南说:"里面的刘大夫,要用一个微型的吸尘器,把孩子脑子里的血肿吸出来。"

车明明把大骨瓣从病人颅骨上拆了下来,颅压马上就下去了不少。刘铮亮又说:"预计病人出血量500毫升,输血400。下面要进行血肿清除和脑组织挫伤清理,我来吧。"

刘铮亮拿着吸引头,小心调节着负压,再交给车明明处理血肿。他拿起双极电凝,开始清创:颅压下来了,重要器官衰竭的概率就小多了。

"我都一年多没摸这个双极电凝了。人啊,都是逢山开路遇水搭桥,最早以前用的是单极电凝,开始这玩意不能用在大动脉或者脑袋里,放一次电要经过病人全身,电量太大,放一次电保不齐就会把病人脑组织电死一片。后来科学家就想办法啊,我弄两个头,电就从这两个头过,既能当刀切割,又能止血。"

车明明回应道:"你是不是突然又能摸它了,觉得又会上自己的小情人了？"

刘铮亮一边干活一边说："哎，我问你啊，你说这电刀电凝一体，既能切割，还能缝合，你知道是什么原理吗？"

车明明说："这你问谁呢，我又不是电工。"

刘铮亮告诉车明明："其实很简单，都是放电，一个放得多，把肉给烧气化了，就当刀用；一个放电放得少，把肉烧熟了，就可以止血。一个高频放电，一个低频放电，水能载舟，亦能覆舟。"

车明明这边开始准备缝合生物膜，笑着说："你这是要讲啥人生哲理了？"

刘铮亮头也不抬，说："只要有电，让我干啥我就能干啥，这就是电刀的人生智慧。"

几个小时后，手术室大门打开，几个医生从里面走了出来。小姑娘她爸马上跑过去问，刘铮亮点点头，说："目前看是脱离了危险，但后面几天还是挺凶险的，尽人事听天命了。"

要不是手里拿的是手机，不是计算器，艾辰都要把手里的东西扔地上解气。她什么时候看这事走眼过？120急救车进医院的刹车怎么点，她看一眼就知道什么毛病；先下车的是护士还是医生，她就知道这人还有没有救。

刘铮亮看到艾辰在旁边丧着脸，情不自禁走过来逗逗她："活儿跟丢了？"

艾辰也没理他，走出老远给她爸打电话。

这时候艾三正在火葬场，跟另一个葬礼。

东北的冬天，尤其是冬至的时候，白天最短，因为比北京早了一个时区，早上八点多太阳才会出来，下午四点多天就黑了，所以都说那时候阴气重，容易送走老人。其实就是天冷，室内外温差大，人在屋里暖和，一出门，冷空气一刺激，皮肤收紧，血管收紧，血压噌一下就上来了，指不定哪个血栓也一激灵飞走了，挂到脑仁里就是脑栓塞，挂到肺头上就是肺栓塞，治不过来，人就没了。艾三现在送走的这个老爷子就是。

艾辰打电话过来的时候，艾三还在念叨台词呢：

开眼光，看四方。

开耳光，听八方。

开鼻光，闻五谷香。

开嘴光，吃猪牛羊。

开心光，亮堂堂。

开左手光，抓钱粮。

开右手光，做文章。

开左脚光，走四方。

开右脚光，脚踏莲花去西方。

头枕袄，辈辈好。

脚蹬裤，子孙富。

马在前，轿在后，孝子贤孙分左右；

老人往生驾鹤去啦。

念叨完，人往炉子里一推，这辈子就算完结了；再从炉子里出来的时候，有机物都没了，只剩下无机物了，盖要是没盖好，风一吹无机物都没了。有几颗金牙，还要提点一下家属，收敛遗骨的时候，有的人还恨不得把骨头捏碎了找金子，也不知道火化的是不是亲爹，可能是矿工的职业本能吧，把骨灰当淘金了。

艾三得空抽根烟的工夫，才给艾辰回电话，一听人救活了，赶紧给沈阳的入殓师打电话，说哥们儿你不用来了。

入殓师大哥说："我这开车都到你家门口了，你遛我玩呢啊？"

艾三只好赔不是，好说歹说给了人家一千块钱才送走。

这边艾辰走到刘铮亮的办公室，见刘铮亮还在给小女孩写病志。艾辰就在那儿逗刘铮亮："刘大夫，看这样，以后七院急诊这块买卖，你打算给我断了呗？你说那小姑娘都撞成啥样了，脑浆子都出来了，你都能给折腾活了，挺厉害呀。"

艾辰对刘铮亮挺有好感。她每天接触的老爷们儿，都是她爸手底下那几块料，有打架斗殴刑满释放的，有诈骗罪保外就医的，大金链子小手表，一天三顿小烧烤。艾三也给她介绍过对象，不是税务局的就是工商局的，一个月三四千块钱工资，还都有小城市公务员特有的优越感，相亲的时候都是老大不情愿，要不是因为艾辰长得好看，这相亲都多余来。之前一个税务局的说自己这仕途还得往上走，税管员不能干一辈子，还得指望艾辰多帮忙完成任务。艾辰一听乐了，说你跑我这拉业绩来了。她心说你开那点儿钱还不够我买个包呢。

艾辰就想找一个脑袋比她聪明的，她觉得自己就不聪明，再找一个缺心眼的老爷们儿，这日子过着就没意思了。她觉得刘铮亮这小子有点儿意思，感觉像是书呆子，又有一股子倔劲。抚城姑娘挑爷们儿都喜欢有脾气的，这脾气是啥，就是遇到问题扛下去的信念。当然这个标准也不那么容易量化，有时候找个有脾气的一眼没看好，就找了一个喝二两马尿就打老婆的。挨打了也有挺多凑合过的，觉得这是老爷们儿有主见，有刚。

爱情这东西，左倾和右倾都是病，都得治。

第六章
颅脑感染

　　刘铮亮第二天来查房,一看血压也稳定了,光反射也有了,瞳孔也等大变小了。

　　小姑娘她爸问:"大夫,我闺女左腿骨折咋办?"

　　刘铮亮回答:"先保命吧。瞳孔等大正圆了,心率也稳定,呼吸状态也不错,等稳定了再说。"

　　小姑娘她爸还在那死撑着,说:"我家里不差钱,有什么好药赶紧顶上。"

　　刘铮亮说:"那赶紧把后面的药钱交了吧,你闺女至少得住院好几个月呢。"

　　小姑娘她爸就瘪了,出去筹钱,回来就两千两千的交,可回到病房还是说不缺钱。

　　午间在食堂吃饭闲聊的时候,陈阿南说:"这个家属天天喊着不缺钱,有没有钱一眼不就能看出来?为了给他省钱,连ICU都没敢让孩子进,能在病房住着就住着,你说他死撑个什么劲?"

这话车明明不爱听。

车明明跟陈阿南不一样，从小在抚城新宾县农村长大，家里也没钱，放学回来还得给爹妈帮忙收拾蔬菜大棚，冬天下雪了半夜起来把大棚的雪扫干净，要不然第二天一早大棚就得被雪压塌。大棚里面还得点暖炉保温。这些活儿一家人忙活半宿才算完。她那时候没多少时间来学习，也是为了早点儿上班挣钱，好不容易考了一个卫校，后来当了三年多护士，手里攒了点儿钱，才又参加高考考的医学院，本科毕业的时候都二十五岁了。

车明明说："你们家里有电的，不能理解。有的人穷得就剩下志气了，可大部分人，穷得就剩下嘴了。他嘚嘚那些没用的嗑，其实根本就不是给我们听的，都是说给他自己听的。他那是自己给自己打麻药呢，自己给自己做阑尾炎手术呢，这时候你说一句，大哥，你打的不是麻药，你打的是葡萄糖，那玩意没用啊，你不疼吗？那哥们儿直接就过去了，扛不住了。"

刘铮亮问车明明："那肇事司机不管吗？"

车明明说："车给扣在交通队呢，也没钱。"

第三天刘铮亮再去查房，刺激一下小姑娘的胳膊，碰一下膝关节，开始有条件反射了。

病房里坐了好几个患者家属，七大姑八大姨坐满了旁边几张床，一眼看上去就是穷亲戚，裤腰带都是绳子，每个人的胳膊上都戴着套袖。

孩子她爸就问："我闺女应该能醒吧？"

刘铮亮没敢回答，他怕空头支票开出去，再给自己惹麻烦，想了半天才说："看这样可以给孩子准备点流食了，先试探性给点温水，如果没什么反应，就可以弄个榨汁机，整点果汁，通过鼻管打进去。"

孩子她妈的表情马上就舒展开了，一个劲儿地道谢，马上就高高兴兴去准备了。

当天下午陈阿南又跟小女孩她爸说需要去补医药费，老爷们儿满口答应，还是那句老话不差钱，可是上午催医药费只催来了两千，下午四点多又送来了两千，晚上头睡觉前又满头大汗送来两千。就这么两千两千地拼着，就这么一点点攒命。

刘铮亮和陈阿南在查完房后聊着天，陈阿南说："瞅着这个情况，怕是要顶不住了。你得想想办法，别好不容易手术成功了，最后药没跟上，人不行了。"

龙院长听说刘铮亮在急诊做了一个颅脑手术，效果还不错，就来找他，反正七院神经科现在也缺人，必要的时候刘铮亮也可以过去帮衬帮衬干老本行。正好这个小女孩的手术也是他做的，多负责一下，也省得交接。刘铮亮说自己其实是神经内科大夫，龙院长说神经内外不分家，这里就你最懂了，你不来谁来？

刘铮亮也就答应了。

第三天夜里，小女孩突然高烧到40度，深度昏迷，小女孩她妈一路跑着失魂落魄来找刘铮亮。她早就打听过了，这个急诊室的大夫是从北京回来的,技术应该比其他医生靠得住。

抚城民间有句话,是没有什么医学常识的老百姓的顺口溜:"矿务局狠,市院乱,不怕死的去七院。"人哪,都一样,着急的时候就想着自己的需求必须要得到满足,进去的人多,出来的人少,进去的时候还是结实的汉子,出来就变骨灰盒了,搁谁谁都接受不了。还是龙院长说的那句话,所有的医生,都是要用一个个病人、一床床案例堆出来的,哪个医生手里没有人命?

小女孩她妈也知道,刘铮亮在北京的大医院干过,经验肯定多,所以隔着神经科直接来找他。刘铮亮叫着车明明一起来,赶紧给患者头部换药,小女孩的创口最下面有脓性渗出物,创口红肿,必须赶紧验血,这活车明明去干了,刘铮亮直接告诉护士准备腰部穿刺,取脑脊液。凌晨的时候结果出来了:满视野白细胞。

小女孩她爸也从家里赶过来了,他这一天大清早就去借钱,从最西头的工农街道骑着电动摩托绕到千金乡,再折到将军桥,最后再到章党镇,跟一个个工友同事借钱,借到了就往医院送钱,这一天跑了二百多公里,晚上九点多才到家,刚躺下,就接到媳妇电话,说是闺女高烧,急匆匆就赶过来了。

不用多说了,颅内感染,这是刘铮亮最怕的情况。

小女孩她爸还在那撑着,满口说:"刘大夫,多少钱都得把我闺女救回来,我有钱,我还能卖房子,再不济我还能卖肾呢。"说着说着就哭了。

这一哭撕心裂肺,爱吹牛的人突然之间所有的牛都吹不下了，哭起来肝都跟着疼。

刘铮亮说:"大哥,你也别哭了,你也别说你有没有钱了,都是抚城人,有没有钱我看不出来吗?这样,你必须准备出一万块钱来,我不管你用什么办法,今天晚上就用大剂量药抗感染。"

孩子她爸还有些为难,他今天肯定是所有朋友都求过一遍了:"我尽量想办法。"

车明明着急了:"你闺女这个病,颅内感染,去哪个医院不得一天一万块钱那么交?咱们这样吧,也不让孩子进ICU,你们要是嫌贵不住院都行,你们就在医院后门小旅馆租个房都行,一天二十块钱。能省的都省了,就剩下药钱,大剂量的抗生素消炎,还有进口激素。"

刘铮亮点点头,就这么办。病危通知虽然下了,可腰部穿刺氯霉素还是不等家属交钱就先顶上了,他自己掏钱垫付。虽然之前的医院不要他了,但是这个传承还没丢。

天亮的时候,小女孩退烧了,白细胞也降了下来。刘铮亮对小女孩她妈说:"大嫂,孩子天天在医院住着,我们没事就盯着,住院床位费也没多少钱,用完这几天消炎药,后面也没什么花大笔钱的项目了。说句不好听的,未来一段时间,你们得把这当家了。也没办法,谁让孩子摊上这么个事?最难的这 关过去了,往后保险公司和肇事司机那边,你们多跟着就是了。孩子我们只要值班,都会去看一眼。毕竟半大孩子,人生才刚开始,尽人事部分完成了,后面也看她自己的造化了。"

就这样，小女孩这一家子就成了住院部常驻家庭，一天床位费就收四十，其他两张床都空着，反正住院的人也少，就都给他们家使。

小女孩她爸叫张德旭，她妈叫窦丽萍，孩子叫张娇。张德旭他们家有个传家宝，拿来给刘铮亮看，其实就是抚城的特产，煤精石的一个手串。张德旭说："刘大夫你看我们家这玩意能不能卖上价？"

煤精这玩意别的地方不常见，抚城随便一个矸石山随手能刨出半筐。刘铮亮没当回事。

张德旭说："我跟你讲，这玩意有来头。"

1927年，东北还是张作霖当家的时候，抚城西露天矿来了一个叫张贯一的矿工。张贯一下班了还给工人们叨叨哲学，说你们为什么这么穷啊？是因为资本家剥削你。工人说，别整那没用的，下班去千金乡整两盅，搂两火。

但人相处说快也快，大家伙觉得你人品好就愿意和你一起，很快就跟这个身高一米九三的河南人打成一片了。

几年后，张贯一已经是抗联的司令员了，有一次带着警卫员张秀峰路过抚城章党村，过浑河的时候，恰好赶上河水上涨，把小桥冲坏了，正遇到一个赶大车的车把式，一看竟是西露天矿的工友，这个车把式就是张德旭他爷爷。

车把式说老张我给你整几根木头，搭个桥呗，这都快入冬了，蹚河过去多冷。

张贯一说,我跟你说啊,我现在叫杨靖宇。

后来杨靖宇被日军包围,给日本人打前站的就是他的警卫员叛徒张秀峰。解放后张秀峰也不敢跟人提入过抗联,当过伪满洲国警视厅督察员什么的,就隐姓埋名,没动静了。包围杨靖宇的现场指挥原来是抗联第一军第一师师长程斌,也是个叛徒。后来他去了山西,抗战胜利时杀了几个日本战俘,就混进了华北野战军。不过这哥们儿比较点儿背,1951年他在北京前门楼子附近办事,正好赶上下雨,就跑到城门里躲雨,结果遇到了伪军时期的前同事。这两个人在后来的运动中都如惊弓之鸟,扭脸各自分别举报对方去了。隔天,程斌在东单牌楼胡同11号附近被抓,对,就是现在的东方新天地,挨着协和医院南门。

没几天,两个人一起组团拼单给毙了。

这一串煤精,张德旭说是杨靖宇过浑河的时候,送给他爷爷的。

刘铮亮说:"那你要这么说,可就更不知道多少钱了,这东西没法论价啊。"

张德旭又开始吹牛:"对,所以我不能卖,这玩意得辈辈留着。我跟你讲,我就是豁不出去,我要是豁出去了,把这玩意一卖,去南方随便盘个买卖,那钱生钱,马上就能翻身。"

抚城人吹牛有一个特点,就是他可以选择不同的赛道和你竞争。你说你挣钱一个月七八万,他也不怵,他说他一个月花个六七万,就喜欢败家,不败家浑身难受,心痒痒。你说你坐一天不挪窝赌输进去一万多,他再换个赛道,说他喜欢钓鱼,坐在那两天两夜不动地方。你说你也喜欢钓鱼,曾经去查干湖钓上来过十几斤的胖头鱼,他说他吃过二十斤的龙虾,味道老带劲了,那还是他朋友请他在一个上海忘了什么名的餐厅吃的,周围全都是透明玻璃,环境老好了。你说你吃过东单厉家菜的满汉全席,他说他去北京旅游,去过敬事房见过阉宦官的刀。永远是丁字路口一拐弯,在话题中平行那么一小段路,然后突然一个漂移。就这么喜欢跳频换台,却不输在嘴上。

神经科病房里多了一家子,刘铮亮有事没事也会去跟张德旭逗贫。

张德旭家住在抚城的工农街道,这街道现在拆迁了,新起了一个小区,全套巴洛克风格的建筑,外墙都整上干挂的仿石材面砖,细窗圆顶,小区还起了个名叫巴萨罗那。几年前不这样,那一片就蔬菜大棚是圆顶的,剩下全都是横着房梁的黑瓦红砖房,有的房子还掺杂着耐火砖,那是因为旁边有个耐火材料厂,砖头都是房主从厂里偷的。这种小平房一排一排连着,有的房子为了冬天保温,门槛立了一尺多高,小院往地下挖了半米多,这样地基省砖头,冬天还保暖,这种房子早期都是由国有农场的窝棚改的,大部分人家还能在院子外搭起一个小仓房,院门左边堆着秋天收的苞米垛子,右边堆着煤球,家家户户烧煤过冬。

这里临近高速公路,开车路过一眼看过去就知道是穷人住的地方。有一年一个大领导来视察，看到路边这么一大片杂乱的街区，心里特别不是滋味，开会的时候谈了好几次话，说你们得提供一个好的居住环境啊。抚城市长也是个聪明人，于是就在公路边盖了四个楼，沿着公路盖，这就把后面的一大片给挡住了，眼不见为净。不管这届还是下一届领导，别让人家一进你辖区就看到这些也就是了。后来，这届市长因为贿选进去了，据说送到沈阳的时候还路过这里，正好赶上高速公路翻修，就绕路走的小道穿过施工区，看到后面的小平房还说了一句："哎呀，我当年怎么就没把这里好好改造改造。"

旁边纪委的哥们儿就接了一句，说："你看，你不改造现实世界，这不现实世界改造你来了。"

张德旭就这么点儿背。他们家本来离公路五十米，小平房住着也舒服，这冷不丁南边起了四幢六层楼，这下完犊子了，早上九点开始太阳就被挡住了，十点半又露出来了，十一点又没了，下午三点还能照半个小时，然后就等到天黑了。张德旭没文化，他也不知道怎么申诉一下采光权，他也不知道申诉了能拿到多少钱。可眼下，女儿张娇这么个情况，把她拉回家静养很难，不说别的，光是把她的病床推进门，都得把门框拆了。家里也没太阳，这阴冷的环境，也不能好好养病。正好，刘铮亮给他们安排了这么一个病房，阳光明媚，照在身上也杀菌哪。虽说一个月一千块钱房钱，可是水电费也不用他们交，钢饭盒里放点大米倒点水，放蒸汽炉上两个小时，中午直接吃大米饭。唯一的缺点是不方便炒菜，天天吃蒸菜肚子里没油水，可好歹连煤气罐的钱也省了，冬天的采暖煤也不用买了。上哪找这么好的地方去。

张德旭也没什么工作，耐火厂一直拖着没破产那几年，他就在街头蹲着打零工，这下闺女又出了这么个事，一个月再怎么省，算上保险和报销什么都不买也要三千多块钱。

艾三就过来找他："老弟，我看你这天天在住院部，消息灵通，有啥事第一时间你就能知道。另外，你现在也挺难的，缺钱，我就给你安排个活儿呗，要是有人没了，能不能帮我张罗张罗，把活儿给我接下来，我也不用总跑这边。我最近拓展业务，主要业务往沈阳倾斜，以后要天天跑沈阳的盛京医院、医大附属，再勾兑好文官屯火葬场，把这丧事一条龙推到沈阳去。沈阳毕竟是省会，有钱人多，不像在抚城，办个大事还一万八千的，抠抠索索。沈阳的买卖一单都是两万起步，三万平均价。但是呢，抚城不是咱的根据地嘛，老买卖不能丢，我闺女艾辰以后管这一摊，你以后跟她对接。"

张德旭一听，这敢情好啊，又问："你闺女现在忙啥呢，她不一直帮你干这块嘛？"

艾三挺得意地说："我闺女脑瓜比我灵，她要开白事会餐饮，人家说了，要整合上下游，形成产业链。你光入殓主持表演能挣多少钱？那都是卖力气的力气钱，这家伙承接所有的丧事一条龙餐饮，那一年能挣多少钱？"

张德旭的媳妇窦丽萍也从病房里出来，听了半句就觉得这事有意思。这穷人穷到一定程度,看啥来钱道眼睛里都带光。窦丽萍在病房里看到一个塑料瓶、纸壳子眼睛都发亮,她还求着车明明把打滴流的医用垃圾给她,这玩意论斤卖能挣多少钱。

车明明吓坏了,说:"大姐,这玩意我可真不敢给你,我们医院喝的可乐、雪碧塑料瓶你随便拿。"

窦丽萍听到艾三这有活儿,无产阶级特有的战斗激情就上来了,忙问:"大哥,一个月多少钱?"

艾三说:"一个月一千块钱,拉一个活儿给五百。"

张德旭还在那算呢,窦丽萍马上说行。等送走艾三,窦丽萍就骂张德旭:"还算什么算,你知道这一天医院送走多少人,这买卖还犹豫啥?"

抚城移民潮的第一个高峰就是苏联援华时,一百五十六个项目有八个在抚城,还有一百一十八个配套厂矿,几年间抚城来了一百多万人。那拨人来的时候都二三十岁,这会都七八十了。人的凋零,极其迅速,一个老工人小区,每周都有白事丧棚。

张德旭还没想明白,说:"这能行吗?天天耗在这儿,万一没啥活儿,这孩子营养、用药,咋办?"

窦丽萍说:"这买卖好,快销,比矿泉水和烟酒还快销。矿泉水饮料几分利?五分利。烟几分利?⼏分利。酒几分利?二分利。这个几分利?全是利。你见过办丧事砍价的吗?怎么的,想要批发价啊?来几个骨灰盒?"

第七章
结石

1998年国企改革，抚城除了核心的钢铁企业、石油加工厂，其他产业链的一系列配套工厂都要面临减产分流甚至破产重组。什么叫破产重组？在工人的眼里，他们不觉得是厂子浴火重生了，而是这里面怎么没我什么事了，凭啥让我买断工龄走人？这厂子既不是全民所有，又不是集体所有，变成个人所有了？

其实也好理解，厂子里都是全民工人，一个月活不怎么好好干，福利还高，用人成本多少钱？抚城冬天那么冷，厂房供暖一年多少钱？你这里生产的元件还要运输到南方产业密集区，这运输费用多少钱？你的产品迭代速度慢，人员流动性差，技术更新速度慢，时间成本多少钱？

所以，你不破产重组天理不容。

这时候机械厂一个姓段的高级女工程师，五十多岁，被总经理绕过，把厂子所有制改革了。她肯定不高兴，就跟总经理大会小会掐架，最后直接指着鼻子骂。总经理也聪明，找人带老段的儿子出去喝酒玩乐，做局让警察给抓了。老段儿子被煤炭研究所开除，工作也丢了，老段的脸也没地方搁，在家对着墙坐了一个礼拜。

后来老太太写了几十页的上访材料，从市政府到市委再到省国资委，一级一级告状。一开始大家都挺认真，这股份制改革在当时可是敏感话题，可一接待才发现，这案子没法接，一个濒临破产的工厂，你怎么给它作价？资产价格怎么核定？你说值三千万，人家资方说就值五百万，你一没流水二没技术，就剩下产业工人和车床厂房了，这个估值只要不是按废铜烂铁的价格走，都在合理谈判范围内。至于在这个合理范围内，有多少利益输送，那就要讲证据了。但是就算有问题，要立案，你也得回你们抚城地方上去找主管部门审核。

老段拿着材料又回到抚城找政府，市政府说国有企业就这么个形势，常年亏损，养着几千人，现在走的就是不良资产的价格转制。你要是觉得有冤屈，可以去省里告。我们不能随便立案，这一立案转制受影响，几千工人还有几千退休工人怎么办？社保的钱怎么办？年底的取暖费谁去交？难道还要像去年一样，几百个老头老太太去把铁路堵了要暖气费？

老段一听就疯了，从此以后，她走到哪儿都带着一盒粉笔，在抚城大大小小所有的水泥围墙、石柱、黑板，只要能写上粉笔字的地方，都要写上她的打油诗，怒骂总经理。警察找过她几次，也关过两次，后来老段出来接着写，拘留根本不管用：第一次拘留出来后，老段就开始写诗骂区长；第二次拘留出来后，老段就开始写诗骂市长。市领导一看这不能再抓了，再抓她就得继续升级了。

四六骈文，七言绝句，五言律诗，不求平仄工整，骂人就要骂得酣畅淋漓。当时市长主持修了一个没用的立交桥，冬天车都不敢上桥，怕结冰的路面打滑，她就写诗："ＸＸＸ是大傻逼，修了一个大滑梯，抚城一共几台车，多少心血够他吸。"

老太太就这么一直写，写了十多年，抚城的围墙没有她没写过的，她用过的粉笔没有三万根也有两万根。刘铮亮上学那会儿，人们还经常在老段写诗的围墙边聚集诵读，老段发现观众多的时候还会即兴演讲。后来时间长了，人们都冷漠了，也没人在乎她到底写了什么，甚至都没人知道她因为什么变成这样，她的冤屈到底是啥。

2015年，抚城市的领导"前仆后继"下马，前前后后都够凑两桌麻将了，老段也终于停笔不写了，她写的这一个长篇史诗，比荷马史诗《伊利亚特》《奥德赛》长多了，新来的领导她也不认识，不知道骂什么了。年轻人慢慢都离开了，老年人慢慢都麻木了，有人就问：老段是不是死了？

这个街头政治评论家消失了十年之后，再次出现在刘铮亮眼前的时候，已经是满头银发，面容不复当年。这个在抚城家喻户晓的街头诗人，在当时中国很多城市都可能有的一个愤怒的表达者，此刻面容憔悴，浑身浮肿，坐在轮椅上。

老段她儿子对刘铮亮说："我妈最近下腹部一动就疼，身上浮肿，排尿困难，这都三天没睡觉了，根本睡不着。大夫你给看看，到底是什么病？"

刘铮亮说："得全身检查，不检查我也说不出来。"

老段的儿子说："去看中医，老中医说我妈这是阴火，上火了，给开的双黄连，吃了好几天，也没啥效果。"

车明明在旁边冷冷地说："又是双黄连，这玩意老管用了，我有个同学的亲戚都火化了，在坟头浇了两瓶双黄连，第二天就从里面蹦出来了。"

刘铮亮白了车明明一眼，心说你挖苦人也不看时候。

老段的儿子说："大夫，我们就带了五百块钱来，家里实在是没钱。"

怎么能有钱呢，儿子老早就没了工作，老段又因为上访折腾了二十多年，丈夫也去世了，现在娘儿俩靠她一个人的退休金生活。

老段挺不高兴，她不喜欢儿子说话这么低三下四，但明显也在咬牙忍着疼，说："能开点药就开点药吧，太贵了咱就不看了。"

刘铮亮赔着笑说："大姨，咱们得先检查才能确定病情，什么都不看你让我相面，我也不敢给你确诊啊。"

老段冷着脸说："就五百块钱，不能看咱就回去吧。"

老段的儿子左右为难，娘儿俩在来的路上就吵过了，要不是老段坐在轮椅上，根本就不会跟他来医院。

刘铮亮于心不忍,说:"大姨,这样,别的检查做不做你自己定,起码血常规你得做了,这个便宜,几十块钱就行。做了这个,我好歹知道你身体什么情况。"

老太太没说话,她儿子一看就推着她赶紧去验血。结果一会就出来了,肌酐914,尿酸450。

刘铮亮看着化验单问:"大姨,你这憋尿多久了?"

老段回答说:"最近一个月排尿都费劲。"

刘铮亮说:"大姨你还是得做个尿检。"

老段生气了:"我要是能尿出来我就不来了,验血也验了,能看就看,不能看咱就走。"

车明明在旁边听着就开始着急了:"大姨,你这个别拖了,肌酐都900多了,这肌酐不能长时间那么高,对呼吸系统、血液循环系统都有不可逆的损伤。肾盂积液,甚至肾功能衰竭,那样就拖出人命了。"

老段回答:"都快八十了,要真能来个利索的,挺好。"

刘铮亮对老段说:"大姨,我估计你这个就是肾结石,结石掉到输尿管里,卡在那儿了。它这一卡,肾脏的尿出不来,所以你血管里的废物像什么肌酐、尿酸才那么高。不过,我这也就是猜,你不能让我盲人摸象瞎猜,你听我一句,做个B超,你好歹让我看到那块石头啊?"

老段问:"那要做了B超没找着结石,不是白花钱了?"

刘铮亮乐了:"大姨,咱这又不是买西瓜,保沙又保甜。不过没问题，如果没结石，B超钱我出了，你去做吧。"

老太太这才老大不愿意地去做B超了。B超结果一出来，还真就是一个18毫米的结石不知道怎么回事卡在输尿管上，上上不去，下下不来。

老段说："我以前就用空掌拍拍后腰，就好多了。"

车明明说："是，这不都抖落到输尿管这儿了嘛，地漏堵了，你再咋拍也没用了。"

老段问："那有啥办法？"

刘铮亮说："你这个得去泌尿外科，我们这儿处理不了，应该是他们来给你碎石，石头打碎了，你多喝点水，一排尿，就把石头带出来，就好了。"

刘铮亮给泌尿外科的大夫打了电话，说明情况，才让老段的儿子带着老段去泌尿外科。不一会儿泌尿外科的大夫杜威直接来找刘铮亮："刘大夫，她这个情况不能直接碎石，她这B超都有输尿管损伤，结石还那么大，肾脏里积水挺严重，眼瞅着结石往下滑，这谁敢给她碎石啊？她现在得先排尿。这老太太不讲理，来了就要求我给她碎石，我给她办住院她嫌我坑她钱。"

刘铮亮说："那就先排尿呗。"

杜威说："咋排啊，石头卡在那儿。"

刘铮亮说："用导尿管把石头顶回膀胱不就行了？"

杜威说："我哪有那手法，顶不好再感染了。再说问题是我们就没有硬质导尿管，整个抚城都是软导尿管。刚才就跟老太太说了，手术得了，多简单的手术，微创，一万五就解决了。人家不干。"

刘铮亮问："那斑马导丝呢？拿内镜激光碎石。"

杜威苦笑着说："咱这小医院也没这设备，那得去沈阳。"

不一会老段和她儿子又回来了，老段说："小刘啊，我不想手术，我没那么多钱，手术一次怎么也得两万，报销完还得一万，我这日子过的，一个馒头分两顿吃，我儿子都四十多了还没成家，我不想花那么多钱治病，我还想给他留点儿呢。"

刘铮亮坐在那发呆，这个问题确实挺难。如果手术的话，非常简单，微创取石就可以了。但是老太太倔，就是不住院、不手术。

刘铮亮说："大姨，咱们医院没有泌尿用的导丝，要不你去沈阳看看？沈阳肯定有，还有软镜，那个手术更简单，就是下进去一个小管，用激光把结石打碎，然后再用一个小兜把结石掏出来，也不用开刀，这个最安全。"

老段说："不去了，去沈阳肯定得住院，我这在抚城看看，晚上还能回家，省钱。"

刘铮亮说："大姨，你不去沈阳，还不手术，这小毛病再持续个三五天，你这命可就没了。"

老段说："没就没吧，都七十八了。"

老段的儿子不干了，忙说："妈，不就花点儿钱，咱手术吧？"

老段说："家里拢共就两万块钱，我这都看病了，我拿退休金还得多长时间能攒出来？再说，手术了谁能照顾我，我能指望你端屎端尿吗？我谁都指望不上，老的老混吃等死一辈子，小的小的混吃等死一辈子。"

车明明在旁边实在看不下去了，但是她也没什么办法，就用脚踹刘铮亮的椅子。

刘铮亮环顾四周，突然灵机一动："明明，你去麻醉科要一个深静脉穿刺导丝，泌尿导丝没有，内科用的导丝我们肯定有。"

车明明没明白，问："你用血管导丝干啥？人家又不是血管瘤。"

刘铮亮说："咱们先用导丝把结石顶回膀胱，然后再下软导尿管，这样就算是软导尿管也能放进去了。"

车明明说："道理是这个道理，可是深静脉穿刺导丝也不便宜呀，你顶个结石花一千多？浪费不浪费。"

刘铮亮愣在那儿，两只手不停搓脸，这个问题太难了，结石就卡在下尿道，膀胱肿胀成了球，肾脏里都积水了，再这样下去，老太太的肾就废了。

突然，他灵光一闪，也不跟车明明说，直接去取来了咽拭子。

咽拭子，就是一根长长的棉棒，一般用来在咽部做检测，长得就像加长版的棉签。

刘铮亮对车明明说："用这个顶结石，你去准备点利多卡因，5毫升，直接尿道注射，等这个麻药劲儿到了，半小时以后，我就用咽拭子把结石顶回去。"

车明明满脸狐疑:"这玩意能行吗?"

刘铮亮紧接着对老段的儿子说:"一会把结石顶回膀胱,下好了导尿管,老太太多喝水,多排尿,赶紧把肌酐和尿酸降下来,再这么耗着,心肺功能该衰竭了。结石不着急,等尿路感染好些了,积水都排完了,再体外碎石。"

他又对老段说:"大姨,这钱肯定得花了,五百块钱肯定不够,体外碎石最少也得一千多,另外还要消炎药呢。你就老老实实住院治疗,也就三四天,两千块钱顶天了,你报销完自己花一千块钱,满意不?我用这个咽拭子把结石顶回去了,你也不能乱动,万一又卡回去了呢,这钱就别省了,就住院治疗。"

老段坐在轮椅上没说话。

车明明说:"对,大姨,有病治病,走,我陪你儿子办手续。"

这个手术很简单,也不用下内镜,也不用激光碎石,更不需要造影成像,结石的位置片子里都确定了,刘铮亮用了十分钟就把结石顶回到膀胱里了。

车明明还安慰老段:"大姨,这个咽拭子我们不跟你要钱啊,就一个棉棒,不值钱。"

刘铮亮在洗手的时候跟车明明说:"一会你推着阿姨躺床上把人送到泌尿科,让他们下导尿管吧。"

在泌尿科导尿管一下去,马上尿就来了,一袋不到五分钟就满了，还得换。导尿管的头上有一个小气囊，一进到膀胱里就充气，正好卡到膀胱的下端，这样日常活动也就不受影响了，该走走，该坐坐。

刘铮亮告诉老段的儿子："你妈还是得住院，一边排尿一边观察，这几天再看看肌酐和尿酸，到正常值就可以出院了。以后饮食还得注意，别总是图便宜吃豆腐、干豆腐，最近一段时间多吃点鸡蛋、青菜，嘌呤低的食物不容易诱发结石。"

车明明这算是让刘铮亮给上了一课，就问刘铮亮："你为啥对这老太太那么上心？按理说，你把她打发走就完了呗，老太太那么倔。万一你这咽拭子一不小心给人家顶个尿路感染，不又惹麻烦了？这老太太多有名呀，要是你把她得罪了，天天在围墙上写诗骂你，你吃不了兜着走。"

刘铮亮说："你不知道，我妈就是机械厂下岗的。这老太太年轻的时候虽然脾气倔，跟谁都不对付，但是人特别好，多少工人到现在都还念着她的好。老太太是走不出她那个圈了，她认了一辈子的道理突然走不通了，思维就停在九几年了，她就觉得当官的都贪，当医生的都宰人，都形成思维定式了。当年他们全厂工人排队分房子，老太太非要等中级工都分到房了，才领自己的，没有官架子，也不吃独食，一辈子响应号召。可后来，这个世界在她眼里，变得太不公平了，咱得给她点儿公平正义，力所能及吧。就算她信仰崩塌了，我能给她垒一块砖，也行。我要不治她的病，她还真能回家等死，就冲这个，我也不忍心。"

这一晚上老段的儿子不停地喂她喝水,又不停地把排出的尿液倒掉。两升装的水袋,老段的儿子一晚上倒了十二次。老太太上午还全身浮肿,浑身上下按哪儿哪儿一个大坑,晚上就恢复正常了。肾积水消失,就等着尿路感染好转,临走的时候去体外排石就可以了。

刘铮亮刚轻松一会儿,急救车又送来了一个新病人。

这个病人都没来得及进急诊,直接被送到了神经科。神经科主任医生去外地开会,副主任前几天刚交了辞职信,人家要去深圳一个民营医疗机构创业,这会儿都在飞机场了。

急诊科给副主任打电话,副主任刚办完登机牌,这时正在安检。电话响了好半天,副主任才接听。

神经科的小大夫说:"王主任,这儿刚收治了一个硬膜下血肿,情况有点儿复杂,主任去北京开会了,要不您回来给看一眼?"

副主任马上说:"别介,我这会儿都在飞机上了,飞机马上要起飞了,我关机了啊。"

副主任这边刚挂电话,小大夫就给陈阿南打电话,说南哥你们急诊那个新来的大夫之前是不是就是神内的,能不能来帮个忙。陈阿南当然喜欢这种露脸的活儿,急诊是前台,专科的大夫求急诊的大夫帮忙,这是非常长脸的事,这事要是传到急诊科赵主任耳朵里,那就带劲了。

陈阿南叫着刘铮亮一起去神经内科门诊，看到一个三十多岁的女人正坐在诊室里。一打听才知道，这女人并不是患者康升的妻子，两个人就是同居情人，用抚城话说就是搭伙过日子，以前是邻居，后来玩着玩着麻将就到一块了，康升就抛弃老婆女儿跟这个女人出来单过。可之前是康升媳妇推着车去菜市场卖拌菜养活他，他也就在家里帮着忙活忙活，洗菜下酱，上午忙活完下午就没什么事了，天天就打麻将。后来媳妇带着女儿哭着回娘家了，他和这个女人两个人都成了职业麻将选手，每个月就靠那点低保和两个门脸房子出租过日子。这日子过了十多年。人啊，偷吃的时候吃啥都香，摆在你嘴边吃久了都没味。以前是白天当邻居，晚上当夫妻，现在是白天当夫妻，晚上当邻居。

刘铮亮看完片子，就跟女人交代病情，说康升脑袋里有五十毫升的出血，可这女人也不多说话，刘铮亮说什么她都听着，最后作为家属签完字，就走了。

刘铮亮见女人走了，就去病房找康升，说："你这个病做个微创手术就行，别着急上火，没啥大事。赶紧让你家属准备准备。"

第二天刘铮亮得去病房问问吧，到底怎么定的，这脑出血不是小事，结果在办公室等了一天也没个信儿，到底手术不手术来个痛快话呀。

刘铮亮见康升一个人在那躺着，就上去问："你媳妇呢？"

康升说："那娘们儿跑了。"

刘铮亮又问:"那这手术咋办?手术以后吃饭上厕所,得有人在身边护理,没人管怎么办?这不像是大腿、胳膊手术,你自己明白事,哪怕雇个人也行。你这是脑袋手术,没家属怎么行?"

康升说:"没事,我还有点儿钱,自己解决呗。"

刘铮亮被这话给逗乐了:"那家属签字谁来签?"

康升说:"我自己签呗。"

刘铮亮回复说:"你可别闹了,哥哥,我跟你讲,你这种手术,有可以联系上的家属,但没请家属签字,这种情况下一旦出现问题,我吃不了兜着走。"

康升没接下茬儿,换了一个话题问问康复时间和住院时间,刘铮亮说怎么也得半个月。这时候康升已经有点儿头昏脑胀、迷迷糊糊了,但刘铮亮说什么他还能接。两个人唠了十分钟,刘铮亮接到急诊一个电话,就回去了。

当天下午,也就过了两个多小时,康升昏迷了。神经科直接抬着担架带康升去复查脑CT。

刘铮亮和陈阿南被神经科小大夫一个电话叫过去,毕竟这两个人都在神内干过。三个人一起看康升的复查CT片子,慢性硬膜下血肿的面积明显变多了。

陈阿南指着CT片子说:"瞅着这中线都偏了,肯定得开颅手术了。赶紧让家属签字,准备吧。"

小大夫表情茫然,回答道:"问题就是患者家属跑了,打电话也不接。"

陈阿南也呆了:"啥,跑了?别的家属呢?"

小大夫回答:"也没别的家属啊,要不我们能自己抬担架给他复查头部CT嘛,谁都联系不上。"

刘铮亮说:"那我给送他来的女的打电话问问吧。"说完就给康升的女人打电话。

电话那头的女人说:"这事你别找我,我能随便签字吗?我跟他也不是法定夫妻,我俩就是搭伙过日子,情分上往深了说叫情人,往浅了说,就是麻友。再说我也没钱。"

陈阿南在旁边一听,这得用利益绑定了,抢过电话说:"你把他打理好了,他要是真有个三长两短,我们也能给你证明,证明是你给他发送走的,到时候法律上你俩也有债务关系,管他是不是合法夫妻,将来他的遗产,你也可以占一大份。你说你不签字,把人往这一送,现在人昏迷了,我们也不敢处置,这算怎么回事?真要是人过去了,你也啥都拿不着啊。"

女人在电话那头说:"我也不图别的了,有一个门市房的名早改成我的了,别的遗产我也不要了,我该拿的都拿到了,也懒得将来跟他们家人打官司,能到手几个钱?你就找他闺女,他有他闺女电话,让他自己女儿来签字,名正言顺。别找我,找我也没用。"

说完,"哗啦哗啦"麻将洗牌的声音通过电话信号传了过来。这对麻坛鸳鸯,看来就这么劳燕分飞了。

刘铮亮和陈阿南一听,完犊子了。

陈阿南挂了电话，忙对小大夫说："找医务部啊，让他们通过公安系统找。"

小大夫回答："找了，公安系统留的他前妻的电话也停机了。"

陈阿南气坏了："这不扯呢嘛，万一手术耽误了，人死在医院，到时候家属再来闹，到底算谁的？"

刘铮亮看到这种情况，又蔫了。陈阿南扭头拉着刘铮亮到病房外，说："没家属签字，手术你敢做吗？"

刘铮亮摇摇头。

陈阿南点点头说："富贵险中求，没富贵，谁闲着没事冒险干啥？既然这哥们儿没家属，这事也不是咱们科室的事，我看，你就别管了。"

第八章
不签字的女儿

张德旭就在病房里伺候自己闺女,到水房里打水的工夫探听到消息,知道神经科又有情况了,就给艾辰打电话,说这边又来了一个急活儿,神经科和急诊科刚来的刘大夫都放弃了。艾辰一听,这可以啊,马上出了白事会饭馆,开着车就来了七院,就等在病房门口。

艾辰笑吟吟地对刘铮亮说:"自从你来了以后,我这生意都扑空好几次了。老实说,我今天来也不是奔着买卖来的,我就是想看看你这次能不能把人救过来。"

刘铮亮不喜欢艾辰这样的口吻,这对生命不是那么尊重,但又没什么话能反驳回去。他又一次没理艾辰,扭头回到病房,试着拿起已经昏迷的康升的手,握住他的大拇指,放到手机屏幕上,康升的手机瞬间解码。

刘铮亮赶忙搜索康升的通讯录,一边对陈阿南说:"这个患者得的也不是多复杂的病,挺简单的一个手术,就因为联系不上家里人,咱们放弃治疗,挺不地道的。咱们试试在他通讯录里挨个找他女儿吧,从法律意义上来讲,也就是他女儿有权签字了。"

刘铮亮找了几分钟,给"小宝贝"打电话,接电话的是个女人,电话一通,不是他女儿,张嘴就来:"干啥呀哥,想我了喔?"可一听说人病了需要家属签字,支支吾吾就挂了电话。

第二个叫康橙的,刘铮亮觉得这个应该是吧,结果对方是患者哥哥,患者哥哥说来签字可以,问康升能给他多少钱。刘铮亮说患者已经昏迷了,再说你俩是亲哥俩,哪有这时候要钱的。电话那头说,他当年分走爹妈多少钱,耍小心眼儿把爹妈都给掏空了,多少年都不跟亲哥一家来往,这时候想起来了,签字签完了,是不是还得伺候?我们家没闲人,说完对方直接把电话挂了。

陈阿南给气笑了,在旁边直接说,不是一家人不进一家门。

刘铮亮再打过去问,说你不来可以,康升的女儿叫什么你告诉我就行。对方说叫康雅欣。刘铮亮从通讯录第一排到最后一排,也没找到。陈阿南说有名字就行,我去让医务部查,说完就直奔医务部。

不一会儿,陈阿南从手机上传来了康雅欣的手机号。刘铮亮想拨号,可又不知道怎么说,他又把陈阿南和车明明叫到一起商量,说这电话怎么打,陈阿南说这有什么难的。

电话接通了。陈阿南就在这边说了康升的事,最后说:"你爸现在这个情况,人躺在那有进气没出气了,现在唯一的解决方案就是你来签字,咱们好手术。你要是不来,你爸就没了。"

电话那头康雅欣听陈阿南说了好半天，问："说完了？"

陈阿南说："说完了。"

康雅欣说："拔管吧，我们放弃治疗。"

陈阿南长见识了，他活这么大没见过这么玩的，因为家庭矛盾在医院里吵起来、打起来，甚至直接在病房里拿出计算器清账分家的，他都见过，但是直接说拔管，话语里一点儿感情都没有的，他也不会玩了，对方这一句话让他接不下去了。

陈阿南说："那你好歹得来一趟，给我们一个书面意见，要不万一有什么意外，我们也要承担法律责任。"

半个小时后，康雅欣来了，直接到病房，一眼都不看她爸。听刘铮亮讲完病人的情况，她直接拿过病危通知书写下了八个字："拒绝手术，放弃治疗。"

刘铮亮一看这铜豌豆炒不熟、煮不烂，只好求龙院长帮忙。龙院长这老爷子端着一个紫砂壶溜溜达达就来了病房，客客气气寒暄几句，又聊了下康雅欣家住哪里，成家了没，孩子在哪儿上学，学习怎么样，聊着聊着就聊到了家庭，然后他问："你是不是恨透他了？"

康雅欣点点头。

龙院长说："但是你爸他现在啥都感觉不到。你要真恨他吧，你得让他醒过来，看见他的情人也跑了，也没人管，心里有愧疚，想要让你们娘俩原谅吧，你俩还不原谅，让他孤苦伶仃一个人熬着，那才解恨。你也说了，他这么多年对你们娘俩不闻不问，我不让你以德报怨啊，以德报怨，何以报德，对不？人死了两腿一蹬知道啥？啥也不知道了，最后是你心里不好受。"

康雅欣还嘴硬："我没事，我巴不得他死。"

龙院长又说："你现在不能用这种方式报复他，你这么干给下一代留下一个多不好的形象？他再不对，生你，至少还养你十多年呢。你帮他这一次，也就才两清，对不？怎么算，你都欠他账呢。当然了，他也欠你的，可是你俩这是两本账，一本是恩情账，一本是责任账。恩情账他欠你的，责任账你还是欠他的，他虽然父亲当得不尽责，但是毕竟把你养大了。你把这本账还清了，以后你们父女俩咋相处，那就是你们俩的事了，咱们旁观者都看明白了。"

康雅欣又说："可是我也没钱啊，他有钱都败霍没了，现在要手术想起我来了。我也要养家糊口，一个月三千块钱，我没钱给他做手术。"

刘铮亮说："他也挺愧疚的，没好意思找你，是我们找的你的电话。钱倒没什么，他有医保，而且病症也简单，自付部分五六千块钱就够了。"

康雅欣想了想，终于同意手术。

手术很简单，出血量虽然较大，但是患者的生命体征都很平稳。小护士一边给患者清创消毒一边小声嘀咕，说你看这老爷子还挺精神的。车明明在旁边一边给刘铮亮打下手一边说，就剩下这张皮了，除了长得精神，啥都没剩。

第二天查房的时候，刺激患者上肢，都已经防御反射了，到三四天的时候，意识就清醒了。这几天康雅欣一直在旁边帮着翻身叩背，天天去食堂打饭。隔壁病床陪护的老太太都说这女儿孝顺，说你爸别看岁数大了，一看他那样年轻时候就帅了。

康雅欣说："是可帅了，也可不是物了。哪儿哪儿都有人，你可着望花区打听，早二三十年这老爷子去哪儿不撩点人，一天到晚不闲着。为这事我妈都快气死了，从我记事起，隔三岔五摔摔打打，家里锅碗瓢盆就没有能用满一年的。"

病友问："你妈咋不来呢？"

康雅欣说："都离婚了，来什么来。"

病友说："一日夫妻百日恩，遇到这情况应该来看看。"

康雅欣说："大姨你看我心狠不，都是随我妈。我妈巴不得他死。"

晚上，康雅欣就在病床边侧卧着看着她爸，看着看着，她随口说一句："你说你当初咋那么狠心呢？"

老头闭着眼睛没言语，眼泪从眼角流了出来。康雅欣以为这是她爸后悔了。

白天刘铮亮去查房的时候，就说："你女儿这是原谅你了，多不容易？你好好养病，很快就可以出院了。以后跟闺女好好的，将来你老了，不就得自己闺女伺候你啊。"

康升等康雅欣去打热水了，这才说了一句："以后啊，就别想活得有滋味了。"

陈阿南就在旁边乐,等刘铮亮查完房出来,他才说:"你瞧见没有,人家老爷子不是感慨女儿冰释前嫌,人家是感慨自己以后就不能再花花世界了。这老爷子,真是永远年轻,老顽童啊,都这样了,还心若在梦就在呢,就是不能从头再来了。"

刘铮亮刚从康升的病房出来,张德旭马上过来打招呼。他女儿张娇,那个十五岁的女孩,终于睁开眼睛了。刘铮亮和陈阿南过去看,张娇的四肢力量还不行,意识清醒,但是说话还是两三秒钟拉长音说一个字。

张德旭有点儿着急,问:"刘大夫,以后不会一直这样吧?"

刘铮亮挺高兴,病人能张嘴说话,这证明颅脑永久损伤相对较小,后面的康复就要交给时间了。刘铮亮说:"这都是术后正常现象,以后会慢慢康复。"

张德旭问:"我闺女这脑子能受多大影响,我看她现在说话也不利索,能康复回原来那样吗?"

陈阿南说:"完全康复那是不可能的,你闺女颅脑损伤挺严重的,当时都脑疝了。我给你打个比方啊,就相当于手机摔地上了,你手机屏幕摔稀碎我都不怕,就怕摔坏主板。以后孩子生活肯定受影响,说话可能比正常孩子慢,这就不错啦,捡回来一条命。"

刘铮亮又问:"孩子腿上的骨折手术都顺利吗?"

张德旭说:"腿上没啥事了,接骨固定上钢钉了。"

小姑娘眼睛睁开了，这对刘铮亮来说是挺大的鼓励。刘铮亮高兴，招呼张德旭一起吃个饭，张德旭说我请，刘铮亮说我请，于是晚上下班几个人跑到一家朝鲜族烧烤店，一人一瓶天湖啤酒，三个老爷们儿再加上车明明，围着火炉蘸着调料一边吃烤肉一边聊天。

刘铮亮跟陈阿南说，上一次把人从死亡线上拉回来，还是在他跟着导师全科实习的时候，跟王好大夫处理过一个得胸腺瘤的姑娘。这姑娘在沈阳医大一院确诊为库欣综合征，但就是找不出到底是身体哪部分出问题了，反反复复查了多少次。

车明明问："啥叫库欣综合征？"

陈阿南笑着说："老刘，咱们在临床太久了，天天就研究那么几个多发疾病，你让我给人心肺复苏，我能在那按一个小时不动地方，但你别跟我讲学术。咱们这小医院，上哪儿见那病去。你说可着这七院，上到院长下到护士，有谁写论文，有谁能发一类期刊？"

刘铮亮说："你肯定是忘了，这都是本科时候课本里的内容。症状一般就是下丘脑垂体功能紊乱，促皮质素分泌过多，导致肥胖、痤疮、高血压、继发性糖尿病，有的人还会有骨质疏松。

"沈阳中国医科大学附属第一医院给看的，发现三个地方可疑，一个是脑垂体，一个是肾上腺，还有一个是胸腺。库欣综合征大部分都是脑垂体和肾上腺病变引起的。医大附属医院只能来胸腺大手术，可是人家小姑娘脖子这留下三十厘米的刀疤不好看，他们就跑去北京了。刚去的时候还挺活泛的，没几天就呼吸困难，到手术前都开始吸氧了。

"手术没什么，就是胸腺瘤微创，把瘤抠出来就完了。术后直接就重度呼吸衰竭，重症肌无力，肺孢子虫感染。当时看CT，她那肺部，就跟磨砂玻璃一样。小姑娘家里有钱，在ICU住了四十多天。你说在我们抚城，咱们的ICU，有几个人有那能耐，哪怕住十天的。"

张德旭虽然听刘铮亮说过几次ICU，说不让他女儿住进去，给他省钱，但是还不知道这东西到底有多费钱，于是问："刘大夫，那ICU为啥那么贵？"

陈阿南抢答道："就比如你闺女吧，她本来就应该进ICU，刘大夫看你家没钱，就算你当天咬咬牙进去了，那两三天以后咋办？你再稀罕你闺女，卖房子卖地，你也撑不下去。咱这小地方，很多设备都没上，一天都得几千块钱，一线顶级医院，设备药品全都顶上，一天一两万，这还不算手术诊疗，就人躺在那，就这个价，比五星级酒店还贵。

"人进去了肯定重度感染，万一是真菌、病毒感染，那药品就贵了，一天一千多。有的人不能吃饭，像你家闺女还灌果汁，那都是土办法，正规治疗就是静脉输液或者直接下胃管灌营养液，那营养制剂一天几百块钱不过分吧。万一再需要点球蛋白、血浆什么的，一天又一两千出去了。非药物开销，抽血检查那都是小配菜，气管插管、胃管这一天又多少？患者要是呼吸衰竭，血氧含量低，时间久了就多器官衰竭，人就没了，所以抢救就得上人工肺，就是替你用机器交换氧气和二氧化碳。你说说，就你家那点儿钱，挺不了三天，还没见到亮呢，就得让你放弃治疗，人财两空。"

张德旭说："你说这国家也是的，救命的东西，为啥不能便宜点儿呢？你说治个病，咱也别说免费，就让老百姓花个三五百，啥病都能治好，多好。那以前厂子没倒闭的时候，看病都不要钱，吃啥药不报销啊。"

陈阿南笑话他没文化，说："这你还能不懂吗？我估计也就刘铮亮这个书呆子不懂。咱们抚城人还能不明白？以前那些公费医疗泡病号的还少啊，随便开个处方和假条，好几年不上班，就靠基本工资和卖药活，哪个厂子不得养几十个上百个这样的？泡病号倒是舒服了，厂子这不都给玩黄了？再说了，人家药厂好不容易研究出来一种药，不就为了挣钱嘛，你让人家一块钱一盒卖，那谁还玩命研究新药？都凑合活吧。就像早三十年，不管你啥毛病，门诊我就给你开青霉素钠、四环素，广谱抗菌大水漫灌，先给你从里到外冲一遍，便宜，十块钱扎一针。人吃五谷杂粮，这毛病个个都不一样，如果在十四亿人里有好几千万人都容易犯一种毛病，那治这种病的药就特别便宜，国家管着呢。比如说你痛风，买一盒秋水仙碱治病，这都什么年代了，一盒药也才卖两块五，国家不让这种药涨价，就得便宜，为啥？因为得这病的人多，大家伙平摊一下成本，药厂也挣钱了，大家也没什么负担。你再看看硝酸甘油，治心脏病的，也就三十多块钱，一百片，一片才三毛钱。中国这么多人，总有几百万人血液有问题，几百万人心脏有问题，可不会有几百万人需要斑马导丝和全3D成像，不可能几百万人出严重车祸来个穿刺吧？需要这两样的人少，可是人家生产这东西的医药公司不能黄了啊，它就只能贵。这就是你闺女手术为啥那么贵，器材贵，药品贵。

"国家就像是一个菜园子里的老农民，你这个苗蔫了，他给你多浇点水，但是不可能蹲你这儿天天看着你。钱都花在你这车祸上了，那过几天来几个得癌症的病人国家没钱给看病了，怎么的，给人家撵出去？不能吧。这东西不是买卖，就像太极八卦，阴阳调和，走哪个极端都不行。哪个极端都不是最优解，都不可能长期维持。那咋办？咱来一个次优解。一百分是不可能做到的，我保持在八十分行不行？行，那就这样吧。长年保持八十分不容易，保持几十年，你从历史上看，往前倒几百年、上千年，这就是满分。你记住，八十分的成绩保持几十年，那就一定是满分。"

张德旭觉得受益匪浅，车明明却不愿意听陈阿南的老生常谈，就问刘铮亮："那当时是怎么给那个小姑娘治的？"

刘铮亮接着说："长期高激素水平导致免疫力极为低下，跟HIV患者差不多了，呼吸机都不灵了，血氧饱和度噌噌往下掉，后来小姑娘她妈都签捐献器官协议了。我师父说，既然你签了这个，我相信你们家的人品，你们家也不能碰瓷，那我给你冒个险吧，我用最新的国外文献上的方法试试。PCP肺炎，长期用激素肯定不行，治疗过程中中断用激素吧，病人状态马上就恶化，二线药物就一个，都不够换的。一切全靠医生的决断，激素用用停停，中间就用二线药吊着，就这么治了三个半月，就跟钓一条十几斤重的大石斑鱼一样，你以为上钩了使劲拽就能钓上来？你得一点点磨，有时候放线，有时候要耗着，得跟阎王爷较劲，等阎王爷被你拖疲了，最后使一下劲，把人拉过来，救活她。打那以后，我是服了。"

张德旭感叹："这得花多少钱才能治好这个病啊？"

刘铮亮说："一百万打底。"

车明明干了一杯啤酒，说："中国有几个老百姓能拿得出这么多钱？要是普通人得了这个病，卖房子、卖地，也就只能换回一条命了。你说，那国外的药厂也指着咱们挣钱，咱就不能客大欺店，要求他们降价？"

陈阿南每天除了工作就是炒股，作为抚城医疗界的股神，完美介入过中国南北车合并的股权交易，八块钱杀入，二十四块钱撤离，他跟刘铮亮那种书呆子不一样，他懂经济。

陈阿南在旁边笑着说："你以为全世界都跟中国一样全产业链？人家瑞士或者加拿大为啥医药研发水平高？人家小国家船小好调头，就那么几个医药巨头，全靠一招鲜。再说了，这是救命的药，你爱买不买，你不买也有人走私。你市场再大，也不可能逼人家就范。美国有一家药厂，好不容易研发出一款抗癌药，专门治疗肺癌，可是一临床，居然没效果，你猜怎么着？他们这药不容易打到欧美人种普遍的癌症靶点，药厂差点儿破产，后来发现东亚人得肺癌，基因突变的靶点这药正好能打着，才算把药厂给救了。可是人家给你降价了吗？没有，可抄上你了，还不往死里放血。你要命我要钱，你要跟我讨价还价，两边根本就不在一个谈判桌上，你是人质，有什么资格谈判？"

几个人聊着聊着就聊到刘铮亮，陈阿南问刘铮亮那个女朋友还联系吗，一听说分手了，他就推荐车明明。车明明说，要么不谈，要么没有分手，只有丧偶，110带我走，120带你走，我上法制新闻，你消户口。

这大男大女联络下感情、试探下人生组团的可能性，快把命给搭上了。

第九章
被家暴的人

刘铮亮值夜班的时候,小城市的急诊也并不是总那么忙碌,有时候连续几天晚上都见不到人。这里年轻人少,晚上出来的也少,天一黑,七八点钟,中老年人该睡觉就睡觉了,大家不出来,就少出事。老年人真要有急症,也早就久病成医,知道该去哪儿了。

闲着没事,刘铮亮就拿出手机玩会儿游戏。他玩王者荣耀,可是后半夜也不见朋友上线,正好微信好友艾辰在线,艾辰就随手约他组局。刘铮亮玩射手,艾辰一直玩钟馗。两个人配合默契,一个负责武力输出,一个负责在旁边侦察潜伏。

玩了六局,刘铮亮就问艾辰:"你怎么不睡觉?"

艾辰也打了几个字:"睡不着。对了,你学历是啥?"

刘铮亮回复:"PHD,是协和和约翰斯·霍普金斯联合培养的。"

艾辰感觉这个回答她也听不明白:"话说,你以后,就打算在急诊长干了吗?"

刘铮亮回复:"应该是要干一段时间,按常规,我得去其他科室轮岗。医生这行,得不停学习,说不定还要写Paper,投期刊,不可能总是靠以前学校里学的三板斧,那样也不利于成长。急诊本身也需要全科大夫的阅历,要不然,也容易漏诊。"

艾辰总共就上了十二年学,中专三年也没学到什么东西。刘铮亮说这话让她备感有压力,压力的来源是刘铮亮说的这些话里,有好几个词她就没听懂是什么意思。她挺希望在游戏里用钟馗潜伏在草丛中突袭击杀的方式来表达自己的机敏和灵巧,可跟刘铮亮这么一说话,哪怕就三两句,她一直以来的智力优越感也荡然无存了。

在艾辰的世界里,全都是缺心眼的老爷们儿,三两句话不对付就动手、动刀、进号子,在他们那儿艾辰没有自卑感,但是在刘铮亮这儿,她有了。如果刘铮亮要碾压她的话,她能上去给他一脚,可是这小伙子有理有节、平铺直叙说事,你就不能跟人家发火。

她拿着手机发了会儿呆,用搜索引擎搜索啥叫Paper,又搜了下啥叫PHD,还搜了下啥叫联合培养,搜了下啥叫全科大夫。她兴奋又喜悦的心情一下子被自卑感打击到谷底,这爷们儿能看上我吗?以前老娘笑靥如花,随便一个小表情就能让人浑身发麻,现在这招肯定也好使,可为啥我先发麻了呢?脑子聪明的男人,就是性感。

艾辰给闺蜜打电话倾诉，说："这小伙儿特别有文化，我挺喜欢的，人家能看上我吗？"

闺蜜就问："多有文化？"

艾辰说："他说的一句话里至少有四个词我都得查字典，这容易没有共同语言啊。"

"扯那些共同语言干啥，他瞅见你啥表情？"

"应该就是眼神躲闪，心里有鬼吧。"

"这就对了，我就没见过瞅见你心里没鬼的老爷们儿。要啥共同语言？两个人相互瞅对方顺眼，下了班就想往一块凑，闲着没事就往你身上黏，就跟狗皮膏药似的，撕下来掉层皮。说那么多话干啥？共同语言总絮叨，也有说完的那一天，男女之间，还就是吸引，你看他来劲，他看你有劲，就行了。"

刘铮亮和艾辰两个人一闲了就微信招呼对方打游戏，在游戏里还可以语音沟通，玩着玩着又觉得不过瘾，下班了就去咖啡厅坐那里玩。抚城这种小城市没有剧院，也没有美术馆、博物馆，再说艾辰也看不懂，刘铮亮也不好那口儿。电影院倒是有，可看了几场也就没什么新鲜玩意儿可以玩的了。

一块玩了一个月，刘铮亮现在脑子里也发麻了，他就跟他爸妈说，最近跟一个小姑娘总在一块玩游戏，平时也总能见到，感觉挺不错，想发展发展关系。

刘铮亮他妈问："小姑娘家干啥的？"

刘铮亮说："搞殡葬的。"

刘铮亮他妈当场脸都绿了，说："咱家差啥呀，沦落到这地步？你是大夫，是拿手术刀的，她拿啥？打幡还是摔盆？她是不是还要唱戏，整两句二人转，跳个大神啊？"

刘铮亮说："人家不干这个，人家就是买卖干这个。"

刘铮亮他妈说："那也不行啊，你是救人的，她是发送人的，你俩就不在一个频道上。你俩要是在一块，别人怎么说？都得说咱家也太会挣钱了，左手卖伞，右手卖盐，下雨天卖伞，大晴天卖盐。你们家会玩啊，治病救人救过来了有钱赚，没救过来还是有钱赚。"

刘铮亮说："妈，你不能这么说，我就是有个初步的想法，我俩也就是走得近点儿，也没什么实质进展。我看出来人家有意，我呢，也觉得这小姑娘挺好看，人还挺热情，心眼挺好。"

刘铮亮他爸在旁边看不下去了，说："你可给我打住。你俩就不是一条马路上跑的车，她做的那是什么买卖，那买卖有光彩吗？你要是这么没有哪怕一点儿自尊自爱，那你这样，你去当法医，正好跟她变成一个体系的了，也不用治活人了。当法医多好，医患关系还稳定，也没有医闹，病人都安安静静的，你收拾完正好给她安排活儿，她再吹吹打打、奔走呼号，无缝衔接，一条龙服务。"

刘铮亮一看，老两口是对艾辰没什么好感，内心里有那么点儿萌芽，也就被浇灭了。艾辰再找刘铮亮玩游戏，或者来微信说咱们去看看电影吃个饭什么的，也就被刘铮亮找借口给拒绝了。

一次拒绝，就当是真忙。

第二次、第三次，艾辰就明白了。

姑娘直接找到刘铮亮，说："你什么意思？"

刘铮亮说："确实是忙。"

抚城姑娘容不得别人说瞎话，一句"滚犊子"就给刘铮亮摁那儿了。都成年人了，我看你小伙不错，你瞅见我也淌哈喇子，这就是缘分。之前都玩得好好的，感觉这块肉马上就要进嘴了，你突然给我来这一手，艾辰肯定不高兴。

再多问几句，刘铮亮说："我们家里人觉得不合适，我也怕你误会，尽量避嫌。"

艾辰心说我好不容易逮着一个小伙子，你们家觉得不合适就不合适了？艾辰说："不合适？要不我跟我爸上你们家聊聊，我看看哪儿不合适。"

这就是耍流氓了。刘铮亮没接话。

艾辰明白了，说："滚犊子吧你，我明白了，你这是嫌我买卖不体面。"

刘铮亮憋了半天憋出一句话："没有的事，行行出状元。"

艾辰不再说话，眼睛狠狠地盯着刘铮亮，然后扭头离开，毫不拖泥带水。

刘铮亮从小到大一直听话，哪怕他慢慢发现爹妈其实也没什么文化，指的路也不靠谱，还是习惯性地遵从了。这可能是他性格里懦弱的一面，也可能是原生家庭的问题，可眼下这事，其实是他心里也觉得，身份地位有点儿不合适。

刘铮亮给内科外科做了几次手术，这名声就在抚城望花区传开了。七院门口拉殡葬活的，接送病人开黑车的，挨个病房串场当护工的，伺候产妇当月嫂的，几十号人闲来聊天的时候，都知道七院来了一个厉害的大夫。

拉殡葬生意的张德旭说："自从他来了，你发现没有，最近急诊的活儿少多了。"

护工说："人家七老八十的都有基础病，来医院都知道去哪个科室，该去哪去哪了。去急诊的都是冷不丁出个大事的。就比如说你闺女，你家这种情况，我在这干了十多年了，就没见过活着出手术室的。"

月嫂说："我听说人家是博士，犯错误了被发配过来的。"

黑车司机说："生活作风问题呗？别的问题他也当不上大夫了，肯定一撸到底了。"

在医院里，这几路人马早就形成了宏观上的静态、微观上的动态生存链条，这在中国所有的医院里都已经是常态。这些生态中的人就像生态平衡的鱼缸里的生物一样，有水草，有清道夫，有寄居蟹，有黄花鱼，有藤壶，有蛏子，有珊瑚虫，有小虾米。那种鱼缸你买回家从来不用换水，人家就在里头保持着生态循环，外面看起来干干净净，里面每一个岗位上的动物都疲于奔命，活给你看。你眼瞅着鱼缸里的每一种生物都在这里头活得美滋滋，也能看到它们每天都躲着仇人、欺负老实人，在这个空间里有时候相互排斥，有时候又相互吸引。寄居蟹看不上清道夫，蛏子总吓唬小虾米，黄花鱼谁都不惹，藤壶谁的便宜都想占。

龙院长办公室里就摆着这么一个鱼缸，老头每天从窗台上看到楼下几个老娘们儿午休的时候又在一起讨论生意，他就回头看看自己的鱼缸。

老大哥时时刻刻注视着你的感觉马上就来了。

今天刘铮亮值班，几个护工正和他打岔时，急救又送来了一个病人。车明明跑过来叫刘铮亮，两个人一边跑向手术室，车明明一边说："开放性颅脑伤。"

刘铮亮跑到病床前，陈阿南刚量完血压，说："血压80，120，心率60。"

刘铮亮戴上手套，轻轻扒开患者头顶创口，明显看到患者的脑组织外溢。他马上用纱布包扎伤口，一边跟陈阿南说："你来建立静脉通路。"

车明明见刘铮亮这又要亲自上阵，忙问："刘大夫，这个病人你不送神经外科？"

陈阿南在旁边忙说："神外那个老李头都多大岁数了，看门诊还行，手术肯定上不了了，剩下的都是本科毕业两三年的小孩，给他们手术他们也不敢下刀。就这样了，你让护士给院长打个电话，咱们急诊先来了。刘铮亮这是又来瘾了，这就是书念多了缺心眼，不摸手术刀浑身难受。"

陈阿南懂刘铮亮，离开北京这几个月让他一度对人生失去了热情。他一个医生不能治病，就找不到存在的价值。现在终于有机会了，七院这个小医院，各科室良莠不齐，优秀人才外流，专科医生老的老小的小，让刘铮亮这个神经内外科不分家的医生有了用武之地。他倒不是为了表现自己，单纯是为了过瘾。

刘铮亮让车明明和陈阿南推着病床去做CT，他自己这边准备手术。

车明明见患者还有些清醒，一边推着车一边就问："你这伤怎么弄的？"

这个三十来岁的女人说："我老爷们儿拿棍子打的。"

车明明听到这话就来气，往走廊看了看，走廊上就只有女人的爹妈在，她对陈阿南说："妈的，他要敢来我就削他。"

陈阿南附和着说："是，哪能下手这么狠。"

车明明眼睛瞪得溜圆："不狠也不行，就他妈不能打老婆。"

刘铮亮走出来对女人父母说："你们家孩子这个伤，非常严重，从CT上看，头顶部有凹陷骨折，凹陷了两厘米不止。肯定得手术了，你们赶紧去交钱办住院。"

她妈问："大夫，我闺女有生命危险没？非得手术吗？能死不？"

刘铮亮说："不手术肯定死。"

她妈又问："手术了有啥后遗症没？"

车明明抢过话来说："那要看创伤情况，有的手术完容易癫痫，脑细胞受损了，就是抽风。你俩别问长问短了，赶紧交钱，咱们好手术。"

她妈问："那得交多少钱？"

刘铮亮说："三万块钱左右吧。"

她妈对老伴说："那咋那么多钱？这进了医院哪，就得准备挨宰。"

车明明不耐烦了，说："三千块钱手术费，这钱是你给医院的，医院再分几百块钱给我们医生、护士，是劳务费。但是你得准备用药手术耗材，可能还要脑脊液引流监护系统至少两万块钱，可能还要用到人造颅骨好几万块钱，你看咱们大夫干活就值三千块钱，剩下的都不是我们吃到嘴的，都是耗材仪器费用。赶紧交钱办住院去吧，别耽误了。"

陈阿南在旁边埋怨车明明："人家多问两句你也别那么没素质，怎么还炸毛了？"

车明明道："我就是看不上，问那话问的，还非得手术吗？一瞅就是不心疼自己闺女，找了个混蛋女婿，这时候还心疼钱；还说我们宰他，真要宰他，就不治了，直接交给艾三他闺女，那一单生意好几万，啥买卖比那买卖好？"

老两口交完第一笔手术费用三万块钱，刘铮亮的手术开始了。外科几个老大夫和小医生也都凑了过来，消毒完就在旁边看着。

七院神经外科自从上次刘铮亮救活了一个深度昏迷脑疝的女孩，都开始对刘铮亮另眼相看，以前以为这就是不知道哪个领导安排过来混日子的小开,或者是在北京混不下去的书呆子,现在通过案例,已经对刘铮亮再认识了。

刘铮亮看着CT图像,对车明明也对旁边所有的医生说:"虽然是一棍子打的,一侧可以看到外伤,但是患者倒地后短暂昏迷,另一侧头着地。现在是左颞下部凹陷骨折,中线位移,我怀疑对侧肯定有硬膜下血肿。先不管那么多,单侧清创,去大骨瓣减压。"

车明明用庆大霉素溶液和双氧水冲洗创口,给创口消毒,一边消毒一边说:"这么大的凹陷,至少得拆掉十三厘米的大骨瓣,这是用棒球棍打老婆吗?这还是人吗?"

刘铮亮拿着清洗管用生理盐水,不停冲洗车明明清理过的创口,一边说:"好好工作,别带情绪。"

车明明又问:"如果对侧有硬膜外血肿的话,另一边也要去大骨瓣是吗?"

刘铮亮没停下手里的活,回答:"是。"

车明明说:"脑袋少了一大截,这姐们儿以后可怎么生活呀?要不咱们开小一点,用颅内压监测,只要颅内压不高,咱们尽量少去一点骨瓣,要不多不好看啊。你看看这姐们儿多漂亮啊,这脑袋少了一大块,以后怎么见人,还活不活了?"

刘铮亮说:"这事你说了不算,我问你,《柳叶刀》期刊你看过几期?你们所有人看过几期?"

说着,他抬头看着手术室里站着的几个医生,没有人回应,也没有人点头。

刘铮亮喊一声："头皮夹。"

护士长马上递过来头皮夹，刘铮亮早就用手术刀切开了患者的头皮，用头皮夹把翻开的头皮卷起来，就像八十年代喜欢烫头的中年妇女烫完头还要卷头发的那种塑料发卷一样。

刘铮亮接着说："深度冲洗，庆大霉素仔细分层清洗。"

剥离骨膜，终于露出了颅骨，刘铮亮让车明明还有其他医生看："你们看，这种粉碎程度，必须要去除大骨瓣。而且我跟你们讲，意大利米兰圣心天主教大学医学院有个医生三年前做过一次统计，去骨瓣手术的面积大小，直接影响病人预后，去骨瓣面积和死亡率反向相关。当年我还不信，觉得这肯定又是哪个欧洲江湖骗子脑洞出来的研究成果，统计数据肯定样本少，没有什么科学参考性，估计就是外科大夫给自己手术方便找理由。而我们以往的学术研究都以大脑中线位置偏移程度来考虑存活率，但是我师父跟我说，这个中线位置偏移程度是结果，不是起因。咱们神经科，不像别的学科，比如说骨科，或者胸外科，或者肿瘤科，人家都可以大拆大建，咱们就是裱糊匠，围着颅脑不敢碰，碰哪儿都容易出事，我们就拆个大窗，修个水管，铺个瓦片，所以参考标准也单一。CT就看这个中线位置，解决方案就是放脑脊液解压，要不就是开骨瓣解压，去血肿，解决方案就那么几个。

"人家这个论文说得有道理的地方就在于，中线位置这个标准是结果,结果是你手术前测量获得的一个客观事实。中线位置偏移越大,死亡率越高,可如果骨瓣去除面积越大,是否会影响中线位置偏移呢?在合理的手术必要情况下,我接受我师父和那个意大利医生的观点,会。所以今天这种情况,就不用考虑患者以后怎么生活了,先大幅度降低她的预后死亡率吧。当然,这也只是一个科学统计,不能完全作为个案依据,只不过在今天这种情况下,没有别的选择,在没有更好的选择的情况下,这种选择就是最好的选择。"

车明明点点头,帮着按住患者的头,刘铮亮拿起颅钻开始钻孔。

骨瓣取下,陈阿南负责清洗硬膜下血肿,又准备下颅内压监护探头。

刘铮亮问陈阿南:"患者中线位移快10毫米了,有没有把握?"

陈阿南说:"我没有把握你有吗?"

刘铮亮说:"我也没有。"

陈阿南说:"你看看,你也有短板吧。放心吧,这个我是老手,小地方医院有小地方的好处,赶鸭子上架,早就练出来了。"

刘铮亮之前早就给探头预留出了钻孔,让陈阿南用穿刺针刺入。

陈阿南说:"不是在腰部穿刺就行了吗?腰穿测脑脊液压力不

是一样吗?"

刘铮亮说:"患者这种情况,你用腰穿测出来的颅内压不准。而且,腰穿容易引起脑脊液外流,颅内本来就高压,你腰穿直接放脑脊液,压力差一下子那么大,不得把脑组织挤出来,直接就脑疝了。"

陈阿南摇摇头,指着CT片说:"中线都偏成这样了,这姑娘脑袋里三居室都打出多少个隔断间了,都成群租房了,我上哪儿找脑室去?"

刘铮亮说:"那也得试试,咱们这里就你做过脑室穿刺,我只见过我师父操作,从来没亲手做过,就当赶鸭子上架,你来吧。"

探头先调零,颅内压监护器ICP显示为零,套管上穿刺针。

陈阿南战战兢兢,一厘米,两厘米,三厘米,他感受到穿刺针受到了阻碍,稍一使劲,穿过了脑室壁,阻力突然减小,针头已经插进去六厘米,正常情况下五厘米即可到顶。陈阿南已经满头大汗,时间仿佛都停止了。

在那一瞬间,陈阿南一度怀疑自己学了那么多年,在手术室看了那么多年,自己操刀手术了那么多年,好像什么都会,又好像什么都不会。他就从来没拿自己的前途赌过。这一次,他刚插进去的时候还在犹豫不决,下针的角度还拿捏不准,可等到最后一厘米的时候,既坚定又怀疑,一直到车明明说可以缝扎了,脑脊液流出来了,这一口大气才喘了出来。

刘铮亮命令，蝶衣缝合器固定，连接器连接，安装防护帽。

陈阿南有些手生，车明明一看他迟疑，马上过来操作。

颅内压监护数据可以测出了。

车明明拍了拍陈阿南的肩膀："可以啊，一下就能穿刺成功。"

陈阿南苦笑着说："我这也是大姑娘上轿，头一回遇到这么复杂的情况，你看看CT，哎呀妈呀，太吓人了。稍微偏一点，官司就上身了。"

刘铮亮看到了监控数据，果然颅内压还是很高，看来双侧大骨瓣去除已经是必然，不用再讨论要不要管外貌、以后的生活了，保命要紧。

刘铮亮一直在处理血肿，亲自处理两侧大骨瓣去除，血肿清除之后，手术也就结束了，陈阿南下的穿刺针还要留着，用来术后用药和监控。

陈阿南提前一个人走出手术室的时候，不知不觉天已经擦黑，六个小时过去了。

他跑到天台上点了一支烟，手还止不住地发抖。车明明跟过来笑着跟他聊天："行啊，我一直以为你是个花架子呢，原来还有两手啊。"

陈阿南说："其实我们在啥都落后的医院待久了，人都待皮实了，也没有科研，也不知道学，干啥都是行活儿。他这一来，给我都拐带着来劲了，我现在晚上天天看书，就跟回炉一样。不过我也后悔跟他在一块，以后估计不能再混了，肯定老累了，天天提心吊胆。你说我就优哉游哉上班下班过日子多好，跟他在一起就没好日子。"

车明明笑着说："后悔啥，以后你也是神外大拿了，一针到位，抚城一针清就是你了。"

等颅内压药物治疗慢慢削减之后，刘铮亮让护士长请来龙院长，对龙院长说："这姑娘家里挺困难的，我想了个办法，也跟您商量一下，咱们先不用钛合金的人造颅骨，直接用患者切割下来的骨纤维碎片重新填充行不行？您看，她这个头部撞击骨裂点还有点儿多，我要是用人造颅骨吧，安装过程中万一有个小缝隙，以后不一定什么时候造成感染了，风险更大。哪怕等几个月以后，病人情况好些了，再回来手术安装人造颅骨，也安全些。"

龙院长问："那人家女同志，手术成功了，出院了，脑袋两边两个坑，也不好看哪，人家才三十三岁，以后咋生活？"

刘铮亮说："命都要没了，要啥好看啊。"

龙院长说："你们几个年轻人定吧。放心做，我去给家属做工作。"

刘铮亮给患者省了三万块钱，把刚才拆下来的骨头打磨修正好，拼拼凑凑，跟七巧板一样又打包装回去了。毕竟是患者自己的组织，这种碎骨片很快就会重新融合成新的颅骨，当然，毕竟碎过，手术后的左右颞上部还是非常脆弱的，甚至有些凹陷。

第三天，患者清醒了。陈阿南去查房，患者双侧瞳孔等大正圆，漂漂亮亮一女人，让握拳也能握拳，让动脚趾也能动脚趾。他心里一块大石头这才落了地。

以前都是简单操作，这次操作有多难，只有医生才能懂。患者家属也说这个探头插到脑袋里了，那大夫手法厉害，多准，一下就能插到地方，分毫不差。陈阿南就比喻说，这就好比是大雾天打鸟，浑水里摸鱼，春运时的绿皮火车上推着小货车从第一节车厢卖货到第十四节车厢，嘴里喊着"花生啤酒矿泉水，烧鸡方便面火腿肠"，辗转腾挪，变着戏法躲拥挤的旅客，最后到达目的地。你知道目的地在哪儿，就在第十四节车厢，可是怎么从拥挤的车厢里穿过去，这是一道哲学题，甚至是一道玄学题，有可能还是一道概率题。坐过火车的人都知道，售货员一定可以走到车尾，没吃过猪肉都见过猪跑，可是现在给你一台小货车，你怎么推，这不是谁都能玩得明白的。

难归难，可是你必须得走过去，侦察兵不到位，战场信息就无法明晰，到底是保守处理，照顾人的外形美观，还是为了保命，两块颅骨大骨头都拆下来？不探测脑室颅内压，是很难判断手术处理的效果的。脑袋不比胳膊，你不能随便拆开了看，也不能上手捋一捋，或者塞回去，你只能用物理的方法触发内因而非外力的手段让它归位，回到正常的位置，再缝合伤口。在大脑这个复杂的电脑主机面前，所有的医生都只是一个修电冰箱的电工，你只知道短路怎么回事，地线接错了怎么回事，主板烧了怎么回事，但是不可能拆开CPU修一修，你最多换个内存条，而且连内存条都不能随便修，最多用电镀一下断点。

前几年有一个意大利科学家发论文说要开展一个换头实验，把一个颈部以下失去知觉和行动能力的病人，和另一个即将死亡的病人的身体对接交换。刘铮亮当时就和老师、同学们讨论过这个实验的可能性。结论是根本不可能。先不说淋巴系统、血液系统的排异反应，假设这些都成立，假设这个捐赠的人体是患者克隆出来的，就脊髓的对接这一项，就根本做不到。上百万条光缆一刀切开，你怎么再一个个焊接回去？

所以他们遇到这种病人，看起来每次都在抢救，当然也有化腐朽为神奇的，可归根结底，还是要看病人自己的生命力。这次这个病人生命力挺顽强，大面积的颅内血肿清洗干净，目前看不会留下什么后遗症，中线恢复以后，生命危险的可能性也大幅度降低。

陈阿南和刘铮亮都明白，这个患者以后头顶会凹陷一块，他们家得花钱买钛合金人工颅骨装上，年纪轻轻的大姑娘总不能脑子凹进去两块，跟外星人一样，走在大街上被人指指点点。但是这钱，他们家看样子肯定出不起了。不管那么多了，几个月以后再说吧。

第十章
不折腾

患者叫崔佳，说是跟她老爷们儿过了有十七年了，然而她今年才三十三，还是虚岁，把娘胎里那九个月都满打满算凑一年，怎么算她爷们儿也够判刑的了。十五六岁的小姑娘，初中就没好好念，天天跟着几个所谓的社会大哥混日子，今天去游戏厅，明天去网吧，后天旱冰场，大后天去游泳。

前些年，社会大哥混得日子也挺惨的，骑个自行车走街串巷当社会人，硬件设备一直跟不上。其实都是下岗工人家庭出来的几个浪荡子。浪荡子们一般也都有一个浪荡的爹，爹一般也都是在班上跟小姑娘撩闲，有枣没枣打三竿，打着吃两口，没打着回家就喝酒打老婆，人生如白驹过隙，以现在不打以后就打不着了那种心态过日子。所以那几年工人社区的赫鲁晓夫楼里，隔三岔五就有锅碰了马勺，或是鬼哭狼嚎。

东北人还一度有过一种哲学，爱情啊，就是在摔打中锤炼成长的，越打越离不开你，老娘们儿就得收拾收拾。但是这种哲学呢，有两面性，打归打，不能只是情绪宣泄，还要表达出我打你是因为我爱你的情感，这和恨铁不成钢的打儿子的打法不一样，打老婆一般不能扇嘴巴子，让外人看见了不好，一般是打四肢和屁股，打完了还能抚摸舔舐一下，这时候还需要甜言蜜语，基本上是表达因为我太爱你了我刚才没控制住，有时候还要下跪认错的。下跪的态度要像个终于知道自己错了的孩子，这样可以激发女人的母性，然后在拥抱和舔舐中获得暴风骤雨后的温情。

无论是男人还是女人，打过几次，或者挨打过几次，就熟悉这里面的套路了，谁都不是缺心眼，你这擀面杖都用上了朝我身上招呼，打完了痛哭流涕说你爱我，跟我说你能不能不跟隔壁吴老二聊天啊，我受不了他看你的眼神，你怎么不长记性呢。

把人当缺心眼，用一个套路玩几次，这是不符合科学精神的。

男人会玩了，女人也明白，但是为什么不离婚呢？

有离的，也有不离的。看明白的人知道这就是个混蛋，早离早好；看不明白的人觉得这人是爱我的，他也挺不容易的，爱我都爱出精神病了，我得体谅他。

有病就得治。

崔佳的老婆婆就这样被打，跑了。

崔佳她老公跟他爸一个德行，于是她就躺在这了。

车明明问崔佳："你报警了吗？"

崔佳她妈说："报了，当场就带走了。"

刘铮亮叫来崔佳她爸，走到病房外，小声说："你闺女这病，现在只是控制住了颅内压，后续还是要继续手术，病情稳定还需要植入人工颅骨，还是要花不少钱的。"

崔佳她爸是个退休返聘给私企干活的老工人，站那儿就开始抽搐。

手术前刘铮亮让崔佳她爸妈准备三万块钱，当天就用得差不多了，光是颅内压监护，就是以二十分钟为一个单位计价的，后面的抗感染药物和创面消毒费用还不算。钛合金的人造颅骨，像网格状覆盖在颅骨创面上，网格状的钛合金正好可以穿过螺丝，固定在颅骨上。这些都还没上呢，要是上了就不只这个价钱。

患者崔佳刚清醒，就小声呻吟着要出院。

陈阿南笑呵呵地走过去，凑在床头俯下身去，说："老妹儿啊，你知道为了救你我冒多大风险？你知道吗，我行医这么多年，从来就没出过人命，我手上就没有躺在手术台上没下来的人，你知道为啥不？"

崔佳看着他没回答。

陈阿南接着说："我以前就接什么阑尾炎、扁桃体、痔疮、肛瘘手术，从来就不碰心脏啦、脑袋啦，这些我都不碰。为了你我都破戒了。"

崔佳小声说："我家实在是没钱了，我再住下去，爹妈该睡大街了。"

陈阿南说："没事，你这病最多再住十五天，到时候你想多住，我们都不留你。"

车明明在旁边问:"你老爷们儿为啥打你这么狠哪?"

崔佳她爸叹了一口气:"被人骗了,投了什么民族资产解冻,把家里十万块钱都打过去了,说是能给分五千万民族资产,结果一分钱没见着,一根毛也没见着,她老爷们儿一听气坏了,就这么的,动手把她打了。"

车明明说:"被骗了?就算损失十万块钱,也不至于下这狠手啊。"

崔佳她爸又说:"我这闺女吧,缺心眼,从九十年代开始十几岁不上学了就搞传销,后来搞什么万亩大造林,就是去内蒙古集资种树,说十年长出参天大树卖木材。那大沙漠里头能长多少树,那得浇多少水?后来发现是骗子,十年过去了,那树还没有俺们家喝白酒的酒盅粗呢,这事让中央台给曝光了,一下投资都打水漂儿了,赔了好几万。刚攒了几年钱,沈阳又有个买卖,叫蚁力神,说是先交钱,替公司养蚂蚁,到日子公司来收蚂蚁,再发钱。一开始吧,挣钱了,她就贪心上来了,借钱养蚂蚁。那家伙,咱家都成蚂蚁窝了,哪儿哪儿都是蚂蚁,我睡觉那蚂蚁爬我脸上我都不敢把它捏死,我还得把它请回窝里去,天天好吃好喝供着。突然人家公司资金链断了,不再按月给养殖户返钱了,大老板拿着你的钱去炒楼、炒地皮,地价跌了,那肯定就还不上你们这帮养殖户的钱呗。这帮养殖户还去沈阳省政府那儿闹,结果也让电视台曝光了,整了半天是非法集资。第三回她又炒白银,把钱给一个带头大哥管着,结果带头大哥玩什么老鼠仓,挣钱了是他挣,赔钱了是你先赔,这一下家里就让她给败得差不多了。这次又来民族资产,现在咱家啊,真是家徒四壁了。有啥办法,家门不幸,我们家就跟韭菜似的,一茬一茬的骗子,都来拉一刀,哪拨骗子都没错过,都让我们家赶上了。她老爷们儿也说,这一辈子活的啊,就是一个笑话,辛辛苦苦挣钱,到最后全给骗子创收了,自己啥也没攒下,落下一身债。这回她老爷们儿也是太激动了,动狠手。可是你再激动,这是你媳妇啊,你怎么这么狠性呢?"

陈阿南小声跟刘铮亮说:"我要摊上这败家媳妇,我也给她一棍子。"

抚城是一个魔幻的地方,魔幻的点在于这里曾经是共和国第一批直辖市,这里的工人冬天可以吃到四指宽的带鱼,这里曾经有数不清的工厂,这里生产的坦克与飞机去过朝鲜和越南,阿富汗的游击队都说质量好,伊拉克和伊朗的政府军用着抚城产的炮弹相互轰炸。所以,这里的人都保持着莫名其妙的优越感。我的投资理念,你根本理解不了,这是一种全新的商业形态,什么,你说我上次那个生意为啥折了?创业哪有不交学费的,这次不一样。

崔佳就这么一次次用她老爷们儿的钱,去投资她的梦想。老爷们儿也不傻,第一次就当是哄媳妇开心了,第二次就当给媳妇找个营生玩,第三次就琢磨着花钱买教训,差不多你就收手吧,第四次,哎呀,你都学会玩杠杆了,物理挺好啊,阿基米德教的你是吗?那阿基米德教没教你,我这一棍子下去,是棍子疼还是你疼?

棍子折了，脑袋骨折了，媳妇住院，自己进号子，能量守恒。

第四天刘铮亮没去查房，他正好有个病人走不开，就让陈阿南过去看看。崔佳的体温升高到38度，有点儿低烧。

崔佳她爸说她从昨天晚上起就没吃饭。

陈阿南就笑呵呵地问："怎么了，美女，怎么不吃饭呢？你不吃饭可不行，没有蛋白质，那伤口怎么愈合，身体机能怎么恢复？大姨，大爷，你俩出去溜达溜达，顺便买点儿早点，我跟大妹子唠会儿。"

等老两口出了门，崔佳马上就哭了："当时我挨那一下，就啥都不明白了，什么都做不了主，早知道花这么多钱，成了爹妈的累赘，我就应该死在手术台上，问题是我不想成为他们的累赘。你看看我这脑袋，凹下去一大块，还是对称的，左边一块右边一块，离老远看还以为脑袋顶上扣个葫芦，都成葫芦娃了。……"

她顿了一会儿，接着说："我也是个女人，我不说自己多好看、多带劲，咱以前走出去别人也是得回几次头的。现在可好，整成这样，活着有啥意思？我就不吃几顿饭，营养一跟不上，身体一垮，眼一闭，这辈子就过去了，多好。你们都多余救我。"

陈阿南说："老妹儿，你可别这么说啊，以前你爹妈花多少钱养你那跟我们没啥关系，但自从你挨了这一下，你知道不，你爸你妈以前花在你身上的钱，都清零了。你现在说不想好好治了，你爹妈之前花的钱都白费了。再说了，咱也没多要你们家多少钱，全套下来才不到四万块钱,还给你爹妈省了两万块钱呢,扣掉医保,你们自己花不了多少钱。"

崔佳说:"我真是太难了,我公公婆婆也不给拿钱,也是,他们也没钱了,都让我给败霍光了。做人太失败了,干啥啥不行,吃啥啥没够,心比天高,命比纸薄。你看我才三十多岁吧,我咋感觉我过出五十多岁的日子了呢,就从我身上吧,看不出朝气,我爸都说我,暮气沉沉。"

陈阿南安慰她说:"你呀,总想着不费劲就把钱挣了,睡一宿就天亮了,好日子就来了。你琢磨琢磨,你这些年吃过这么多亏,到底因为啥?你也说了,你才三十三,三十三岁就投了那么多买卖,你说,哪个买卖你仔细研究过?当然了,咱都这岁数了,现在再让你回学校回炉肯定不现实了,但是咱这脾气可以改改呀,以后作任何决定之前,先给自己找好退路,多寻思寻思万一折了咋办。最后,我再劝你一句,那好日子,都不是靠赌一把赌出来的,哪个不是自己勤快干出来的?别总想着钱生钱,咱们平民老百姓就这仨瓜俩枣的,禁不起折腾,一个小风浪,人家大船也就晃荡两下,你这小船直接就翻了。我们这也算把你救过来了,过阵儿出院了,要是觉得跟你老爷们儿不想过了,你就离婚。你要觉得还能过,那你就接着过,无论如何,好歹你命捡回来了,他也不用因为过失杀人或者故意伤害致人死亡判重刑了。"

崔佳说:"过啥过呀,我也挺对不起他的,离了得了。这么多年了,我就想着我虽然是个女人,也没啥文化,但是我凭啥就要受这一辈子穷？是，一般人都得说，你家也不穷啊，你老爷们儿虽然不怎么工作吧，也能对付个一两千，你擦鞋也能对付两三千。我跟你讲，谁不想风风光光过一辈子，谁不想抽中华、喝茅台、开宝马，我也想啊，我差啥呀，我凭啥就要跟着老爷们儿过，还要自己开店擦鞋，这么没滋没味过一辈子？我想风光，想让人看得起，不想让人一见到我就想把脚往我怀里送。哦，你爷们儿混日子，你出去卖命擦鞋，难道就要这么伺候人一辈子？我年轻那会儿也漂亮，我现在也不差啊，前后院十几个楼的小伙，谁看见我不多瞅两眼？所以你问我还过不过，不过了，他蹲他的监狱，我出去闯闯，再搁抚城待着，人都待傻了，天天就知道看快手，就知道捧着手机傻乐，就知道老铁六六六。我再也不想这么活了。"

她歇了口气，接着说："这几天我躺床上想明白了，你被锁在那个修鞋棚车里，你就没有时间、更没有能力去拼，去搏命。长辈人都劝你说，生个孩子，平平淡淡才是真。人家那是酸甜苦辣尝遍了才告诉你平平淡淡才是真，我连咸味都没吃过呢，你告诉我平平淡淡才是真，我怎么能服？我不能服，我不甘心，等我病好了，我就去南方闯闯。"

陈阿南说："那你也得定个规划，去哪个城市发展，找什么行业开始创业啥的，现在先安心养病。"

崔佳说："进了山海关都是南方，规划啥呀，走哪儿算哪儿。我就是得出去看看，要不我太不甘心了。这回我差点儿死，他当时打我，我跟你说实话，我都没躲。他本来合计我能躲呢，或者用胳膊肘挡一下,把我揍一个胳膊骨折啥的,媳妇也打了,气也出了,别人也不会笑他窝囊了。结果我没躲。我知道他脾气好,我对不起他,我也觉得我对不起我自己,就没想活。现在我想明白了,人哪,别总觉得自己眼光好、脑子灵,干啥都行,得出去练练,要不总钻牛角尖,就想抄近路,一晚上把一辈子的钱都给赚了。

"早二十年,抚城人眼瞅着深圳起来了,华强北代工的电子表1992年就敢卖十块钱一个,进价才两块钱,那钱多容易赚啊。又看见杭州的房子都要一万块钱一平米了,咱们的房子才三百块钱一平米,那钱多容易拿啊。还看见上海的旅店一晚上要好几百,抚城宾馆一晚上才八十,那钱多容易花啊。花花世界,让穿着劳动保护工作服早八晚五、只能去公园跳交谊舞的年轻人心里开了花,谁不想出去闯闯呢?我在这一天天骑着自行车,怀里夹着一个铝饭盒,带着我妈昨天晚上做的地三鲜大米饭放到厂子汽锅里蒸一上午,中午吃完了晚上骑着自行车回家,吃完晚饭去公园小广场扭秧歌,或者去夜市闲逛看看小商品,买两件出口转内销的衣服,二三十块钱穿身上显得洋气点儿,这就是人生?我不服。"

崔佳是这种不服的人,但她又没什么能耐,她老爷们儿也没什么能耐。没什么能耐不怕,粗茶淡饭过穷日子呗,但又有一颗野心。肉体和精神,意志力和能力,欲望和智商,这一系列需要匹配的条件没一样能匹配上。

没过几天，崔佳她老爷们儿被看守所的狱警带着来医院看她，一来是他后悔自己下手那么狠，二来是应崔佳的要求签离婚协议。车明明在旁边，看到崔佳她老爷们儿一瘸一拐走进病房，说是下手打完老婆自己跳楼摔的。

签离婚协议之前，崔佳老爷们儿还问："你考虑清楚了吗？"

崔佳点头说："我考虑清楚了，咱俩别这么过下去了，我也不要什么赔偿，我也会申请轻判，跟法院说谅解你了。但是咱俩真的别相互耽误了，你需要一个能过日子的好女人，我想出去好好闯闯，我憋坏了。可能我就是个光能动嘴的，可我也是爹生妈养的利利索索的一个人，我得试试，试试能不能出点儿响动。"

崔佳她老爷们儿哭着离开病房，本来车明明还想看看这是一个什么样的凶神恶煞，看了半天发现，这俩人就是两条道上跑的车，根本就不在一个频道上。崔佳高挑漂亮，一条大长腿蹲在马扎上给人擦鞋，别的男的眼睛都不好意思往下看，刘海点缀在额头，她没手术之前，是个多好看的女人啊。

车明明问崔佳："你爱过他吗？"

崔佳也不隐瞒："爱啥呀，年轻时候不就觉得他带劲嘛，小伙混社会的，不像别人灰头土脸上班下班苦哈哈，多有面。你要混社会吧，你就混个八面威风，我就当大嫂我也心甘情愿。结果混了这么多年，混成了老癞子，啥能耐没有，就靠一张嘴装流氓。我都后悔死了。"

十天以后，崔佳出院了，她们家没钱买钛合金的人造颅骨。刘铮亮说:"你要是不用人造颅骨,起码得买一个外骨骼头套。"

崔佳说:"没钱。"

刘铮亮说:"那你起码得准备一个头套,外面套个头盔吧。"

崔佳说:"摩托车头盔行吗?"

刘铮亮说:"咱能不能不这么对付啊?不过摩托车头盔也行。可是你在家里万一磕碰到柜角、墙角的,别人顶多捂着脑袋疼一会儿,你这很容易就过去了。"

崔佳戴着摩托车头盔走了,车明明看着她们一家人的背影,对陈阿南说:"你说我怎么就对她可怜不起来呢?"

陈阿南沉默了一会,整出来一句:"可怜之人必有可恨之处。"

刘铮亮把她们送走后,还要按照习惯,每周例行去张娇那看看。张娇已经可以坐起来吃饭了,张德旭不在,孩子她妈窦丽萍在旁边伺候着,龙须挂面煮鸡蛋,用勺子捣碎了往嘴里送。小姑娘见到刘铮亮,主动打招呼。那语速和声音一看就是很难再恢复成原来的样子了,大脑仿佛不能顺畅控制舌头和声带,就像超负荷运行的内存条,又像鬼畜视频,一字一顿。那个阳光活泼的小女孩从此以后再也不见了,她后半生都会以此时此地为起点,重新出发。以后她能恢复成什么样,那就只有天知道了。

磕磕巴巴的几句话,刘铮亮却应接不暇,顾左右而言他。这是他第一次独立治好一个危重病人,但是这个病人虽然醒过来了,虽然可以吃饭了,却不是活蹦乱跳的。刘铮亮多想像他师父们一样，见到一个个病人健健康康地回来感谢他，让病人家属有热情送一面锦旗，上书"妙手回春"。那是一种虚荣心，更是一种荣誉感。当大夫的，就喜欢这种成就感。

第十一章
善意的谎言不是谎言

抚城比较适合老年人生活,爬山采榛子,就着水边钓鱼。年轻人的休闲生活就相对简单,以前晚上还有喝酒唱歌到深夜的地方,最近几年年轻人走了不少,留在家里的老的老小的小,步行街晚上八点以后人就少多了。

留下来的人文化水平高的已经不多了。

就好比刘铮亮接诊的时候,经常会遇到蛮不讲理的人:"你别跟我讲这些科学知识哦,我没念过多少书,我也不懂那么多道理,不像你们文化人,拿着手术刀吃人不吐骨头。仗义每多屠狗辈,负心多是读书人。评书里不都么说么?人家单田芳都这么说过。所以你别跟我扯那些没有用的,扯那些干啥,你就告诉我,我爸这病,花多少钱能治好,给个痛快话,捋明明白白的。"

刘铮亮还是客客气气:"那你稍等我一会儿,我给你上网查查文献,看看你爸这个病的治愈率统计。"

那哥们儿当然很不满意:"你给我看什么?治愈率?"

刘铮亮说:"对,就是一百个病人里,有多少个能治好,有统计的。"

那哥们儿愤怒了,吼道:"你当是养鸡场孵化鸡蛋呢啊?出壳率呗?你是不是欠收拾?"

刘铮亮回答:"你爸这毛病,全抚城估计也就我有可能试试,要不你就送沈阳,要不你就等我查完资料告诉你。你要把我收拾了,你看看后面,这急诊有六七个病人等着救命呢;你打我,我们科室大夫肯定都过来帮我,到时候病人救不上了,这么多家属能饶得了你吗?"

说完这话,急诊室大厅里二十几个患者家属目光都投到了这边,几个小伙子甚至往前走了几步,准备上手见义勇为了。正直的人不需要前簇后拥,坐在那就是千军万马。

刘铮亮没脾气,说这话的时候头都不抬写病历,他所有的刚烈都在手术台上施展出来了。他这种人自己就没什么温度,却总想着让别人捂热乎他。龙院长在食堂闲聊的时候还跟他说:"我呢,行政出身,医学院本科一毕业,就到了医政处。小伙子你也懂,跟领导打交道打多了,脸熟,到提拔的时候肯定近水楼台先得月。肚子里多少墨水,我心里有谱。你看你们主治医生问我治疗意见,我提过啥意见?我就有帮你们扛雷的觉悟就行了。谁来挑事,谁欺负我们大夫,我出去站台,我找人,抚城这地面谁我不熟?但是我只会写写稿子,笔杆子行,写点儿什么《临床医生的奖励制度》《医保超额后急诊病例的财务流程优化》,我在医院这三十多年,医术没啥长进,做买卖一把好手。这样长期看,对医院是没好处的。不过院长这位置我喜欢啊,有面子啊,你让我辞职让贤这我肯定做不到,谁提我收拾谁。当然,以后这医院啊,还是得懂业务的人来干院长。领导不懂业务,或者知识储备落后于业务现状,他就不能理解医生的困难。我也夸自己两句,我有一点好,我从来不会不懂装懂。所以你们放心干,编制啥的我尽快安排,不用你们催,我自己就知道着急。"

陈阿南等院长吃完走了,在旁边就对刘铮亮小声说:"看见没,老龙头对你相当满意。"

旁边一起吃饭的急诊科赵主任说:"人啊,贵在有自知之明。咱们龙院长在学术上跟大医院的院长比不了,他知道,所以临床的事,他从来不瞎指挥。你俩就踏踏实实在这干,我估计再过一年,咱们医院就得被盛京医院收编了。到时候沈阳那边肯定派高学历的医生来,到时候那帮小兔崽子肯定欺负咱们这帮人,一瞅咱们一个个都是什么沈阳药科、锦州医学院本科毕业的,还是抚城小医院坐诊那么多年的,那鼻子不得长到脑瓜顶上去呀?到时候就靠你们这些年轻人给我们提气。咱抚城人也有自己的博士,也有自己的好大夫,让他们来了也得跪着,老老实实的。"

刘铮亮谦虚地说:"咱们这行,哪能看学历呢?我导师就是最后一届北大医学院本科毕业的。咱们这行,就算念到博士,不就也只是一个入门的嘛,手术时在旁边看着、打个下手的人。现在是教育规模上来了,大城市大医院开始提要求了,外行人不懂而已。"

车明明回复道:"也不能这么说,毕竟多念那么多书,你是跟着导师学东西,咱们本科毕业的很多知识只能从临床学。俺们学的术多,你们学的道多。就比如上个月,那个心衰的老太太,你不说要给她紧急补钾,我就想不起来。课本里都学了,可是病征一复杂多样,掺杂其他疾病特性,干了六七年临床的大夫还是分辨不出来。这时候,还是得跨学科、见识多的人行。"

陈阿南说:"这就像国防大学毕业的和士官学校毕业的比打靶,国防大学毕业生未必就能赢,但你要说战场协调和多兵种指挥,那还是国防大学的有经验,人家上学学过。打靶可以慢慢练,指挥能力的培养,那肯定需要更长时间。"

几个人正吃饭,车明明的电话响了,来新病人了。

这是一个三十岁的小伙子,从救护车上抬下来的时候哼哼唧唧,话也说不清楚,声音沙哑着说太热了。

陈阿南看看天气,心说抚城三月份最高气温才十度,不热啊。

车明明就问:"什么毛病啊?"

急救护士说:"刚才在家晕厥了,在救护车上醒的。"

刘铮亮问随车的家属:"以前有过这种情况吗?"

患者家属是他媳妇,摇摇头说:"没有。"

先拍片吧。

拍完片,刘铮亮一边用听诊器检查,一边观察患者的皮肤和面部,突然,他的注意力停在了患者的手上。那一根根手指跟香蕉一样粗,指尖粗壮。刘铮亮又仔细用听诊器重点听了他的心肺,同时要求给病人抽血,血常规和各器官功能检测全都过滤一遍。

刘铮亮放下听诊器,转头对患者家属说:"目前看精神状态看不出什么,但是我建议你马上去内科挂号,心肺有些问题。我怀疑——"

患者家属一个凝视摇头的动作让刘铮亮没再说下去。他让陈阿南继续检查,自己走出急诊室,示意患者家属也跟着来。

刘铮亮小声对她说:"你爱人刚才下车的时候就说热,我听他肺部声音有问题,而且他手指是杵状指,这是慢性心肺疾病的征兆,你最好马上挂号去呼吸内科。我甚至怀疑,刚才他晕厥,有可能是因为这个病都波及神经了。赶紧查查血氧,别耽误了。"

患者家属叫苏静,小声对刘铮亮说:"大夫,我爷们儿是肺癌晚期,全家就他不知道,我们都知道了。我们都跟他说是矽肺,说是他在铝厂高炉边吸进去的污染物太多了。我们之前一直都是按矽肺治的。全身骨头也都变形了,动弹不了了。铝厂干时间长了都有这毛病。"

刘铮亮沉默了一会,说:"目前看病人胸腔积液不少,缺氧导致的呼吸急促,心脏也开始有心衰征兆。但是如果这一系列问题都是因为肺癌引起的,我能做的事情也没多少,抽一下胸水。"

这时候血常规结果和片子都出来了。刘铮亮看着化验单对苏静说:"你看,他的BNP很高,都2900了,再结合胸片,基本上可以确定心力衰竭。因为是癌症引起的,你老公这胸水抽了还有，可抽一次人的身体就虚弱一次，这话我得给你说清楚。"

苏静说："我知道，能舒服一会儿是一会儿吧。"

刘铮亮刚想同意，陈阿南拦下了，说："大姐，你老公现在这个情况，抽水会很危险，我建议啊，你把他转院到沈阳，送到ICU，让重症那边来操作更安全。我们是急诊，不是呼吸科也不是肿瘤科，这块业务不熟悉，这是实话。"

苏静没听懂，一脸茫然地问："那ICU是不是花钱就多了？"

陈阿南说："那边更安全，也更专业，当然就贵些，一天一万多块钱，全封闭管理，杜绝感染，对患者来说非常安全。你看我们这急诊做抽水，各种意外情况太多了，万一产生重度感染，我们责任就太大了。"

苏静已经带了哭腔，说："哪儿有那么多钱买命啊。"

刘铮亮问："那咱们就按矽肺，先住院再说，根据情况再确定什么方案吧。"

苏静面带绝望地说："不行。最近感冒发烧得肺炎的人多，呼吸内科早就住满了。平时不忙的时候吧，我们进去住院，人家也理解，也让我们住，住差不多了就撵我们走。人家也有道理，我们不是这个病，总去人家病房耗着，占着人家科室医保账单上的钱，这么把公家的医保钱花完了，让真有病来住院的人咋办，人家该没有钱治病了。这回呼吸科不让我们进了，我就想了这个主意，大夫，你就让我们住急诊病房也行。"

刘铮亮试探着问:"肿瘤科病房不能去?"

苏静急忙摇摇头说:"不能去,不能去,我老爷们儿眼瞅着就这一个月的事了,别临了给吓个够呛。大夫,你就给他一个心理安慰,让他觉得有人管他,家里人都惦记他,没把他当累赘,就行了。"

刘铮亮把车明明叫过来,问:"咱们科室医保配额还够吗?"

车明明问:"啥事?"

刘铮亮把这个情况跟车明明说了,车明明说:"这事你得跟赵主任商量,这事说小就小,说大就大。"

刘铮亮说:"这算大事吗?"

车明明说:"你不知道前段时间望花中心医院骗保吗?八百多人在医院挂床倒药,刚判完,进去几十个。你刚从外地回来不知道,老多小医院都玩这个,随便一个小医院一年就能套二百多万,十几个医院一起玩,一下子把抚城医保都给整崩溃了,去年有几个月咱们医院都不接医保住院的,只接自费的,医保没钱了。现在管得老严了,是啥病就住什么科室,不允许挂床。"

刘铮亮点点头,对苏静说:"你这个情况我们都理解,你看能不能自费?就一个床钱,一天七十块钱,住一个礼拜。我给你们开点药,打点针,六七百块钱就能下来了。另外我给你通融一下,神经科我有熟人,他们大夫欠我人情呢,你们去那儿住院。你爱人这个身体情况,别的科室病房病人情况也复杂,神经科人少,也清净。"

苏静当然同意，千恩万谢。

回到诊室，刘铮亮装样子对苏静说："你爱人这个胸腔积液很多，肯定影响呼吸，我估计是肺水肿，需要长期休养，千万别生气啊，一生气就伤肺。"

苏静频频点头，眼角里闪出泪光。

随后，刘铮亮就给他们安排到张德旭他闺女的病房，插进了一个床位。

苏静看着自己爷们儿呼吸越发困难，就又去央求刘铮亮："刘大夫，要不我砸锅卖铁，让他进ICU吧，能舒服几天是几天。"

这句话既是咨询，也是重大疾病下家属摆脱道德审判的一种技巧。这种技巧看似聪明，但是医生天天遇到，也就无所谓了，既然她不想当被告，总要有人当。

刘铮亮说："他这个情况进了ICU只能人财两空，犯不上，进去了也就是上呼吸机，血氧上不去，再给他插管，病人也遭罪。再说，就算插管了，你们家能扛几天，第十天再插着管出ICU？到时候更遭罪。卖房卖地扛几天人送走了，你以后住哪儿，吃啥喝啥？我们现在就提高他的生存质量就行了。"

病人进了病房，刘铮亮给抽了胸水，开了点止咳药，就安排到住院部了。临走的时候他对苏静说："我看他目前这个情况，平躺肯定是睡不着觉了，给垫点枕头，让他压力没那么大，后背有点坡度，也就不会特别难受。"

苏静她爷们儿四十秒就咳嗽一次，时间极准，咳嗽完一口痰吐出来，又在那往外倒痰。他那喉咙口就像大庆的油田，汩汩往外冒源源不断的宝藏，一卷手纸最多撑一天。张娇毕竟是年轻人，咳嗽声影响不到她，依然睡得很沉。可是张德旭受不了，他躺在病床上数着山羊，每次都是数到第五十只，就迎来一声咳嗽。他再数五十只，又一次咳嗽。对面毕竟是癌症患者，他也不能为难将死之人，再说他也要跟家属搞好关系，明天一早他还得给艾辰打电话呢，这个活儿肯定跑不了了。睡在女儿床上的窦丽萍也睡不着，张德旭翻个身跟她四目相对，小声说，这个活儿明天得安排给艾老板，瞅这样，用不了半个月。

熬了半夜，病人都睡着了，家属们实在是难以入睡，就在病房门外大厅看电视。张德旭、窦丽萍、苏静坐一排，在那儿百无聊赖地看着屏幕。

苏静说："不好意思，吵到你们了。"

张德旭说："哎呀，都是来看病的，相互体谅，这不看会儿电视，也挺好。看困了再进去睡呗。你家爷们儿铝厂的吧？"

苏静点点头。

张德旭说："我估计他这肺子，就是因为炼铝出来那废气有毒，天长日久就把身体整坏了。你这可以报职业病啊。"

苏静说："老铝厂早就破产倒闭了。现在的铝厂一改制，老的职业病人都归社保了。"

电视里后半夜哪儿有什么好节目，而且医院的电视，也没有遥控器，都是有什么台就看什么台。电视广告里一个老太太鹤发童颜，叫刘洪斌，对着镜头说自己是医学世家。第一个广告里她是苗医传人，发明了宫廷祖传秘方，说是取云南雪山雪绒花制作的一款神药，药里又有苗人常吃的香料，说苗族人从来不得风湿，就是这个雪绒花的缘故，这个药专门治疗风湿，效果拔群。

第二个广告的主角还是这个老太太，这回身份是中华中医医学会镇咳副会长，用祁连山的枸杞深度研磨，集天地精华制作成药，专门治疗气管炎。

第三个广告的主角又是这个老太太，变成了北京大学的专家，开发了一种蒙药，说是草原民族天天骑马，从来不得腰间盘突出，为什么呢，就是因为蒙古人都吃韭菜花，她发明的这种药，就是用韭菜花的精华提炼出来的，专门治疗中老年人腰间盘突出。

这活脱脱中老年夺命大侠，人口老龄化终结者，退休金财务流转协会名誉主席，东三省韭菜收割大师，北境三线城市电视台员工年终奖守护者，中草药中毒后肾结石碎石市场设计师，这么多Title要是都用不锈钢打成牌子，挂这老娘们儿脖颈子上，那才解了刘铮亮的恨。

张德旭看傻眼了，说："这老太太怎么这么牛，我连看三个广告，主角都是她。这骗子也太不走心了，怎么都找一个演员。"

他说这话，把来查房路过的陈阿南给逗乐了。

张德旭忙问陈阿南："陈大夫，你说现在这电视台，咋啥广告都放呢？这几个广告吧，如果一个一个看，我还看不出来是骗子。这大半夜的,三个广告给我放连续剧了,那这帮孙子不是明摆着骗老百姓钱呢吗?这老娘们儿一会是什么镇咳协会副会长,一会是北大教授,一会又是蒙古人,一会又是苗族,骗人没有这么骗的。电视台也敢播?"

陈阿南说:"现在都是互联网时代了,这些地方电视台日子也不好过,没人看他们的电视台节目了,广告商也不愿意投钱。他们就靠广告赚钱,钱都让互联网公司赚走了,咋办?就只能接这种广告。不接这种广告,哪来钱给他们发工资啊。不过,你发现没有,你为啥能连看三个同一主演的广告?这还是电视台编导有良心,他这就是在提醒你呢,这是骗子。但是他不能直接说,他上面也有领导,隔壁还有广告销售部同事,拒绝播出他肯定没那胆子,但是他也在用他的办法。你看,你也不懂医学,这不一看就看懂了吗?这个编导的目的就达到了。说真话成本太高了,得讲技巧,我看这个编导是个人才,将来能混得不错。"

这边窦丽萍在问苏静:"你老爷们儿是什么病啊,我看他一晚上咳嗽就没停过,这才三月份,早春暖气也不热乎了,光着膀子咋还喊热?"

苏静说:"肺癌晚期。"

窦丽萍当时眼睛就亮了,买卖来了,妥妥的。

张德旭问:"还有多长时间?"

苏静回答:"就这几天了,之前大夫都说了,也就两个月,这都两个月零十天了。"

张德旭又问:"他自己知道不?"

苏静回答:"不知道,没告诉他。"

张德旭说:"那临了不得告诉他什么病啊?"

苏静说:"不用知道,知道了有啥用,除了给自己吓够呛,能解决啥问题。哪个人知道自己怎么来的?那为啥就要知道自己怎么没的?稀里糊涂,把这趟车坐到终点站,验票下车就完了,还挑啥。前几天他还总埋怨我,说不给他好好看病,跟我摔摔打打的。中国医大附属医院我也去看了,人家大夫跟我说让想吃啥吃啥吧,还咋看病啊,看不了了。我也够够的了,人家都说久病床前无孝子,我算看明白了,为啥久病床前无孝子?他磨人哪。他也知道你对他好,但是他就折磨你,粥凉了、菜咸了,放下筷子就给你脸子,你伺候他,他一天天骂你,说你是不是外面有人了,盼着他死。我这一天天,端屎端尿还受气,这日子也算快到头了。"

窦丽萍问:"这是为啥?是不是病糊涂了?"

苏静说:"他也闹心,他也知道自己可能过不去了。"

陈阿南接口说:"不是病糊涂了,他这是在试探你的底线。他觉得自己要被抛弃了,从顶梁柱变成家里的负担,他慌了,他想摸清楚,你到底有多在乎他,会不会给他扔下不管了。他跟你耍横,你忍着,他心里既痛苦又高兴。痛苦的是埋怨自己太不是物了,太操蛋了,人家这么照顾你,你给人家脸子,呵斥人家,他心里明明白白的,难受。高兴的是你还能容忍他,不会把他扔那儿不管了。病人到这时候,都这样,通过折磨家属,获得安全感。他一看他这么对你，你都不离不弃，他心里头就踏实了。不过这玩意儿没完，过几天他哪根筋又搭错了，又跟你来劲，还是这一套，重来一遍。你就忍着点儿就行了，没别的办法。"

苏静她老公就喜欢这么折磨人。你买大米粥吧，他说胃里酸；你买小米粥吧，他说嘴里牙碜；你说爱吃不吃，他就说我病成这样你也不知道心疼我，咋的，等我死了跟别人跑啊？我告诉你，我死不了，我胳膊腿哪儿哪儿都利索，你等我好了，我再用你一下，我这个名以后倒着写。

苏静已经被他折磨废了，她跟窦丽萍聊着天："厂里有老爷们儿对我好的，一听他身体不行，就够往上凑，上班的时候就喜欢黏着，开着玩笑带点儿色。那小眼神里上下求索，小表情就跟发电报似的，滴答滴答传信号，就等着我一声哨响，老爷们儿就能马上替补上场。那生龙活虎的，天天瞧着没吃过一口的荠菜馅的饺子，冷不丁给他咬一口吃下去，烫嘴也往下咽。可不像这老夫老妻，怎么的，饺子不蘸醋，嘴里都没味了，瞅都不多瞅一眼了。好不容易瞅你一眼，还嫌你这个饺子糗了，黏汤带水的，看不上眼了，还天天损你几句。谁受这憋屈气。"

窦丽萍说："你可别这样，咱都有家有业的，你老爷们儿还在呢。"

苏静说："有老爷们儿怎么的，那足球比赛有守门员不照样进球嘛。哪天我实在受不了这份气，咱也解解乏，找个老爷们儿给捋一捋，不求别的，我就图一个不受气。凭啥呀，吃喝拉撒挣钱买菜全是我,到头来不给一个好脸。姐,我跟你说,我受够了。别看我现在天天伺候他,真要有那一天我哭不出来,他实在太烦人了。"

窦丽萍说:"你说的都是气话,那外面的老爷们儿还不是图你身子,都是走肾的,能走心啊?"

苏静叹了一口气,说:"是,要不是看在他真心待我,我早就跑了。"

东北人都这样,嘴上说出的都是最绝情的话,下决心干绝情的事却很难干出来。你说有没有人撩苏静,肯定有啊,小媳妇走道都带风,那裤腿里裹着的肉,隔着布料都能感受到弹性。弹性是什么?就是肌肉纤维的活力,有活力就有魅力,就能给人无尽的遐想。听说她老爷们儿身体不行了,那厂里的几个单身汉马上就开始骚动。就跟足球比赛时一个队员被对方一个飞铲给放倒了,捂着膝盖在场上左右翻滚,表情狰狞,那教练员往场下扫一眼,替补队员一个个都开始做准备活动往上冲。苏静上班的时候,饭盒里带的素,别的老爷们儿就说,老妹儿,你吃的咋这么素呢?你天天这样身体该不行了,多匀称的条儿啊,这瘦下去我看着都心疼。你得吃点儿肉,吃肉了人才有精神,内分泌才正常。女人内分泌好了,就哪儿都好了。

就这么语言撩拨。没办法,谁都知道你老爷们儿身体不行了。苏静不敢把这些话告诉他,怕他着急上火。

男人真是一种可悲的动物,仿佛从受精卵开始到骨灰盒都在竞争,小时候比聪明灵活,成人了要比长相、赚钱能力、床上战斗力,等你退休了跳广场舞也得比谁身体好,谁更硬实。赵本山在小品里有句台词:你可拉倒吧,小琴他爹比我还硬实呢。外在硬实,就是威慑力和战斗力,这一点,苏静她爷们儿都没了。是你的媳妇但是你身体不硬实,媳妇就未必是你的,不是你的媳妇但是感情好,那你身体肯定得硬实。这个硬实倒不一定要真刀真枪,有时候就是个象征。厂里的爷们儿也并不是一定要把苏静撩到手,只不过要一种感觉,就是性吸引力的认同感,眉来眼去看着啥都有了,其实纯洁如朗朗明月,清白如初冬瑞雪,这感觉也行。

这硬实就跟原子弹一样,不能随便炸,摆在那也能把人吓。男人就要一直这么撑着,一直逗着,到不行了那天,撑不动了,突然像泄了气的气球,要么蔫了,要么炸了。

要不第一颗被投放的原子弹怎么起名叫"小男孩"呢?

起名的一定是个哲学家。

没几天,苏静她老爷们儿就开始身上浮肿,血氧比例噌噌往下掉,咳嗽带出来的血丝逐渐增多。他开始说自己脑袋和胸口都闷着隐痛,可说话已经没有声音,光动嘴,气如游丝,发出极其微小的声音,虽然大口喘气,但已经没有声带振动。

苏静找到刘铮亮,刘铮亮来看了看,私下里对苏静说,他这是多个转移病灶影响器官功能了,血氧含量这么低,呼吸机顶上去也没效果,说话都不出声音,这是癌细胞侵蚀到声带了。他时间不多了。

到第二十五天的时候,人就开始长时间昏睡了。这天,病房里窜进来一个卖药的老头,六十多岁,造型跟电视剧《刘老根》里的药匣子简直一个模子刻出来的,敲门探进来一个脑袋,把苏静叫出去,就推销药材。

七院住院部外有十几个这样的江湖郎中,人家就指望吃病人最后一口饭活着呢。

药匣子说:"我这有一个疗法,祖传的偏方,专治肺癌,要不你试试?"

苏静问:"你这是什么偏方?你能治好?"

药匣子说:"人都到这个地步了,咱说句痛快话,要是能把人吊回来,那就是有用的。去年年初,机修厂老马头,那就是吃了我的药,当时大夫都说晚期了,还不是挺过来了,现在还活着呢。可年底那个老太太,她岁数太大了,就没吊回来。药能医病,它不能医命啊,管用不管用,还是得看人的身体情况。谁也不敢给你打保票,说吃了我的药,你老爷们儿肯定就能活。"

药匣子的特长就是两头堵,吃活了的案例也说了,至于那个老马头叫啥,忘了,大家都叫他老马头,你有空去机修厂打听去呗。反正你家病人就这个情况,作为家属,你不得一分希望百倍努力嘛。

苏静问:"你这药多少钱?"

药匣子说:"不贵,九百块钱。"

刘铮亮不知道什么时候站到了药匣子背后,说:"你还挺有定价策略，不超过一千块钱，几百块钱让人愿意消费。你这是非法行医，我这一报警，起码半年有期徒刑。"

药匣子讪笑着说："你看你还那么认真，我这也是积德行善，我有这么个发明，帮着治病，卖得也便宜，人家都肺癌晚期没有啥希望了，吃我这药万一有效果，多挺几年呢？"

刘铮亮没理他，扭头对苏静说："别花冤枉钱了，他要是能治癌症，别的我不敢说，全世界每家医院门口都得塑一个他的雕像，所有医生护士进进出出都得给他磕一个。诺贝尔医学奖连发他十年的。可能吗？"

他又回头对药匣子说："你赶紧给我走远点儿，别给我的病人乱开药，回头吃出毛病，让你吃官司。"

苏静制止了刘铮亮，说："刘大夫，我买吧。这玩意吃不好，不也吃不坏嘛。我爷们儿现在也不吃药了，说吃啥都不管用，他现在认准了我这是要把他抛弃了，躺在那儿一边咳嗽一边掉眼泪。人就这么活一辈子，都这样了，还么认真干啥。给他点儿新鲜药，他心里也有个盼头。糊弄人总比糊弄鬼强啊，趁着活着给他点儿希望，走的时候也心里敞亮。好歹夫妻一场，虽然没跟他过过几天好日子，但是我尽心尽力给他找法子了，他看着就行了。九百块钱买条路，不贵。"

刘铮亮憋在那没话了。他一直看不上那种随便把几种草放到锅里炖几个小时，把各种生物碱混合液往肚子里灌的行为。尤其因为以前的经历，他甚至都被熏陶得懒得去批判这种行为，这就像布鲁诺不愿意跟罗马教会讨论日心说和地心说谁对谁错一样，我跟你说的是数学和物理学，你跟我说的是上帝造物，咱俩不在一个频道上，自然就没有辩论的必要。有啥可说的？

刘铮亮就问张德旭："你说他懂医学吗，就敢给人开药，吃出毛病咋办？"

张德旭笑呵呵地说："你当人家傻啊，人家也是人精。啥药啊，我看都是调味料，都是从十三香里拿出来的。吃不好，可也吃不死啊。"

刘铮亮说："那他不怕病人家属回头找他去？"

张德旭说："人都没了，都在家里哭呢，办丧事销户口，去银行注销账户，多少事呢，谁还想得起他？人家走的是心理安慰路子，心理医生。你看着没，人要想发财，就得剑走偏锋。你别看这小老头不起眼，市中心十几套房，两个媳妇，顺城区一个家，望花区一个家，一三五睡老大家，二四六睡老小家，星期天休息休息，喝点药酒吃点腰子，下礼拜再来一遍。你看这老小子，有劲，整两个也不嫌累。咱这一个老娘们儿都喂不饱，咱吃啥，天天尖椒干豆腐，茄子土豆大萝卜，能有劲吗？"

杀人放火金腰带，修桥补路无尸骸。

刘铮亮不说话了，没啥可说的。

魔幻现实主义之所以是魔幻现实主义，就是你永远都整不明白，为什么七院门口这帮人能活得比医生还滋润。人家望花区药匣子从调味料批发市场采购采购，拼凑出来一味药，九百块钱；刘铮亮在公立医院吭哧吭哧四五个小时,做一床手术才三百块钱绩效。望花区药匣子大到癌症,小到皮肤病,中间还管阳痿早泄,啥病都能整整,原材料都简单;刘铮亮念了二十四年书,就挣人家一个零头。人家卖药吃好吃坏了,没售后服务;刘铮亮他们手术前提心吊胆要家属签字,手术后提心吊胆观察预后。

又过了六天,苏静她老爷们儿半分钟喘一口气,脸也胖起来不成人形。大半夜三点,病人突然醒过来了,嚷着说要吃肉。苏静说我上哪儿给你找肉去啊,但还是穿了外套出门打车。

抚城的街道后半夜早就没人了,苏静遛了半个小时,终于找到一家打麻将的小超市没关门,赶紧买了两个脆皮肠和午餐肉罐头,又打车回来。刚进病房,她就发现她爷们儿心电监护仪报警了。大夫进来给心肺复苏按了几分钟,也就放弃治疗了。

苏静就在边上看,不说话,也看不出悲伤,等大夫把呼吸机撤走,张德旭和窦丽萍上来就问苏静,这后事你怎么安排,苏静呆滞的表情突然从身体里抽离,好像才缓过来,"嗷"的一声,捶着床哀号道:"我没有家了啊!!!"

第十二章
打断骨头连着筋的爱情

苏静办完了手续,去急诊室看刘铮亮和陈阿南,非要给两个人扔下三百块钱。两个人不要,苏静就说:"我们家爷们儿能住进来,你们帮了不少忙,中间还总去看看,就这点儿意思,你俩收下。"

刘铮亮说什么都不收,苏静趁他俩不注意,在快出院的时候,又来了一趟急诊,把钱直接夹在信封里,扔到办公桌上直接跑了。当时大伙都忙,也没人注意,等回来了打开信封一看,再让陈阿南去追,也就没追上。

刘铮亮就对陈阿南说:"这钱不能收,这不犯错么?"

陈阿南也说:"要早几年,人家愿意给,咱收下也没啥事,也没多少钱。现在管得严,咱犯不上为这三百块钱被人给点了。要不这样,过几天她老爷们儿葬礼,咱俩去,给随礼不就完了?"

刘铮亮说:"随三百,然后再白吃人家寡妇一顿,干啥呢,有这么办事的吗?"

陈阿南说："那随四百。可四百，谐音不好，不损人家呢嘛？"

刘铮亮说："那就五百，咱俩一人出一百。"

两天后送魂，他俩下班后就去苏静她们家楼下等着，正好瞧见了正张罗事的艾辰。

艾辰正跟苏静对活儿，还没看见刘铮亮。哪家出了几台车，到时候谁摔盆谁打幡，好几个活儿都安顿好了，这一扭身，才看到刘铮亮老远也在看着她。

那一瞬间她觉得挺丢脸，但也就过了一秒钟，那种东北女人的任性就上来了。你不是看不上我么，你越看不上我，老娘就越不把你当回事。她也把刘铮亮当空气，眼神交汇的机会都不给。

当时仪式到了哭九包，苏静家叔伯兄弟中午喝完了下午来守灵，其实就是准备晚上打麻将。人一喝多，就愿意找点儿事。哭九包的女的徐娘半老，这遗孀也是年纪轻轻，平时这姑表兄弟没什么来往，现在成了土中人，可老弟你这媳妇留得挺是时候啊。酒壮怂人胆，但是直接跟表嫂讲荤段子，在场的老家儿看不过眼，那就拿哭九包的逗逗乐吧。

有个小子就说："你好好唱，规矩不是唱一段给一段的钱嘛，你让我给你塞哪儿啊？"

哭九包的老娘们儿也是老江湖了，回了一句："老板你高兴塞哪儿就塞哪儿，一百二百我塞胸罩里，一千两千我松松裤腰带你就往我裤衩里塞，多少都能塞。一会我唱一段喝一瓶啤酒，各位大哥给叫好啊，各位老板赏脸就给打赏啦。"

这一调动情绪，几个老爷们儿顿时忘记了失去亲人的烦恼，反正也不是亲爹亲妈，咱们都随份子了，钱都花了，能不好好玩玩么，基本上都抱着这个心态了。主家苏静在里屋，戴着重孝也不能制止人家开心。

陈阿南对刘铮亮说："东北就是实行火葬，坟头面积太小，要不，坟头蹦迪那都不叫事，直接能开一个二人转专场。"

乐队音乐起，二胡、唢呐伴奏，哭九包的唱道：

　　哭九长，包九包，九包方来九包圆，九包里是路上要用的金银钱。

　　哭九长，包九包，鬼门三关头一遭，龇牙咧嘴它就把路来拦。

　　尊声爷们儿你别害怕，快把纸钱扔到地上边，小鬼去捡钱，你就奔西天。

刚唱到这，一个表弟喊停，说："你这个唱法没感情啊，你这样不哭出来，我们怎么给你钱。"

哭九包的说："哥，我这几天哭的场次有点儿多，不好意思啊，我多喝几瓶酒给铺垫铺垫。"

那表弟说："你这样，你把外套脱了唱，你穿个羽绒服唱，团个球似的，咱啥也看不着，哪有情绪啊？我们打赏塞钱往哪儿塞？"

艾辰看不下去了，这要是平时，她让旁边几个人上去抽几个嘴巴就能把事平了，但今天，她觉得自己在刘铮亮面前没面子，她一把抢过麦克风，说："我给你唱。"

旁边几个艾三手底下的老哥们儿当然不爽，拎着板凳就放到几个丧主面前，直接坐上去，脸对脸盯着。

艾辰接着唱道：

哭九长，包九包，爷们儿你来到恶狗山，恶狗山前有恶狗，张牙舞爪把路拦。

尊声爷们儿你别害怕，打狗的包子扔地边，恶狗去扑食，爷们儿你往前颠。

几个老哥就喝道："打赏吧，快点儿。一百块钱哪儿够，五百！"

刚才要往人家裤裆里塞钱的小老弟极不情愿地拿出来五百，他不敢惹事，旁边人告诉他这是艾三的女儿，艾三是谁他也知道。

艾辰继续唱：

哭九长，包九包，老公你来到万刀山，万刀山前有恶鬼，逼着老公上刀山。

尊声爷们儿你别害怕，内人我给你穿的莲花鞋，爷们儿你双脚一跺过刀山。

几个老哥露出文身又说道:"来吧,再来五百,交钱。来,这次让你塞我裤腰带里,刺激不?"

那小老弟吓坏了,两手奉上钱,话也不敢说。

艾辰继续唱:

哭九长,包九包,老公你来到了孟婆亭,孟婆让你喝口汤,你我这辈子恩情全忘完。

爷们儿你生前修行好,来生再乘夫妻船。

就这么唱了九段,耍了四千五百块钱。艾辰让司仪跟苏静说,这钱就是预付,算到总账里。

刘铮亮在这一瞬间就这么爱上了艾辰。他自己也骂自己,你不是想要一种打断骨头还连着筋的爱情吗?真要是哪天过不下去了,这姑娘肯定能把自己腿打折。都三十多了要什么样的爱情?你看我一眼不好意思,我看你一眼过个电,那都不叫爱情。就要这种有嚼劲的女人,一口咬下去,跟烤面筋一样弹牙,跟麻辣拌一样麻辣酸甜都齐了。

艾辰唱完了过来跟刘铮亮面对面,就这么四目相对,艾辰说:"你看,我工作就这样,什么人都能遇到,让你见笑了。"

刘铮亮说:"这有什么可见笑的,我觉得你挺厉害的,撑起这么大一摊子买卖。"

艾辰说:"一会儿你陪我溜达溜达吧,挺长时间没见了,我还挺想你的。"

艾辰不想开车,可是这一路走过去,一会到了铝厂厂区外的小路上,路面上全是氧化铝的粉尘。

艾辰叹口气说:"你看抚城这地方,我想找个有点儿格调的地方都找不着,走两步就是一个破厂房,暴土扬灰的。"

刘铮亮说:"这不是土,这是氧化铝,铝厂是电解铝的,煅烧的时候就容易产生这种粉尘。"

艾辰问:"这玩意儿污染是不是特别厉害?"

刘铮亮说:"这个倒还好,戴口罩也能防护得差不多,就怕电解的时候产生氟化氢,那东西有剧毒。工业炼铝的时候,熔炉里还是会有少量水蒸气,水蒸气和氟化盐高温下一反应,就产出了氟化氢气体。铝厂得氟骨病、肺癌、骨癌的人有多少,我这么多年不在抚城也知道,数不过来了。以前的人也不懂防护,一看有钱,连防护都不注意,一天省下一个劳动保护口罩,月底就能买下一件衣服。到三四十岁一个个顶梁柱全都病倒了。职业病医院里,抚城的病人就两大类,一类是铝厂的氟化氢慢性中毒,另一种就是钢厂的矽肺。我怀疑,苏静她老公,就是因为这个才得的肺癌。"

艾辰问:"为啥咸盐能和水反应?"

刘铮亮说:"不是咸盐,是氟化盐和水反应,生成氟化氢,这是一种酸，化学式HF。这种污染物通过呼吸或者皮肤、黏膜接触进入人体。铝厂周围的老头老太太，你问问有几个没有鼻炎、支气管炎的。时间久了，很多工人都有骨骼病变，胳膊腿哪儿哪儿都疼，关节都变形了，走道都不利索，好几年下不来床，就在床上吃床上拉。这些人现在也都七八十岁了，最近十几年去世了不少，现在剩下的没多少了。现在好了，生产工艺和护具水平都上来了，不像以前，挣的钱都拿命来填。要不怎么老人都让自己孩子考出去别回来，回来能干啥？回来就是下车间，到老了一身病。"

艾辰说："你要说这个我就想起来了，十几年前那时候好像是这样，哪个社区不都有职业病在家躺病号的？不过你刚才说那什么盐，我也听不懂。我这书都读狗肚子里了，啥也没记住，啥也没学会。书念得少，要说也是，你看我也没什么文化，咱俩要是真在一起，这一天到晚的，也没有共同语言啊，时间长了你到时候瞅见我也没嗑唠了。你说我长得好看吧，是有挺多男的往前凑的，可是再好看，过个七八年，人也得见老，谁瞅你顺眼也不能瞅一辈子。"

艾辰说这话的时候，是带着点儿失落的。眼前这个有文化的爷们儿是她特别欣赏的，可是自己够不着。

刘铮亮说："你爸给你介绍的那个发改委的公务员，没往下继续吗？"

艾辰听到这话眼泪就快掉下来了："我爸犯过事，故意伤害罪，人家跟媒人说以后生孩子政审都是问题。将来孩子想参军，想入党，想进步，一查你家背景，咋还有个刑满释放人员，三代都受影响。人家说找媳妇家庭条件啥的不考虑，最起码得考虑个好人家。要不你说我现在都三十二了，为啥还没找到老爷们儿，难道我就只能癞蛤蟆瞅绿豆吗？我也想找一个我喜欢的，脑袋聪明，看啥想啥都比我明白的，我就傻呵呵跟他过一辈子也乐意，再生一个大胖小子，一家和和美美，我就这点儿追求。"

刘铮亮不知道怎么安慰艾辰，轻抚着她的肩膀，一边说："你看我也是犯过错误的，差一点儿就吊销执业资格了。"

艾辰顺势就搂住刘铮亮的脖子，把脸埋了进去，嘴角露出一丝微笑。

刘铮亮长这么大从来没体会过这种爱情，这是一种死皮赖脸的爱情。但是他又马上回归理智，他把艾辰从肩膀上挪开，说："你冷静冷静，你让我也冷静冷静。"

艾辰说："冷静啥呀！"一口就亲上去了。

一般的老娘们儿亲你一口上心，艾辰这样的亲你一口上头。

亲了一会儿，艾辰说："咱俩能找个干干净净的地方说说话吗，这破地方要气氛没气氛，要景色没景色。"

她开着车说带刘铮亮去浑河边的长堤上坐一会儿。这一路，她手握方向盘，嘴抿着憋着没笑出来。

聊天时艾辰问刘铮亮："你们大夫一个月赚多少钱？"

刘铮亮说："我现在到手四千多吧，我们主任一个月五千。"

艾辰说："那你挣得也太少了。念了二十几年书，最后就比饭馆里开啤酒瓶的服务员多挣一千块钱。人家要是算上开啤酒瓶盖的绩效奖金,还比你多一千块。不过我跟你讲,这都是暂时的,不可能总这样。我虽然没什么文化,但我知道,那要是书读得越多挣钱越少,谁还念书,满大街大老粗,谁给人看病?"

刘铮亮说:"先得把当医生总挨欺负这个事解决了,你尊重知识了,才有人愿意当医生,才有人想考医学专业。我们上学那会儿把读医学院当什么?当成让家里人彻底改善生活质量的一条路。现在哪家孩子考大学要是问我读医学专业怎么样,我都在想,要不要给他们劝退。"

艾辰问:"你怀念原来的医院吗?"

刘铮亮说:"说实话,我现在还在想,能用什么办法回去。那里有一种氛围,是别的地方没有的。"

艾辰问:"什么氛围?"

刘铮亮说:"你就比如地方上的医院吧,大部分人固然正直,可医生也不是圣人,评职称、抢课题,研究成果谁主导,这些利益问题,你肯定看不着部门主任怎么欺负带课题的教授,教授欺负主治大夫,主治大夫欺负研究生,研究生欺负好欺负的研究生。这些毛病,有人的地方就都有,有人的地方就有左中右,就有斗争。评职称、评先进,干什么事都得有个长幼尊卑。这些毛病,以我的性格,肯定一天都待不了。但是万幸啊,那里没有。那里有一种对专业能力的尊重,那种每天都在获取知识的幸福感,是最值得怀念的。"

艾辰问:"知识分子耍起心眼来,最厉害。那你在七院挨欺负吗?"

刘铮亮说:"我在这儿也没想长待,再说这小医院也没课题,也没科研,反而人际关系更简单。我倒觉得挺快乐的。"

两个人聊到晚上九点多,艾辰才依依不舍地把刘铮亮送回家。车停进楼院里的时候,刘铮亮他妈全看见了。

刘铮亮一进屋他妈就问:"那是不是艾三他闺女?你是准备气死我还是怎么的?你要窝在抚城一辈子吗?你知不知道你俩结婚了,将来生的孩子都比别人少好几路,生下来就低人一等,你懂不懂?我跟你爸省吃俭用给你供到这个程度,现在你就准备把我俩活活气死,是不是?我跟你讲,再跟她来往,你就别进我这门。"

刘铮亮一生气,扭头就出门准备去他爷爷那住一宿,大晚上的打个"小凉快"突突突横穿了整个市区。

老头岁数大了,觉少,见孙子来了一脸委屈,就问这是怎么了。刘铮亮就把艾辰的事一一说给老头听。

老头说:"你这才多大点事儿,老爷们儿娶媳妇想那么多干啥。小姑娘长得好看不?好看?那就行了。什么社会地位、家庭条件,啥都是扯。你看我和你奶奶,我爸国民党俘虏,你压力再大,比我压力大吗?我就看上了,我就喜欢,我就得跟这个女人过一辈子,好看,我一辈子看不腻。大老爷们儿干啥事别瞻前顾后的,看上眼的就往上冲,不后悔就行。老天爷会帮你找平衡。"

刘铮亮跟他爷爷能聊到一块去,聊完了他躺在电影明星李香兰住过的那个卧室的床上,手里拿着手机,刷艾辰的朋友圈。

突然他刷到前女友发了一个状态:一杯酒,两个人。配图是两个高脚杯和一瓶酒,背景是海边沙滩,还有两双若有若无的脚丫。

刘铮亮给她点了一个赞,想了半天就想在下面评论一句景色真美什么的,刷一下存在感。可再打字的工夫,状态就不可见了。

他只不过点了一个赞,就被屏蔽了朋友圈。

第十三章
头孢大战千台春

抚城人爱喝酒,喝完酒什么愁事都没有,囫囵觉睁眼就天亮。中年的老爷们儿多羡慕青春期的小伙子啊,碰到枕头就睡,脑袋想休息就随时休息,身体想战斗就随时战斗。中年人就完犊子了,睡觉得看心情,战斗也得看气氛,心情不好辗转反侧睡不着,气氛不对忙活半天也是瞎忙活。

这不,急救车拉回来一个,一身酒气,呕吐不止。救护车停下来,护士先冲下车恶心半天,这老哥们儿在救护车上又吐了一摊。

车明明冲过去看了看,余光瞥一眼那一摊:这也没吃啥菜呀,光喝酒了,这是喝了多少啊,但凡有一盘花生米都不能喝成这样。

陈阿南问护士:"什么情况?"

护士回答:"五十岁,胸痛,不停呕吐,这不把车都吐成这样了。"

陈阿南眼睛立刻就亮了起来:"完了,老哥把自己喝出心肌梗死了,赶紧处置,心电图做了吗?"

急救护士回答:"在车上就做了,ST段弓背向上抬高。"

急性心梗一般有两种表现:一种是全方位的崩坏,心电图上ST段弓背上抬;还有一种可能是局部的心肌梗死,ST段就会拉低。很明显,心电图这样,陈阿南马上就作出判断。这是大学本科就要学的东西,属于医生的基本功,不会错。

既然判断如此,后续的检查治疗方案就开始倾斜。先抽血化验检查心肌酶指标,再看看肌钙蛋白。

刘铮亮这天休息,正陪着他爷爷喝点儿小酒,当然也有艾辰。

陈阿南给刘铮亮打电话:"有空赶紧回来,这有个急性心梗的病人,介入手术你最在行。"

陈阿南放下电话回到诊室跟躺着的病人沟通,问他喝了多少酒,病人说喝了六两。陈阿南心说半斤多点儿不至于吐成这样,可真要是急性心梗,您老人家这会儿早就应该迷糊了啊,这啥事没有,还精神着呢。

刘铮亮要打车回医院,艾辰说我开车送你吧,两个人就开车沿着浑河河堤路往西走。刚走到一半,陈阿南电话又打过来了:"老刘,现在病人还挺清醒,跟他说话唠嗑啥都正常。心肌酶结果也出来了,没啥变化,血压血氧啥的都还行。"

刘铮亮问:"病人多大岁数?"

陈阿南说:"五十。"

刘铮亮就对着电话说:"按理说这个岁数胸痛、呕吐,肯定第一个要考虑的就是急性心梗,心电图也指向很明显,可为啥心肌酶这些指标都不对呢?你容我想想。"

艾辰一边开车一边小心翼翼地问刘铮亮:"心梗不是心脏罢工了么,你们抽血化验什么心肌酶是为啥?"

刘铮亮解释道:"心肌细胞一罢工,有些就死亡了,细胞一死亡,细胞里原来有的心肌酶就顺着血管跑到全身血液里了。我们抽血一化验,发现不该有的地方怎么有它了,就证明心脏可能出事了。你看体检的时候化验肝功也是,为啥让你头天晚上别吃油腻的,就是要在抽血的时候看看到底有多少转氨酶,不该它在的地方它在了,那就是肝脏出问题了。"

陈阿南这边还在跟患者对质。患者叫康双胜,在国外做了十多年生意,手里说有钱吧有点儿,说大富大贵吧也不至于,在俄罗斯学会的喝酒,每天来半斤。

陈阿南就问:"你到底是胸口哪边疼?你看啊,是不是这边,这儿疼不疼?"一边问一边用手在康双胜胸口定位。

"对,就是胸口,就是这。"

心前区。这就没错了。

陈阿南又问:"是不是有种石头压着一样的压迫感?"

康双胜又回答:"对对对,就跟孙悟空被压在五行山底下一样。"

陈阿南追问:"以前有没有过高血压?"

康双胜连连点头:"有,高过。四年前我还得过心肌梗死,在俄罗斯做的支架。"

陈阿南长舒一口气:"这就对了,我就说怎么病例信息空白呢。现在都大数据联网了,病人的重大健康问题都有备份,本市做过体检也有数据共享,我就说你的资料咋啥都找不着呢。"

陈阿南又给刘铮亮打电话说了一下情况。

刘铮亮说:"那要么再等几个小时,等心肌酶从心脏里都跑出来,验血结果出来。要不赶紧让心内老吕给看看,如果是,马上准备手术。"

不一会儿刘铮亮进了诊室,就问康双胜:"你这胸痛、肚子痛多长时间了?"

康双胜看了看手表:"差不多得有四个小时了,一开始我也没当回事,后来越疼越厉害,这会儿肚子也开始不舒服了,拧巴着难受。"

刘铮亮和陈阿南四目相对,他拿手机用微信给陈阿南打字说:"看着不应该是急性心梗。"

内科吕大夫也过来看,该摸肚子摸肚子,该压肝脏压肝脏,全身上下摸了个遍,也看不出毛病来,皱着眉毛憋了半天,说:"肝功能、肾功能、电解质、淀粉酶都给我查一遍。"

康双胜不干了:"我就肚子痛,你一来咔嚓一下子给我五脏六腑检查个遍,不花钱咋的?有没有水平啊?"

刘铮亮说:"我们得确定你到底是什么毛病,人吃五谷杂粮,啥毛病都有,我们也不能光靠相面就猜出是什么病。"

康双胜说:"刚才陈大夫不是说是急性心梗么?"

刘铮亮说:"真要是急性心梗的话,这都几个小时了,心肌酶不可能没问题。"

不一会,肝功、肾功、电解质、淀粉酶化验结果都出来了,全没事,个个都正常。

气氛一下子就尴尬了。老吕说:"这没什么事我走了啊。"

什么都正常,但是康双胜在那儿捂着肚子和胸口疼,这怎么解释?两个小时过去后复查,第二遍化验心肌酶还是正常。心肌酶就是水银做的,这会验血也应该能漏出来了。

刘铮亮说:"这个得往消化道方向注意一下了。这明显跟心肌梗死没什么关系了。"

陈阿南说:"有道理,万一要是急性胰腺炎呢,那也肚子疼。那就请消化内科的人来检查检查。"

刘铮亮说:"来吧,得把急性胰腺炎、胃穿孔、肠穿孔、肠梗阻、阑尾炎都检查一遍,肠套叠就不考虑了,也不是儿科。B超、CT都来一遍,全躯干大扫描。扫描完了给消化内科大夫看看。急诊插队,快点儿拍。"

一会片子出来了,消化内科林副主任挨个看片子,嘟嘟囔囔说出来一句话:"就看着三小块胆结石,别的什么问题都没有。也没化脓也没肿,胰腺也正常,肠胃好着呢,阑尾人家早就割了,我看不出来什么毛病。"

康双胜听到这话都给吓够呛。

气氛更加尴尬了。林副主任说:"没什么事我先走了,我那还有病人。"

心内科的张主任也接到通知来看看,张主任说:"还是不能排除急性心梗,我建议马上做冠状动脉造影,看看到底冠状动脉有没有堵塞,有没有梗死,如果有,马上就可以做支架手术。"

康双胜这下真的生气了:"干啥呢,我都说我做过支架了,还要支架?在我身上修地铁呢啊,这支一个那支一个。"

车明明安慰说:"那一条地铁不够用,不就得修两条嘛。冠状动脉也不就一条血管,多少条线路呢,你以为安装一个支架就保证所有的血管都不出问题啊?"

急诊科赵主任听说来了一个查不清楚的病人,也过来看看。赵主任也帮着做工作,说:"你这个病,我们好几个科室的大夫都理不出头绪,你现在这么个情况,我们也不敢给你转院,万一要是急性心梗,中间出点儿意外,我们这身衣服也别穿了,这就属于重大医疗事故,那就是犯罪了。咱们也配合配合,该查的都查查。"

康双胜他媳妇这时候也说:"人家大夫肯定比你懂,你就老老实实让你干啥你干啥得了,别啥时候都得显得你多灵,别人都缺心眼。大夫,我去交钱,造影。"

过了一会儿,心内科张主任和赵主任一起拿着冠状动脉造影的结果看,血管都好着呢,既不堵,也不细,支棱着向身体各处足额足量提供血液。

气氛一下子尴尬到了极点。

心内科的张主任还要坚持一下:"会不会是主动脉夹层撕裂?"

康双胜他媳妇一听撕裂这词,马上问:"大夫,你说的是啥意思?我听不懂。"

刘铮亮说:"就相当于双层的胶皮管子,里面那层爆裂了,外面这层还没事。长期高血压,让里面的皮管子越来越没弹性,就被血液冲破了,血液跑到两个皮管子中间的夹层里待着,可是时间长了就容易淤积,形成血栓,在夹层里面形成血栓,那就有生命危险了。可疑点是,就算他是动脉夹层撕裂,也不至于那么寸劲,胸部和腹部一起撕裂吧?再说他疼的方式也不像是主动脉夹层破裂那种剧痛。"

赵主任就说:"宁可错杀,不能放过,说不定是因为岁数大了或者高血压,疼痛感受不明显呢。人和人都有差异,这种时候查了总比忽略强。CT主动脉增强,仔仔细细拍这一块,好好查查。万一是腹部动脉夹层撕裂呢?"

康双胜火了:"我都查了一下午了,光检查费就花了好几千,啥药没开呢,啥都没给治呢,有你们这么当大夫的嘛?!你们这行的钱也太容易挣了,再有钱的人家也进不起医院,进来了就跟羊羔子一样,你想给我几刀就给我几刀,是不是?"

赵主任只好赔着笑,说:"哥哥,你这有心脏病史,我们也摸不清头绪,只能把所有的可能性都给你排查了,万里长征都过完草地了,马上就要出结果了,一个CT一两千块钱,别为了省这点儿钱耽误身体。"

胸腹部CT增强结果一出来,所有人都不知道说什么了,什么都没有,主动脉从近端到远端,干干净净。

心内科张主任跟刘铮亮和陈阿南告辞:"这里的事没我能解决的了,你们先忙,我有事先走了。"

诊室的气氛突然之间只剩下了无尽的尴尬。

康双胜此刻已经淡然了,捂着肚子对刘铮亮和陈阿南说:"来吧,我豁出去了,还让我检查啥,我都给你来一遍。今天你们不给我开出一个结论,我他妈不走了。没你们这么玩的,一下午光CT、B超遛了我几次,光抽血就抽了我六七管子,我看看你们到底会不会看病。"

陈阿南说:"要不,咱们先住院观察一下?"

这时候,刘铮亮突然注意到康双胜领口上的污渍,那是刚才在救护车上呕吐时留在衣服上的,他想了想,问:"你最近吃什么药了?"

康双胜说:"吃的降压药和头孢,我前列腺炎这不犯了嘛,消消炎。"

刘铮亮又问:"你是不是喝酒了?"

康双胜说:"早上喝了半斤。"

刘铮亮突然笑了,对陈阿南说:"破案了。"

车明明也追上来问:"怎么就破案了?"

刘铮亮说:"头孢就酒,说走就走。他这是双硫仑样反应中毒了!"

陈阿南拦住刘铮亮:"不对,那他的心电图ST段抬高怎么解释?"

刘铮亮说:"我估计他在俄罗斯做支架手术的时候,心电图ST段就已经抬高了,一直没下来。没事,不是急性心梗。不过他心脏肯定有小毛病,还是得让内科好好看看。"

双硫仑样反应,就是头孢一类药物和乙醇反应,正好在胃酸环境中,会生成乙醛。乙醛中毒就跟康双胜刚才的表现很一致了,胸闷、气短、面部潮红、头痛,还有恶心,严重的还能过敏性休克。这不,康双胜就吐了一车,而且也一度昏迷。

刘铮亮接着告诉车明明和护士长:"后面简单了,静脉注射纳洛酮,抗过敏抗休克治疗,补液和利尿处理就行了。他这情况也不算严重,就不需要激素了,洗胃也来不及了,我看早就吸收了。"

他又转过头对康双胜说:"以后最好把酒戒了,你心电图这个情况,虽然这次不是心梗,可是毕竟心脏有过损伤,ST段抬高这个也不是正常现象,就好比你的心脏是辆出过车祸后修好的车,车身虽然扳回来了,也给上好油漆了,可是从里头看,肯定是事故车,你开起来得精心点,别当新车使。汽车那东西启动打不着火没什么大事,人的心脏不能随便打不着火。"

赵主任频频点头，对刘铮亮说："你说得对，就是这个病因。我去内科逗一逗老张，也是干了二十多年的老江湖了，愣没看出来，我得告诉他这是啥病。"

抗过敏和利尿药打上去，康双胜手里举着静脉注射液去了几次厕所，状态就明显好多了，到了晚上的时候，身体基本上恢复了。车明明查房的时候问他："都这么晚了，你们还回家吗？"

康双胜说："今天花了四千多块钱，全身上下拍了好几个片子，结果就是一针抗过敏、一针利尿药给治好了。我得多躺一会儿，要不冤得慌。你们这也不是按小时计费的，我多躺一会儿，等完全好利索了我再走。别大半夜再有啥事，叫天天不应，叫地地不灵的，你们这有医生，有啥事好歹有人管。"

车明明说："行，你长住这儿我都不反对，别客气。闷了，走廊大厅有电视。"

晚上，陈阿南跟刘铮亮值班，陈阿南就问刘铮亮："你觉得车明明这姑娘适不适合我？"

刘铮亮正写着诊疗记录，突然抬起头，笑容马上变得诡异："说说，你觉得她哪儿好？"

陈阿南说："我觉得她特别爷们儿，办事喊里喀喳。我这种人吧，最喜欢办事利索的女人，在别人眼里可能没什么魅力，在我眼里，那就是性感。"

刘铮亮说："你这玩了这么多年，终于要收心了是吗？"

陈阿南说:"收心还谈不上,不过好像开始有目标感了,就是我突然想明白了,我想要什么样的生活。"

刘铮亮问:"你想要什么样的生活?"

陈阿南说:"我们家不缺钱啊,我妈开自己的厂子这么多年,家里吃喝都靠她。我爸虽然从政走得顺,可是在家里没啥地位。你说我为啥跟你玩飞刀?我就想自己整出个产业来。我觉得我的生活就应该是开个公司自己当老板,我媳妇那肯定也是干脆利落、独当一面的。你说咱们这当大夫的,一个月三四千块钱,能有啥大发展?早晚有一天被钱难住的时候,还是得靠野草肥起来,靠野草平了事。"

刘铮亮问:"你这是心又飘了?"

陈阿南说:"别着急,等我手里这个项目有眉目了,我再跟你讲。"

今天刘铮亮本应该是二班,晚上上班后半夜下班,结果因为这个急诊又多干了半天。下班前,刘铮亮又去看了看张娇,小姑娘已经可以自己慢慢腾腾挪着走到厕所,自己梳洗了,当然,手不是那么听使唤,肢体也不是那么协调。张德旭一个人在医院的时候夜里是最难熬的,窦丽萍回家去洗衣服、被褥,他就坐在女儿病房外的长椅上,跟刘铮亮聊会儿。

他问刘铮亮:"刘大夫,你说我闺女这样,将来就算恢复好了,说话也变得磕磕巴巴,脑袋比别人慢半拍,是不是就没人娶她了?"

刘铮亮不知道怎么回答。

张德旭又说:"你说我要给她找一个缺胳膊少腿的男人,她是不是得受苦挨累一辈子,一辈子抬不起头来?如果再生个孩子,她这样怎么带孩子啊。"

刘铮亮又不知道怎么回答。

张德旭说:"我不能让我闺女那么活,真要没有合适的,宁可花钱给她找乐子,我也不能让她那么过一辈子。我闺女不能上来就矮人家一头。"

刘铮亮跟张德旭要了一根烟,抽了一口,说:"康复训练得是长年的工夫,现在身体还在慢慢变好,你状态好点儿,这样你闺女心态也好。"

第十四章
颈椎病

抚城第一麻辣拌连锁店的老板田姨让刘铮亮他妈带着来找刘铮亮，说："亮子，你以前在北京当大夫见多识广，能不能给我治一治我这颈椎病？"

刘铮亮说："我现在是急诊科大夫，以前是神经科大夫，最多也就懂点儿内科，您这个是骨科疾病，骨科下面还分出来一个脊柱科，这就属于非常精细的专业了。我对这一块没什么研究。"

田姨说："你可是协和的博士，我找你这点事儿你还推托？你要不懂，咱们平民老百姓就更不懂了，之前各大医院我也去了，什么国医堂我也花钱挂号让老专家给看了，都不管用，所以我就想求你给我想想办法。"

刘铮亮他妈说："你田姨那是我从小就处得好的姐们儿，她的事你必须给办啊。"

刘铮亮就问："田姨你这颈椎病现在到什么程度了？"

田姨说："我现在来找你，出个门都得吃止疼片，亮子你不知道,我走几步的工夫,下半身都发麻。"

刘铮亮跟田姨要了她颈椎的片子,心里就开始琢磨这个事。

田姨当年从钢厂下岗的时候,存折里就剩下两千块钱。她进钢厂的时候钢厂还很风光,虽然在高炉边干活儿苦点累点,但月底发工资的时候真敞亮。

钢铁这个行业之所以选择抚城,完全是因为煤矿和铁矿。国家研制原子弹的时候,钢厂当时提供耐高温、高强度材料钢,后来研制人造卫星的时候,还是抚城钢厂生产的高强度骨架钢材。

等到产品需求不再是国防、科技领域的定制元件,而是需要批量中端产品的时候,钢厂就跟不上了。比如,一个山东的工厂,肯定选择河北、江苏的元器件供应商,因为路途近,运费少,供货时间短。再说一个山东的工厂,肯定选账期货款条件灵活的供应商,你要经常压货,拿到钱就压半年的,那合作一次就不想再合作第二次。天长日久,路就越走越窄。有一种东北人做生意,就喜欢耍这种占人家便宜的小聪明,觉得你被我耍了是你缺心眼,与我何干。我做的这个事就是我生意经的一部分,是我世界观的一部分,你跟我做生意,说我什么都行,怎么能质疑我的世界观呢?我就是这么看待这个市场经济世界的,希望你能理解。

现在随便找一个股民说抚城钢厂这只股票,凡是投资过的,没有一个不恨得牙根痒痒的。股票连续十几年不分红,后来连续八年财务造假,最后把自己玩成了ST股,最近可能又要破产重组了。

田姨当时不懂,就被分流了。那时手里就两千块钱,孩子要上学，老人要看病，房子要交暖气费，怎么办？

冬天到了，因为一整幢楼还都没交暖气费，热力公司直接把暖气给停了。东北的房子都是五零的墙面，极寒地区还要修成七五零的墙。一块红砖二十四厘米长，横过来两排这么盖楼，墙面要五十厘米厚，才能扛得住东北的严寒冬季。可是零下三十五度的气温，没有暖气，你就是拿砖头修个金字塔也能把人冻死。厂子已经破产，说是明年春天吸引来资本重组，可是今年冬天怎么过，谁来交今年的采暖费？

小年轻的看到这儿可能就要问，你自己住的房子你为什么不交钱？老头老太太们的理由也很充分：采暖费一直都是厂里报销的，这是我们干了一辈子的工人，拿着低廉的工资与厂子达成的福利约定。如今，这个约定找不到人来履行，而我们也都老了，不能再工作赚钱了，只能要求有人能为这个约定负责。于是上了年纪的老头老太太组织了二百多人，跑去二道沟堵铁路。

二道沟就是明朝那位大致相当于国防部副部长的熊廷弼雪夜过抚城的路，这条铁路一直通到北京，走的路线跟多尔衮入关一样一样的。

田姨没别的办法，她兜里就这两千块钱，交了一千块钱采暖费，今年这个年怎么过？剩下这一千块钱花完了，一家人靠什么活？她也跟着去堵铁路。人家干了一辈子的老头老太太堵铁路还算有点儿理由，她这样的就有些发怵，但是女人为母则刚，想到女儿回家裹着三床棉被睡觉，想着家里的墙面上都开始结霜，继而发霉发黑，她也就厚着脸皮参与了。

铁路被人给拦下来，好几十个车组就在抚城或者沈阳的站台上发不了车，很快铁道部就知道了这事，派专员来调查情况，市里区里好几百个干部临时被抽调到现场。都是老头老太太，你动粗肯定不合适，后来好说歹说从露天矿给热力公司补了煤，人家才继续供暖。可供暖归供暖，热力公司说我的水、人力也要钱啊，你们不出钱我只能保持最低温度，室内温度十六度，凑合够用就行了，大冬天你们就别在屋里光膀子了。

能活就行。

东北人就这样，能活就行。室内温度好歹不是零下了，就没人闹了。在窗户上打个洞，伸出去一个烟囱，屋子里支起一个炉子，烧煤取暖，买煤的钱要是没有，路边还有大白杨树和山上的白桦树树枝，砍几筐也能熬几天，后来杨树树枝矮的都被砍没了，那就爬房顶上拿绳子绑住锯两端，先把锯扔过树枝，再一个人在房顶上拉，一个人在地上拽，这么砍树枝回家烧。

早几十年不都是这样过的？老办法捡起来就能用。

现在念点儿书的小孩看苏联刚解体时候的纪录片，说俄罗斯人过得如何惨，上岁数的抚城人都经历过，说你不用看，我给你讲。国有企业的大锅饭没了，民营资本还没发育起来，就在那个中间的交接班节骨眼上，所有人都难受，没有钱。

田姨满大街找活儿，看见有一个门脸只做锅包肉外卖，就两个锅，一个厨子左右手开工炒肉，一个打下手的切里脊肉裹面糊。就这么一个锅包肉打下手的活儿，一个月五百，一个礼拜休一天。

人从来没这么不值钱过。

那几年，很多东北人过得都比较沮丧。田姨干了半年，每天早上七点上班调面糊，一双筷子咣当咣当搅和到七点半，再切三十五斤的里脊肉片。老板说了，锅包肉的肉片厚度三毫米。啥叫三毫米？大概也就是一根一次性筷子那么厚的。一天切七八百片，脖子就这么低着盯案板，一只手扶着肉，一只手下刀。田姨切肉裹面糊，老板起锅左手炸肉片，右手炒肉片，两个人搭配做买卖，她的颈椎病就是这么落下的。

天长日久，锅包肉店陈老板喜欢上了田姨，男人喜欢女人这很正常，唯一的遗憾是他有老婆。

不过陈老板的媳妇志不在此，每天都要去区政府办公大楼外的广场跳交谊舞。交谊舞是个好东西，可以说唤醒了那些早年因为全民所有制或者铁饭碗，就草草决定了自己婚姻的中年人的第二个春天。当年跟陈老板过日子，不就是看中他是全民所有制工人，要不谁跟他过？结果他现在还下岗了。这个跳舞的老王就不错，以前还是区里业余话剧团的台柱子，虽说现在过得也不好，就会去各个学校演儿童教育剧，顺便给校长点回扣过日子，但是老王长得好啊，四十岁了还有这么细的腰条，哪像老陈那肚腩圆滚滚的，走起路来上下晃动。人家老王那屁股蛋子跟小马达似的，跳起恰恰左右摇摆、高频运动，这样的男人才带劲。

一来二去，你想想，你媳妇在人家怀里左右摇摆，舞动青春，很快就有声音传到老陈耳朵里了。有没有实际关系一般人不知道，但是两个人出双入对，跳起舞来哪儿都能碰，啥姿势都敢摆，一帮围观的退休老太太就把这事传得人尽皆知。

男人嘛，只要生活过得去，哪怕生活有点儿绿。老陈心理上已经疲惫了，也无所谓了，他媳妇只要不把人领家里来，他觉得这日子也能过。但是老陈见到田姨以后，他生理上觉得自己还能行。一个暴雨天，路上没几个行人，两个人忙活完备货就在三平方米的店面里靠墙坐着聊天。

老陈说："小田，我一直没发现，你胳膊怎么那么白啊。"

田姨说："你这一天天没几句正经。"

老陈上手摸了摸田姨的胳膊，说："你说你一个离婚的女人，这么白净，没人疼，白瞎了。"

田姨没反抗，淡淡地说："咋的，你要疼我呗？"

老陈把手放到了田姨大腿上，掀开裙子往里摸，说："我都琢磨这事挺长时间了。"

田姨一把打开他的手，问道："那我要不让你疼，是不是我这活儿也别干下去了？"

老陈嬉皮笑脸地说："那我肯定得找个让我疼的人来啊。"

田姨腾一下站起来，两只手还沾点面糊也来不及洗，冒着大雨冲出店面。

老陈还在后面喊："你看看，我就跟你开个玩笑，回来，别浇感冒了。"

田姨一路哭着跑回家，一进屋她闺女正在家学习。田姨盘着腿坐在床上，她闺女问她这是怎么了。

田姨哭着对女儿说："我活得太难了，太没尊严了，要不是有你，我他妈就下道了，我出去浪，怎么逍遥怎么活。可是有你在，我不能让你跟着我一起掉价。咱娘俩在一起过，让人家戳着你后脊梁骨说你妈不正经。就五百块钱，一个月就五百块钱，一分钱难倒英雄汉，我是真熬不下去了。你说你，除了学习你还会啥，你就不能替我分担点儿家务，家里卫生你打扫了吗？一天天就知道要钱，挣钱多难你知道吗？你知道个屁。"

人的一切痛苦，本质上都是对自己无能的愤怒。而弱者被压迫之后，会把痛苦转嫁给更弱者。

骂完孩子，娘俩抱着一起哭，哭完了田姨说，从明天起，我推三轮车走街串巷做买卖，我就不信养不活这两张嘴。

琢磨吧，到底什么买卖好做呢？电视里演了个美食节目，刘仪伟在那儿介绍四川美食麻辣烫，说是重庆解放碑那排着一百多米的队吃人家的麻辣烫。这玩意什么味儿？咱们东北人吃了多少年酸菜炖粉条，小葱蘸大酱，麻辣烫啥味没吃过。田姨想我卖的东西肯定是别人没吃过的，别人都会做，谁还来你这吃。

抚城没有人知道麻辣烫是什么，农贸市场里也没调料，田姨就跑到沈阳，沈阳几个农贸市场也没有。最后要坐大客车回抚城的时候，下起了瓢泼大雨，她就到旁边的新华书店躲雨。

和店员聊了两句，人家问她来沈阳干啥，她说来买麻辣烫底料。店员说我这有菜谱书,你看看?

田姨一看,正好有一本江苏出版社出的四川菜菜谱。

回到家,田姨就开始按着菜谱上的说明买调味料,买完了在家搞科研。她没吃过麻辣烫,不知道麻辣烫是什么味儿,她也不知道做成什么样才算正宗。那时候也没有互联网,更没有淘宝,要不她就可以直接网购一个成品拿来用。

田姨一边做一边试,还拉来还是初中生的刘铮亮和刘铮亮他妈,让他俩尝尝味道。

田姨说:"咱这东北人,做出来的麻辣味也不知道地道不地道。"

刘铮亮说:"辣椒也不是原产四川的,辣椒原产美洲,那是印第安人吃的,四川人也才吃了二百多年。啥菜不都是人做出来对味?你做出来的味道好吃就行,管它地道不地道。"

田姨笑着对刘铮亮他妈说:"我就爱听这孩子说话,还缺啥味儿?"

刘铮亮说:"干辣嘴不好吃,咱这么大孩子没人喜欢吃特别辣的,要不你多放点儿糖吧。你这主要是卖给学生,既然卖给学生那就得甜点。"

田姨一调试,亲自尝了尝,麻辣酸甜。

刘铮亮和他妈说:"这个味好,有滋味,还不辣嘴。"

刘铮亮他妈问:"你这走街串巷卖,顾客用完的碗筷,也没地方洗呀,咋办?"

刘铮亮说:"拿个塑料袋套在塑料盆上不就行了,吃完了直接扔塑料袋,想打包带走也能拎着袋子带走,田姨你也不用洗碗了,多方便。"

田姨高兴地说道:"孩子到底学习好,聪明,就这么干。"

刘铮亮又问:"田姨,那这菜叫啥名?"

田姨想了想:"既然用塑料盆装着,咱这也不知道跟四川麻辣烫有啥关系,别让人以后说咱抚城人就会坑蒙拐骗,就叫麻辣盆吧。"

连夜,田姨自己焊了一个白钢炉子,毕竟是钢厂出来的焊工,干这些跟钢铁打交道的活儿轻车熟路。白钢炉子导热太好容易烫着人,还要烧一个粗陶的内胆,内胆外侧需要铺满保温沙隔热,没有保温沙就用耐火砖的碎砖填满内胆和炉子的空隙。

田姨一个人烧一个人干,这就是东北女人的性感之处,工业文明让女人具有了和男性一样的技能与手艺。

田姨的三轮车,车厢在前,人在后蹬车,外号叫倒骑驴。每天上午,她把蜂窝煤放到炉子里,在炉子上支一口大锅,熬了一锅的麻辣烫炒料煮的汤,再备上豆腐皮,头天晚上切好的土豆片,泡好的粉条,打成蝴蝶结的海带,洗好的小白菜,就在学校门口等,等那些馋嘴的孩子们中午放学出来吃饭。

第一年生意还行,可就是夏天的时候没什么人。田姨一想,干脆,我就清水煮菜,把调料炒好直接拌菜得了,朝鲜人不也吃拌菜嘛,就叫"麻辣拌"。

"麻辣拌"一诞生就火了，本来把满族八大碗当成特色菜的抚城人，几年时间不到，就把麻辣拌当成待客的必点菜，大小饭馆都得会做，要不就是你这个厨师没水平。

干了一年，田姨就有钱了，在小学门口盘了一家店，第二年又开了一家，五年工夫，就连开了十家。后来她女儿说："妈，咱家这麻辣拌在外地也能火，你让我试试。"

十几年过去了，田姨在全国有几十家店，在北京鸟巢边上也开了一家，望京SOHO也开了一家，上海城隍庙门口开了一家，广州小蛮腰开了一家。

她再也不用为钱愁了。可是她这个脖子，成了心病。

刘铮亮上次见她的时候，脖子上的大金链子比手指头还粗，现在她脖子上连一串钥匙都挂不住，每天斜着脑袋看人，坐不久，站不久。她也不能四处溜达，一会工夫就头晕目眩，一天二十个小时躺在床上，也就下楼放风一个小时，跟刘铮亮他妈闲扯一会儿。

人一病，有再多的钱也不想花了。她还住在机械厂老破楼里，沈阳有个别墅她也不想住。为啥？因为她前夫也住这附近，她就想时不时被熟人看着，再转达给她前夫一下她现在过得有多顺畅。你都威加海内了不归故乡，那不是锦衣夜行嘛。挣钱为了啥，为了花？不，就为了一口气。你说你后悔不，后悔也不跟你好了，气死你。

田姨说："孩子，你得帮帮你田姨，我现在是有钱没命花，不怕你笑话,我现在上厕所都不敢用蹲便,我怕我一用力脖子疼劲儿一上来,脑袋直接扣便池里去。"

刘铮亮看着她的片子说:"田姨,你这事我肯定给你想办法,不过我不是学这一科的,医生这一行隔行如隔山,我得给你打听,看看北京那边有什么办法。"

田姨说:"我这红外治疗仪、电磁牵引器、颈椎矫正按摩椅,家里摆了满满一屋子,各种壮骨粉、保健品都吃过了,都没啥用。"

刘铮亮听他的导师王好说过,脊柱方向的问题,全国最好的医院是北京的中国康复中心,但是他也并非全能,只应了这个事,也没多放在心上,还是建议田姨可以考虑去北京的中国康复中心看看。

刘铮亮他妈不干了,心说都吹出去了,我儿子医学博士啥都懂,怎么人都带过来了你给我掉链子,就说:"不行,你得给我好好问问,一个礼拜给我研究得明明白白的,到底是去北京看病还是怎么疗养,你得去问问你那些老师,给个准话儿。"

刘铮亮也就应承了下来。

一连七天,他就一边研究田姨的片子,一边找相关论文,上班闲着没事也看,下班闲着没事也看。车明明和陈阿南在办公室闲聊,看到刘铮亮还在那研究论文,甚至还研究骨骼解剖APP,左右拆解,上下分解研究。

陈阿南就问:"你这研究什么呢?"

刘铮亮说:"我妈给我安排的作业,让我帮着她好姐们儿找找北京的专家,看看怎么治疗她的颈椎病。"

车明明说:"可以啊,亮子,你现在都开始科研骨科了,你很快就要变成超级全科大夫了。"

刘铮亮说:"你还别说,这个颈椎病研究,还真挺有意思。我就拿心脏内科和神经内科打个比方吧,咱们这些科室遇到手术,专家们相互争论解决方案,那是关于要不要考虑临界值的争论,是要打溶栓针还是降血压的争论,用老百姓的大白话,是开车去还是骑自行车去这个地方的争论,是白天去还是晚上去的争论。这个脊柱颈椎病就不一样了,是能不能骑着自行车去美国的争论,一个人说可以,另一个人说不行。你看啊,这两篇论文,一篇说颈椎病发病就是由颈椎长期受压导致的,解决方案就是减少压力,使用牵引工具可以缓解病情;另一篇说,只要人类直立行走,颈椎受压是无可避免的,使用牵引工具只能短时间缓解,治标不治本。"

陈阿南笑着说:"这两个老教授要是站一起,能互抽二百个大嘴巴。"

车明明问:"那到底谁对谁错?"

刘铮亮说:"论文只能看出道理,可看不出疗效。既然这两派观点这么针锋相对,我就得把其他人的立场都找出来,我这几天就一直在找,目前看,后面这个观点,就一个教授坚持,大部分人都觉得牵引是稳妥的治疗方案。"

车明明又问:"那你下一步怎么判断谁对谁错呢?"

陈阿南说:"颈椎病这个病,属于慢性病。慢性病跟咱们急诊不一样,咱们是着急救命的科室,不考核复诊率。有个人被车撞了,咱给治好了,人家一般情况下也不会再来咱们科复诊一下,看看康复程度。但是慢性病治疗周期长,如果初诊治疗方案不见效,病人一般不会再来,就算来了第二次,还是没效果的话就绝不会来第三次。人家病人肯定就换医院、换大夫了。所以我想,干脆,去查查这两个教授的复诊率,别看他吹自己的观点有多正确,也别看他们自己统计出来的治愈率,咱们就看复诊率。"

刘铮亮哪懂这些门道,他就知道搞技术,对管理一窍不通,便问:"只看复诊率就准确吗?"

陈阿南说:"那挺多私立医院都把复诊率当成KPI了,就指望病人回来复诊挣钱呢。不过你光看那个数据,也不准。毕竟这两个教授都在公立三甲医院,人家岁数都那么大了,都是国内脊柱科翘楚,没有必要还混复诊病人的饭吃。那这样,我再加一个条件,二次复诊比例。你想,一个慢性病,老教授的病人第三次甚至第四次来看病,基本上就是发觉治疗方案靠谱,想要继续治疗彻底治好。根据这个数据,再结合他们科室论文和年终总结公布的治愈率,就能看出哪条路靠谱。"

车明明问:"就没有可能这两个观点都是对的吗?"

刘铮亮说:"有这种可能,但是概率比较低。张教授的观点认为,经过牵引等外部辅助治疗,可以逐步改善病人颈椎病的状况。杜教授的观点认为,外部辅助的作用极为有限,必须要通过病人自身的肌肉训练才能达到治疗效果。这完全是两个方向，这种学术争论，咱们不是专家不可能判断出对错，只能依靠数据统计。"

陈阿南说："这个事我能帮你搞定，在咱们医学院同学群里打听打听，又不是什么机密，两天工夫就能拿到他们去年的绩效考核表。咱们参考过去几年的数据，基本上能得出一个初步结论，然后再研究那个复诊率高的教授的观点，看看靠谱不靠谱。"

刘铮亮这边刚忙活完，电话响了。

刘铮亮一接电话，是艾三。

艾三听说自己闺女和刘铮亮走得挺近，就有点儿不高兴，觉得自己丢了十多年的好白菜刚捡起来，就被猪拱了。

艾辰刚跟刘铮亮天天隔空打游戏、没事出去吃饭逛街的时候，他就跟艾辰说："我知道，这好白菜再放家里，就只能腌酸菜了，但是当爹的也得跟你说一句，仗义每多屠狗辈，负心多是读书人。你别看他念书多你就稀罕，人家在抚城可能也就落个脚，等过一两年缓过劲来了，指不定飞哪去了。他一个博士，能一辈子在七院当急诊科大夫吗？不可能。我不是嫌我闺女，我闺女多漂亮啊，走哪不得有一大排小伙儿回头瞅，可我也怕你吃亏。三十多了，别再耽误了，再耽误下去就不是找老公了，那就是找老伴了。"

艾三在电话里跟刘铮亮说："小刘，我想约你聊聊，洗个澡，再来一顿小烧烤。"

艾三就这么约好了刘铮亮，一见面就拉着他直奔韩式餐饮洗浴一条龙。

东北的洗浴有流程，和传统的洗澡完全不是一回事。你以为进去了脱一个溜光进大池子里泡起了老泥，然后搓澡巾来回撸几道，就是洗澡了？那就太没有仪式感了。

艾三先带着刘铮亮冲一道，稍微泡一下，搓个澡，再领刘铮亮去餐饮区吃点儿烧烤，等吃完了一会儿还要汗蒸一下，喝口茶聊聊天，蒸完了再捏个肩、踩个背，再回去冲个凉，这澡才算洗完。东北冬天哪儿哪儿都冰天雪地的，就澡堂子里四季如春。

艾三一边洗一边偷偷瞟几眼刘铮亮，软件这东西是需要后续不停维护和更新迭代的，硬件却是很难修改的，他一瞅刘铮亮这细高挑的小伙子硬件还行，不由偷偷撇嘴。

冲完凉就去吃烤肉，一边吃，刘铮亮想跟艾三说说："咱们就边吃边聊呗。"

艾三嘴都没停下，一个巴掌暂停手势，撩开后槽牙嚼了半晌，咽下这口菜，才跟刘铮亮说："先吃，吃完了再说。"

吃差不多了，艾三拿牙签剔着牙，两个人坐在汗蒸房里喝着茶，这才对刘铮亮说："我觉得你呢，有才，但是我也有疑问，你说你就真的能在抚城这小地方这么窝着？咱们这有多少人想出去闯都出不去，没那个能耐。可你有那个能耐。我闺女今年也不小了，可不能再耽误个两三年，将来指不定哪一天你飞走了，她在这让你晃一下好几年都缓不过来。"

刘铮亮低下头沉默了一会儿才说:"我确实不甘心,念了这么多年书,回来只能当一个急诊科医生。当医生这行,要成长的话,一方面是需要大量的病人病例丰富经验,另一方面就需要科研项目。虽然我回来这一年多,也挺有成就感,但是越有成就感,我就越有危机感。在北京的时候,你能感受到全行业高手如林,你随便遇到一个名医,就能从他那学到你自己琢磨多少年都摸不清的学问,但是在这,我好像能看到自己五六十岁的时候是啥样。"

艾三说:"我理解你,在抚城这地方当医生,你都能猜出将来自己的追悼会是什么规格的,谁来给你念悼词。小地方,上升空间就那么点。能当上区长、市长的,那都得是能嘚嘚的,不一定有啥能耐。真正有能耐有技术的吧,反而上不去,因为你擅长这个,你走了没人擅长了,那你就得接着干。我当领导的,就借着你们这些专业人士的能耐,变成我的成绩。不过呀,我跟你讲,你信不信,说不定什么时候,突然咔嚓发生啥大事,还是得专业的人上,关键时候还是得有技术的人顶上去。火灾了你再咋能嘚嘚,进火场的还得是消防员;出大案子了你再咋能白话,破案的还得是刑警;发生瘟疫了你再能小嗑一套套往上顶,上手术台的还得是医生。清明日月,朗朗乾坤,我跟你讲,平时看不出来啥,一出事,是骡子是马出来遛遛,才是验货的时候。所以,你也别觉得这地方憋屈,国家能让老实人总吃亏?到啥时候,都是知识最值钱,脑袋最值钱,技术最值钱。这么大一个国家,不可能让一种职业总是付出得多,得到得少,那时间久了,就没人干这一行了。

我这行倒是一本万利，可我也不能去大学里开个专业教学生唱哭九包。都教会了能有啥用？你说这没科研，那你就自己研究科研呗，谁也没拦着你，下班回家接着学呀。"

刘铮亮笑了，说："科研项目哪是自己在家就能搞的？那得需要团队协作，而且需要大量临床试验和数据统计，这些科研都是要通过国家立项的，咱们医院哪有那能力？不过我最近在研究颈椎病和腰椎病，说也巧了，我妈的好朋友得了这病，让我帮忙找北京的名医。我找着找着，发现一个挺有意思的理论，最近就开始研究这个，也就当解闷了。从没毕业就干这行到现在也十年了，医生行跟很多行业不一样，我们这行，干一辈子学一辈子，如果就靠大学里学的那点儿东西混饭吃，心里就开始发慌。"

艾三叹了一口气："瞅这样，将来你缓过这口气，还是得出去闯闯啊？"

刘铮亮说："大概率是，我得让我老师知道，我不可能庸庸碌碌混一辈子，不蒸馒头争口气，我得让他后悔。而且，老天爷给了我这个脑袋，又让我学了这一门手艺，怎么也得闹出点儿响动来，才对得起自己。"

艾三说："其实咱家也不差钱，你要是跟艾辰能凑一起，吃喝不愁，车子房子啥啥都有，不用出去闯也能过得不错。人这一辈子，你挣再多钱，就住一张床。人家赵本山讲了，这个小盒才是你永久的家。"

刘铮亮笑了，说："从小就穷过来的，再穷的日子我也能过。

光是受穷我耐得住,我就怕生活没奔头。"

艾三这时候有点儿慌了,之前艾辰早恋的时候,他还在监狱里待着,等后来他出来了,也没好好管过女儿。但是这次他能感觉到,他闺女没挑错人。只是这人虽然外表儒雅随和,可他不是个典型的东北人,不是那种看着张牙舞爪、内心却非常柔软的东北人。

艾三后来在店里跟自己兄弟喝酒的时候,兄弟们都说,去见未来女婿了,你这老丈人相中没有啊。

艾三就说:"咱们东北人打架,把对方打躺那了,还得问一句服不服。不服,让你站起来接着打;服了,那就不打了。这就是东北人的性格,就是看着挺愣,就要个面儿,心软。但是这小子不是这种人,我就怕他将来心一硬,说去他妈的,老子这一身能耐,到哪儿不吃香的喝辣的,凭啥搁这一个月三四千块钱跟头把式拼命干活?有能耐的人一有这想法,完了,谁也拦不住。你说我闺女能干啥?咱要文化没文化,要能耐没能耐。是,就剩下长得好看了,随她妈。可是我是艾辰亲爹,我得说一句,谁跟你过日子天天瞅着这一张脸,都有厌烦的时候,到时候一狠心,走了,去上海、深圳、广州、杭州,去南方挣钱去了,我闺女咋跟着去?这两个人时间久了能有多少共同语言?"

打这起,艾三就开始不定时给艾辰扎针。艾辰要去找刘铮亮,他就给艾辰安排活儿。这么好的小伙儿,你硬拦着自己闺女不让联系肯定拦不住,而且你也没啥理由,那就安排活儿。说不定过了这个热乎劲,心静自然凉了呢。

第十五章
想离开的陈阿南

没过几天，陈阿南这边出事了。

当时五六个职业中专的小姑娘打架，这几个十五六岁的小姑娘在车床边学怎么车板材，都半大孩子了，平时就不对付，杀马特少年谁瞅谁都不顺眼，就打起来了。其中一个顺手就拿起改锥往另一个孩子身上连扎好几下，一脚又给踹到楼梯口，从三楼一直滚到了一楼。

人送到医院的时候，被捅的小姑娘还挺精神，就是脸上几处擦伤，脑袋上几个包，身上几处瘀青，大腿和胳膊上有几个针眼大小的伤口，都是改锥扎的。

那天刘铮亮休假，陪着艾辰去铁岭采购木材，车明明也被派到乡下的医院去走访。急诊室就剩下一个陈阿南和几个护士值班。

小姑娘头脑还清醒，陈阿南就问："你这身上都哪儿受伤了？"

小姑娘跟假小子一样，给陈阿南指了指全身，说："哪儿哪儿都疼，我大腿上让她们几个扎了好几下。"

陈阿南看对方才十五六岁,先查体吧,全身上下都找了个遍,其他伤都没什么事,改锥的几处伤口也不在要害,全身上下就脱光了看,唯独剩下一条内裤。

陈阿南就问:"用不用脱内裤?"

小姑娘马上像拨浪鼓一样摇头。

陈阿南心想,我一个大老爷们儿,人家一个未成年少女,也没什么大伤,又没见血,我把人家内裤脱了掰开大腿使劲瞅那地方也实在说不过去。他就没脱孩子的内裤查体,正常给孩子开了点消炎药,又给包扎一下伤口,就放到观察室,等孩子爹妈来,签完字差不多就可以领人走了。

他还跟人家小姑娘说:"你要觉得身体状态不好呢,就接着住,反正也有人替你掏钱,千万别客气。"

小姑娘说:"放心,我不客气,我可替她们找到吃饭的地方了,最次也是轻伤害。反正我就说我脑袋迷糊呗,你该怎么查怎么查,让她们几个家里都放点儿血,花钱给我看病,能花多少花多少。"

陈阿南笑着说:"呦,你还挺懂法律。"

小姑娘说:"这年头不懂点儿法律,怎么在社会上混?"

陈阿南说:"那你在留观室躺着,我去照顾别人。"

后来陈阿南一忙,就把小姑娘这茬儿给忘了。

过一会儿派出所的人来了,得看看情况啊,必要的话还得找法医给验伤,派出所副所长也说,到底是轻微伤还是轻伤,那案件处理也不是一个流程,轻微伤只能拘留,到轻伤层面就得走司法程序了。

护士长带着派出所副所长来找小姑娘,轻拍两下也不见醒。护士长心说,这都睡了快两个小时了,不至于呀,再一看,昏迷了。

陈阿南急匆匆跑过来看,就琢磨是不是头给撞坏了,脑部CT一做,也没见脑出血、血肿或者其他问题。

再查腹部,发现大量内出血。不一会,身体上就开始出现瘀血瘢痕,大腿后部、后腰部全都是紫色血痕。

陈阿南慌了,马上把人抬进手术室急救,2000毫升B型血顶上去,血压还是噌噌往下掉。

再一摸心跳,早停了。

扒开眼睛看瞳孔,全散开了。

这时候心肺复苏什么都顶上去,干什么都没用。

眼瞅着人就不行了,不到十五分钟,人就没了。

家属这时候也赶过来了,本来进门还气鼓鼓的,心说这孩子又惹事了,可一进急诊,人就傻了,当场就炸了,换谁谁都不干,说我们家孩子就几处轻伤,怎么到你们这一个下午就死了?

后来法医来检查,发现是腹部主动脉破裂,把内裤扒开一看,就在阴蒂上面两厘米的地方,有一个改锥扎的小眼,比针眼大不了多少,被阴毛遮盖着。就是这个眼,斜着插进了子宫和髂动脉。

法医跟急诊科赵主任说,你们当时要是仔细查体就好了,这姑娘浑身就这一个致命伤,别的地方都是小磕碰,大腿上的几个伤才三四厘米深，因为人的大腿上肌肉丰富，改锥也不容易扎太深。就这一个伤口，斜着进去的，也是寸劲，穿过韧带，躲过了髋骨，直接就插进去了，刺伤子宫倒不是致命的，可也正好挑破了动脉。

陈阿南此刻后悔不迭。

他哭着跟赵主任说："我就没想到，怎么就能有一个伤口在那儿呢。我当时不好意思，人家一个小姑娘，我当时怎么就不好意思呢？"

赵主任很生气，就骂道："小姑娘怎么了，病床上分男女吗？就这么一个小针眼，就因为你莫名其妙的羞耻心，莫名其妙的道德约束，一条人命就这么没了。"

这官司折腾了一个月，院里赔了八十万，那家家属才罢休。一开始家属说八十万哪够呀，一条人命就八十万？还说要找人来院里开灵堂。艾辰找来艾三，艾三来了就说我看看谁挑头？

也就没人闹了。

八十万虽然是院里出，可是龙院长说："你这个属于医疗事故，而且是非常重大的责任事故，还是要罚你五万块钱，每个月从工资里扣，三年扣完。"

刘铮亮和车明明去找龙院长，说虽然是重大事故，可是入院的时候患者是清醒的，大夫也问诊了，患者自己可能是因为不好意思，也有可能是因为当时浑身疼痛，让她对伤口的感受不够清晰，但终归她自己都没提这个事，这个责任都归到医生这儿不公平。

龙院长听车明明说完了，就说："有录音吗？有录像吗？什么都没有，怎么确定权责？"

车明明也急了，说："我们的护士、护士长好几个人都在旁边哪，都能作证呀。"

龙院长把手里的茶缸往桌上使劲一放，说："你们自己当证人，有用吗？法院会采信你的证词吗？法盲！"

刘铮亮也知道这事没什么可说的，把车明明拽出了院长办公室。

陈阿南彻底变了，他完全失去了对工作的热情，每天准点上班准点下班，以前还会经常迟到，但也经常加班，跟同事们扯会儿皮，这一下，给他直接整颓了。

陈阿南对刘铮亮说："我可能真不是当大夫的料。我当时学医就是因为我爸说医生这个行业是金饭碗，越老越值钱。现在我才知道，挣着卖白菜的钱，操着卖白粉的心。你说我差钱吗？我几十万的股票赚的钱比工资多多了，工资卡我啥时候用过。"

刘铮亮就劝陈阿南别这么想，一口酒下肚，陈阿南就哭了。哥俩沿着浑河河边就这么散步，刘铮亮买了一打罐装的天湖啤酒，背在书包里，陈阿南喝一罐，刘铮亮就递过去一罐。

河对面是高尔山，哥俩望着这座山，就是李靖他徒弟李勣白袍白马在几十万敌军中七进七出的地方。

陈阿南觉得，当医生怎么就跟打仗一样，天天都在跟自己练胆儿。老大夫们有人把提心吊胆翻译成了兢兢业业。自己估计是不行。

陈阿南对刘铮亮说:"亮子,哥们儿问你,敢不敢一起去创业?咱不穿这身白大褂了。"

刘铮亮说:"龙院长以前就跟我说过,哪一个好大夫不都是一个个案例,甚至用人命堆出来的。咱哥俩现在身上不都挂着人命呢?"

陈阿南说:"我不是因为病人死了我难受,而是我觉得我吃不了这口饭。干了十年我才发现,自己的天花板就那么高。"

从这一刻起,陈阿南就动了要离开的念头。

市政府终于决定,抚城七院半年后交给中国医科大附属盛京医院集团托管。小城市的医院培养医生效率低,钱少,士气也不怎么样,正好交给大医院集团管理,为这事龙院长有点心有戚戚焉。当然,他要到站下车了,倒也没什么,可手底下这一帮小兄弟,这么多年来跟着自己鞍前马后,本想着往上走几步,结果沈阳那边马上就要派人来接管。哥们儿几个岁数都大了,当年也都不是什么好学校毕业的,学历也就本科,还有好几个专科,这要是让那些沈阳过来的三十多岁的医生来管五十多岁的人,自尊心上是过不去的。

这种情况下就得多培养本地年轻人,去沈阳、大连或者北京培训的机会就得给这些人,让他们多去历练。

这一批本来急诊科安排刘铮亮和车明明去大连,但考虑到陈阿南最近心情不好,刘铮亮把名额让给他了。

陈阿南在大连这半个月没闲着，除了培训上课，就是陪车明明出去逛逛街、吃吃饭。其实车明明是想带他散心，逛逛旅游景点。老虎滩沙滩排球、海洋公园表演，几个地方玩玩，多说几句话，能见到陈阿南久违的笑脸。岁数都不小了，车明明能不知道陈阿南怎么想的嘛。

也是为了哄陈阿南开心，车明明就假装看着手机逗陈阿南："你知道少妇和少女在接吻的时候有什么区别？"

陈阿南一脸懵。

车明明说："少女会说，嗯，不要。"

"少妇呢？"

车明明说："少妇会问，你刷牙了吗？"

陈阿南笑着回了一句："我刷牙了。"

晚上，陈阿南就开始研究刘铮亮给他安排的那个颈椎病治疗理论的数据分析任务。这时候能多个事，至少转移一下注意力，要不他很容易掉进沮丧的情绪里出不来。

正巧培训的人里有一个北京的骨科教授，陈阿南白天就跟他讨论，骨科教授也觉得他研究的这个理论非常有道理，不仅帮他拿到了复诊率的数据，还把几个顶级医院的骨科临床治疗费用统计也给他看了。他就发现这里面有商机。对方刚把数据用电子邮件发到手机上，他看了几眼，就像发现了金矿，也不管一起看海豚表演的车明明了，马上要跟刘铮亮分享信息。

观众的尖叫声太吵，他就捂着耳朵给刘铮亮打电话："亮子，你之前让我研究的复诊率的数据,我找到了,而且,我还找到了临床治疗费用的数据。我可以负责任地跟你说,中国康复中心杜教授的理论是正确的,他不光理论已经成型,也有了发明专利,专门治疗这个颈椎病。而且,这里面有巨大的商机。你知道一个颈椎病,平均治疗成本需要花多少钱吗?三万块钱。复诊率呢?三甲医院,有好几家35%都不到,二次复诊率更是低得无法统计,最后用治疗周期来确定到底有多少人坚持治疗,比例也非常低。也就是说,每个病人为了治疗这个病,就得花三万块钱,还治不好。你猜猜为啥?"

刘铮亮问:"你说?"

陈阿南接着说:"目前我看到的统计,除了个别几家医院,全国的脊柱科治疗方案,大差不差都是外部修正。咱们要根据杜教授的理论,从人体内部锻炼修复的方法,拿下杜教授的发明专利,我跟你讲,咱哥俩还当啥大夫呀,直接就财务自由了。一年几千万人得颈椎病,这里面哪怕只有百分之一的人买我们的产品,我们也就发财了。"

挂了电话,陈阿南和车明明两个人从海洋公园出来,到餐厅里吃口午饭。

刚坐好,车明明就问:"你们研究的这个理论有那么邪乎吗?咱是医生,你要是随便捣鼓出来一个骗人的玩意,名声就臭了,以后这辈子都别想吃医生这口饭了。市面上隔几年就冒出来一个,什么中华鳖精、生命核能、鸿茅药酒啥的,十年一个王八没用了的段子有的是。咱跟那些人不一样,你可别见钱眼开。"

陈阿南笑着说:"你当我进传销组织了啊?我给你讲讲这个理论,你就明白我为啥兴奋了。"

车明明点点头。

陈阿南说:"你说人为啥得颈椎病,手脚发麻?"

车明明一边打开电脑,用解剖APP展示,一边不屑地回答:"因为骨骼被重力挤压脊椎骨中间的椎间盘组织,椎间盘托出了,挤压到椎管,大脑通过脊髓传递的电信号受到影响,所以手脚发麻,甚至运动功能都受影响。"

陈阿南说:"那传统医院都怎么治?"

车明明回答:"牵引治疗或者颈部固定。"

陈阿南说:"对喽,就是让患者躺在那拔苗助长,跟押面一样。要不就是脖子上固定一个护具,就跟宠物医院骗完小猫小狗给它们戴的头套差不多。那你说为啥这种治疗方案患者治一个多月以后,用不了两三个月还犯病呢?"

车明明说:"这我就不知道了。"

陈阿南拿起一根德式烤肠,用刀在上面划了四五道,在缝隙里塞了几片酸黄瓜,指着这个道具说:"人是直立行走的动物,只要你站着或者坐着,上半身的重量就一定会压在脊柱上。就算你牵引治疗把身体抻开一点,椎间盘托出的地方缩回去了,保不齐还能长个,可是只要你站起来,这一身重量还是要累积在脊柱上,没几天又会把椎间盘挤出来，它还是得托出，它一托出，还是会挤压脊髓。这就是为啥这病怎么治，治愈率都那么低的原因。"

他一边说，一边拉抻着烤肠，把烤肠比成脊柱，把中间夹着的酸黄瓜片比成了椎间盘。他一挤香肠，酸黄瓜就被挤压出来。

陈阿南又问："我再问你，你猜猜为啥得颈椎病的人四五十岁的比例很高，七八十岁的人相对就少多了？"

车明明摇摇头，陈阿南继续说："那是因为四五十岁的人，身体激素水平跟二三十岁的时候比已经变化很大，如果运动量少没有规范训练的话，普遍肌肉量减少。肌肉没劲了，那体重就完全靠骨头撑着了，他们可能觉得自己还挺年轻啊，没觉得自己老啊，运动起来稍不注意，咔嚓一下，就中招了。反而是七八十岁的老头老太太知道自己岁数大了，行动起来规规矩矩，也没见谁家老头八十岁了扛一百斤大米爬六楼，这种岁数大的反而不容易得颈椎病。"

车明明问："那杜教授的理论是怎么治的呢？"

陈阿南说："杜教授牛就牛在，他认为外部治疗都不可能改变脊柱压力。只有一种办法，那就是通过锻炼，锻炼颈部肌肉和韧带，让肌肉和韧带重新恢复强壮。"

车明明又问："颈部肌肉训练？可是，颈部肌肉太多了，咱人的脖子跟鸭脖子也没啥太大区别，都是一条条小肌肉，头夹肌、斜方肌、胸锁乳突肌、中斜角肌、后斜角肌、肩胛提肌，高矮胖瘦都不一样，角度方向也不一样。你不可能跟健身房一样撸铁，也没见着谁拿脖子举杠铃，别一下直接把自己玩过去，直接变成上吊了。"

陈阿南笑了,夸道:"聪明孩子,这就是为啥很多人得了病不能用传统的无氧锻炼的方式锻炼肌肉,健身房里就没这个设备。但是杜教授的这个发明就可以。"

陈阿南拿出平板电脑给车明明看,屏幕上的模特后仰头部,后脑勺那有一个触手抵在头上,下方有一个支架,支撑在后腰上。模特就用头部后仰挤压触手,触手提供阻力,来帮助颈部肌肉抗阻无氧运动。

陈阿南说:"这种抗阻训练,只要能持续一个月,就可以让颈部表层和深层肌肉壮实起来。肌肉、韧带一壮实起来,就可以配合骨骼一起支撑身体。这样骨骼的压力就被分担了,椎间盘就不会被挤出来了。用杜教授的话说,这就叫吊桥理论,吊桥不能只靠桥梁结构保持稳定,还需要钢索牵扯,也需要钢筋混凝土一起支撑,才能保持稳定。"

车明明点点头,好像明白了。她问:"那你们就是想卖杜教授的这个产品?"

陈阿南说:"他这个产品,淘宝上早就有卖的了,可是销量特别惨,一个月才能卖几十个。你再猜猜为啥?"

车明明又摇摇头。

陈阿南继续说:"因为这东西太便宜了,才一百多块钱。治病的东西,消费者一看你这玩意儿一百多块钱,他就不敢买,他不相信你这玩意儿里头有科技含量。他以为这东西看着就是塑料和弹簧做的，肯定没啥用。老百姓上哪儿知道咱这玩意看着虽然土，可是能把颈部和脊椎附近所有的深部肌肉都给锻炼上？这就是科学。以前有个段子不是说有个技术员去人家厂子里修东西，在线圈上画个圈剪掉一圈铜丝就要十万美元酬劳。人家觉得亏了，他说画个圈值一美元，知道在哪儿画圈值九万九千九百九十九美元。他那个是段子，咱这个是科学。以第几节脊柱为支点做运动，哪块骨头支撑，哪个肌肉使劲，人家研究了几十年，用最简单的办法给你形成产品了。

"可是，他卖了很便宜的价格，很少人去买，那老百姓怎么想的？市面上叫个颈椎病治疗仪就好几千块钱，红外电磁按摩啥功能都有，管用不管用我不知道，但是你这个能不能管用我要打一个大问号；就算我有病乱投医，准备好了被人骗，我也得被几千块钱标价的骗子骗，我也不能让一百多块钱的骗子骗。我让一百多块钱的骗子骗了，回头别人知道了不都得笑话我？这就是普通人的心态，你给他找最好的专家，用最好的理论、最简单的工艺方法做出来的东西，他不认。不光是中国人，全世界的人都一样，这就是消费心理。"

车明明觉得陈阿南说得有道理，忙问："那你打算怎么办？"

陈阿南兴奋地说："我就打算把这两个结合啊。你们不是迷信什么红外照射吗？这个功能我也加上。你们不是迷信电动按摩吗？我也整个小马达装上。你们不是喜欢电磁磁疗吗？我也往里边放点儿磁铁，还增加配重，显得贵重呢。弹簧片你们觉得没有科技感,我换成液压的。再加个显示屏,LED的,我卖两千块钱一个,跟韩国进口的按摩仪一个价。韩国人那个红外治疗仪最多也就是促进血液循环,我这个可是真治病。我跟你讲,做生意就得这么做,你实惠做生意,消费者不领你情。"

车明明不禁问道:"那你这是打算要出去创业了?不打算在七院接着干了?"

陈阿南叹口气说:"自从刘铮亮回抚城,我就越发明白了,我在咱们这行,完全就没什么天赋。你看我做一个脑室穿刺,都给自己吓够呛。干这行,需要积累,更需要天赋。积累呢,我学历也不高,这么多年在医院也没好好学。天赋呢,我跟刘铮亮也比不了。如果有一个人,从小到大一直就是你的童年阴影,你爹妈天天拿你跟他比,你瞅瞅人家,人过三十了还这样,局势没任何改变,是不是活得挺憋屈的?再说,我这学历和技术,在医院里上升空间就这样了,我为啥不能另辟蹊径,自己捣鼓出来点儿响动?这事我回去就得跟刘铮亮商量,去南方,找一个风险投资商给我投哪怕两百万,我就能把这个事整起来。早几年你看电视上演的广告,什么背背佳,那都是骗人的智商税,咱们这个是真的,不交智商税,我就不信这玩意卖不火。"

车明明有点儿失落,虽然她挺喜欢陈阿南这种有点儿野路子的男人,但是她和艾辰遇到了同样的问题,就是对自己的驾驭能力产生了怀疑。

车明明问陈阿南:"你是不是有这个念头很久了?"

第十六章
中关村创业者

从大连进修回来后,陈阿南就像变了一个人。他先请假去了一趟北京找杜教授买专利。

陈阿南也不认识人家,大半夜坐火车急匆匆就往北京跑,出了北京站坐上地铁倒来倒去三四次,才跑到中国康复中心。

他白天去,门口排着几十号人看病,等到中午本想见缝插针进去说几句,可是办公室门关着,人家门口挂着个小牌子:"午休,请勿打扰。"

等下午下班再去找,护士说杜教授刚去食堂,吃完饭应该就回家了。陈阿南跑到食堂门口,就满场找那种鹤发童颜的老先生,结果身边一个中年人,四十多岁,站在体感平衡车上飘过,他也没当回事。再打听哪位是杜教授,饭桌上的人说刚才走的那个就是。

陈阿南一路在后面追,杜教授就在前面轻轻松松跑,好不容易到了十字路口才追上。

杜教授问:"你找我有事吗?"

陈阿南喘着粗气说:"您那个'顶顶佳'的发明,我想跟您聊聊。"

杜教授这个发明,不光是患者瞧不上,同行业的很多专家也觉得是野路子。听说眼前这个年轻人是一个被他的理论征服的粉丝,那一刻,杜教授英雄惜英雄的满足感油然而生。

两个人随便找了个路口的KFC坐下。

陈阿南说:"我想买您的这个专利。"

杜教授问:"你有多少钱?"

陈阿南说:"我自己的积蓄,也就几十万吧。"

杜教授说:"你这点儿钱都花在我这了,将来做产品怎么办?"

陈阿南被他这句话给顶那了。

杜教授说:"我不需要钱,我这国务院津贴拿着,分配的三居室住着,挺满足了。我对钱没兴趣。小伙子你要是对我的发明有信心,我就把我这个'顶顶佳'的发明专利委托给你,你好好做,将来造福病友,那我就非常高兴了。人家都说人生最开心的事是'洞房花烛夜,金榜题名时'。我跟你讲,我最开心的事,就是'独步才超古,余波德照邻'。"

陈阿南就说:"我明白,您就喜欢光芒万丈,我们这些人就是向日葵,围着您吸取能量就行了。你看太阳什么时候跟地球算小账了?那都是单向付出,不求回报,念我的好就行了。"

杜教授问:"你这是不是准备拿了我的专利再去忽悠投资人

去？你这是空手套白狼呀。就像你跟巴菲特说我是比尔·盖茨的副总，我想娶你闺女；扭头又跟孙正义说我是巴菲特的女婿，我想跟你合作这个项目；再去找比尔·盖茨说我是孙正义的合伙人，还是巴菲特的女婿，你看能不能录用我当你们家副总。我理解你们搞创业的，有to C的，也有to B的，说了半天漂亮话大部分都是to VC的，都是奔着扎钱去的，没几个正经干实事的。你得给我一个底我才能把我的专利给你，你别拿我的东西出去扎钱，把我一脚踹坑里。"

陈阿南马上说："我这好不容易发现一个改变命运的机会，您这发明是能改变整个行业业态的。我自己连医生这铁饭碗都不要了，就奔着这个产品来的。"他又把行医资格证拿出来给杜教授看，对方也就安心了。

陈阿南又补了一句："您这么好的发明，我就拿出十年来赌一把，值了。"

瞧见没有，你跟知识分子说话，别提钱。钱在人家眼里根本就不是硬通货。在知识分子眼里，声望和时间才是硬通货。花无百日红，人无再少年，你舍得拿时间赌，那就比用钱赌更真诚。

好女怕缠男，好人就怕马屁三连。哪个商人不喜欢道德水平高尚的甲方呢？陈阿南差点儿开心得流眼泪，合同一签，紧接着连夜写商业计划书，他想拉着刘铮亮一起创业，在电话里对刘铮亮说："咱们当医生，当一辈子能挣几个钱？"

专利拿到手，陈阿南马上就回抚城办离职，找到龙院长办公室，交上五万块钱，说："扣我的工资我交上，我不干了。"

龙院长说："你这小子不要意气用事。"

陈阿南说："我早就想明白了，这活儿风险和收益完全不成正比，我不干了。"

目送陈阿南走的时候，车明明站在办公室窗台边哭了。刘铮亮叫上车明明一起去看看张娇，那小姑娘现在已经恢复到可以自己倒水了。

看到自己倒水自己喝的张娇，车明明终于也破涕为笑。这孩子的手还是有些抖，但是至少大脑给肢体的指令可以准确完成了。

张德旭给刘铮亮带来了家里后院种的苞米，非要让两个人带点儿回去。张德旭说："瞅这样，上秋就应该能出院了。"

刘铮亮说："争取让孩子自己走着出病房。后面你们得给她做力量训练，让肌肉动起来，同时肌肉也能刺激大脑，有助于康复。先一步步来，先带着她被动运动，活动活动，慢慢让她自己主动发力。"

张娇一个字一个字蹦出来地问刘铮亮："刘大夫，我说话慢，怎么办？我想让它快，快不了。"

窦丽萍在旁边补充说："孩子夜里都急哭了，担心以后说话就这样了。"

刘铮亮抚着张娇的头说："有话慢点儿说，想说啥在心里多走一会儿，正好想清楚了再说出来。你现在是因为头撞了一下，不知道哪块电路给撞断线了,就像灯泡里的钨丝烧断了,钨丝就在那搭着,稍微晃两下,就又搭上了,灯就能亮了。你得坚持练,别让大脑歇着,你让它歇着,它就偷懒不好好修复了。"

陈阿南走的时候,没坐高铁,他行李带得有点儿多,基本上跟搬家去北京差不多,所以不想去沈阳换车,就在抚城坐慢车夜里走,早上直接到。

晚饭是他跟刘铮亮一起吃的,两人已经喝过酒告过别了。刘铮亮在酒桌上说:"哥们儿,我才回来一年多,你就走了。"

陈阿南说:"老实说,如果我这个项目能立得住,你能不能来,咱俩一起搞?"

刘铮亮说:"我这除了拿手术刀没别的脑袋呀。"

陈阿南说:"人怕逼,马怕骑。你别给自己留退路,有啥事干不成?"

陈阿南他们家本来只是一个机关干部家庭,没什么钱。他爸到现在也就一个月四千多块钱的死工资。他妈做生意,本钱是她外公给的,自己也没什么钱。

陈阿南他外曾祖父姓邸,叫邸学孟。邸学孟祖籍河北昌黎,也是因为逃荒,带着妹妹跑到了东北。刚到抚城也没地方落脚,手里也没什么钱,就走街串巷背着箩筐卖杂货,后来手上攒了点儿钱,就想盘一家店安顿下来。当时欢乐园俱乐部有个门脸空着,斜对着俱乐部大门,他琢磨着,这里人来人往,生意肯定差不了,就想盘下来。

后来一打听，房主叫山口文雄，是个日本人，对，就是李香兰她爸。可是这个日本人据说是被义勇军给吓坏了，已经去了北平，去关里发展了，这个房子归李际春管着。

这个李际春是个大汉奸，当时是伪满洲国沈阳银行总裁。邸学孟托李家的大管家帮忙说了几句话，就被李际春像打发叫花子一样大手一挥租给他了。人家自然不把房租放在眼里，邸学孟就老老实实给管家上供，稀里糊涂就这么过了好几年。

兄妹俩开始在抚城欢乐园俱乐部门口卖干货，山核桃、榛子、干枣、松子摆满了货仓。这些东西现在四五十块钱一斤，当年在东北就是副食品，满山都是的东西，卖不上什么价。可好歹算是安顿下来了。后来邸学孟娶了个媳妇，生了两个闺女，一个叫邸秀英，一个叫邸秀云。

1945年日本人投降，抚城来了国民党的52军驻守。邸学孟他妹妹长得好看，在店里卖货时遇到了抗日的时候投笔从戎的青年军官，情投意合，再加上抗战都胜利了，以后还打什么仗，都老大不小了，结婚吧。

结果不承想，没几天，内战又打起来了。妹夫跟着部队从抚城出发经过清原县去宽甸，说是去剿匪。邸学孟就嘀咕，那可都是丘陵山包，而且没有土匪，那是东北民主联军四纵队的根据地。妹夫说你不懂，那就是匪。邸学孟心说我去那边上货遇到过，挺客气的呀，也不抢我钱，怎么就是土匪了呢？

结果没几天，新开岭战役打响，国民党千里驹52军25师被解放军全歼。妹夫灰头土脸跑回来，好不容易花钱打点，才又在重建的25师里谋了个差，高级军官都在新开岭当俘虏了，矬子里拔大个，妹夫当上了旅长。

转眼到了1948年，四野四纵从宽甸出发去了塔山，在塔山阻击增援锦州的国民党军。这次驻守抚城的国民党军聪明了，军长刘玉章对妹夫说，咱们可不能去增援锦州，那地方现在是死地，咱们去营口，那有港口、有货轮，随时能跑。

妹夫临行的时候，夫妻俩泪眼婆娑，恰似生离死别。

没过多久，锦州解放，从沈阳出发的西进廖耀湘兵团被全歼，国民党52军军长刘玉章一看，咱也别在营口待着了，赶紧上船跑吧，就这样去了上海，后来又去了台湾。

抚城解放了，妹妹整天哭成了泪人。没过多久，从香港来了一封信，原来是妹夫托人从香港寄信过来，说已经在台湾安顿好了，希望妹妹能过去。邱学孟一想，海峡相隔，这可怎么过去？

可是妹妹想爷们儿，让他们这么天各一方也不是事，当哥的心疼妹妹，说他都跑台湾去了，你也别等他了，咱们再找个人结婚过日子不行吗，你俩也没孩子，嫁人过日子不也挺好，兵荒马乱的怎么找呀。

妹妹说她那是爱情。

当哥的熬不过，就跟媳妇商量，媳妇说那你就送她过去吧，完了再回来，两个女儿我带着，这不有买卖呢嘛，饿不死。

兄妹俩就一行往南，一路到了厦门。可那时候厦门就是前线，大小金门就在眼前，两边枪炮林立，两个平民老百姓可过不去。

邸学孟想了一个办法，他去公社商店里说自己是体育老师，来买四个篮球，回来后再把篮球用渔民废弃的渔网裹住，夜黑风高时偷偷从厦门北边的石井镇下了海。就这么漂了几个小时，差点儿就被洋流冲到太平洋里了，才被台湾方面的巡逻船给救起来。

到了金门，驻军就要查验身份，兄妹俩被关在两个房间隔离审问，把祖宗八代都问了一个遍，生活细节，家里炕多高，锅多大，家里炕柜摆哪儿，孩子叫啥名，大女儿生日是哪天，房子跟谁租的，房主叫啥……只要一句话说错了，就把你当共谍拉出去毙了。两个人一五一十都说清楚了，政工还是信不过，满金门找来两个辽宁人，一个本溪的，一个铁岭的，全都去过抚城，都是东北军改编过来的，让这哥俩接着套话，说你们抚城说桌子怎么说，邸学孟和他妹妹都回答"镯子"。

哥俩回头跟政工说没错，这是抚城的。政工说接着问。

哥俩又问："西露天矿西边那个乡叫什么乡？"

"千金乡。"

哥俩还问："李石寨东边有个村叫什么？"

"田屯。"

哥俩跟政工说："没错，肯定不是匪谍。"

政工这才把吓人的枪子弹退膛，跟台北52军军部打电话联系，证实他妹妹真的是眷属，一张船票就给送到台北了。

邸学孟说人也送到了，我该回去了。国民党政工说你回不去了。邸学孟说为啥回不去，我老婆孩子还都在东北呢，我得回去过日子。国民党政工说，你在大陆租的房子，房主是不是叫山口文雄？他女儿叫李香兰，差点儿被定成汉奸罪，后来一查是日本人，才给放回去。租给你的代理人是不是叫李际春？他刚刚被定为汉奸罪枪毙了，都上报纸了。他跟你什么关系，为什么这房子不给别人就给你？你要是从台湾回去，你是不是特务你自己说，你是不是来传递情报的，会不会给枪毙？说不定，你老婆孩子现在就已经被枪毙了。退一万步说，你都来过金门了，我们能让你回去嘛，万一你传递情报回去怎么办？

邸学孟就被强留在了金门。买卖人永远都饿不死，既然回不去了，那就做小买卖吧，他就在军营外卖汽水过日子。两边打炮战的时候，他就在防空洞里卖，不打炮了就在阵地上卖，好歹要活下来。金门的高粱酒和东北的高粱酒太像了，邸学孟喝上一口就开始想家，抚城的千台春，沈阳的老龙口，都是这种高粱酒。

高粱酒有白高粱酒，有红高粱酒。作家莫言说他们家的红高粱酒都是红色的，那是因为用酒泡开了高粱壳子里的色素，不泡壳子的话，都是清亮的白酒。军营里不让卖酒，可士兵轮岗休息的时候，还是想有酒喝，混的时间久了，就在手推车的上面一层卖汽水，下面用棉被盖好散酒桶，有人馋了就来喝二两。

就这么卖了二十多年，中间还有个戴眼镜的连长总跟他在一块闲聊，买了一瓶汽水或是二两酒，就在他旁边聊几句。

那连长就问:"听说你当初是用篮球游泳游到这边来的?"

一旁的另一个军官一口台湾腔说:"他当年带着他妹妹,搞来四个篮球,漂过来的。"

连长问:"你是哪里人?"

邱学孟就回答:"抚城。"

连长说:"你胆子可真大,在太平洋里游泳。"

邱学孟笑着说:"要不是为了亲妹妹,谁敢这么拼命。"

半个月以后,整个金门突然戒严了,宪兵把整个金门眷村搜了三遍,又派出几十艘巡逻艇找人,说是一个连长跑了。有人说是抱着两个篮球跑的,是不是投奔大陆去了,也有人说没抱着篮球,就是游泳过去的。

之前搭腔的军官后来又来买汽水,邱学孟就问怎么你们连长最近看不着了呢,那军官说,跑了,据说是抱着两个篮球游泳去大陆了。

那个连长叫林正义,后来邱学孟在1990年终于回大陆探亲了,在电视上看到一个大学教授在讲经济问题,怎么看怎么眼熟,后来突然想起来了,这不就是林正义嘛。

这个人改了名,现在叫林毅夫。

邱学孟后来回到抚城,可物是人非,媳妇早就病逝了,两个女儿当年还未成年,这会儿都成了小老太太。老头攒了半辈子卖汽水的钱,换了五万美元,给女儿和外孙外孙女们。他说我不走了,我就死在这,跟媳妇埋一起。

陈阿南他妈那会儿一个月四百五十块钱工资，一下子给她十万块钱人民币她都不知道怎么花。

抚城有个坦克厂，这么多年一直生产"59式"坦克，还能出口到伊朗和伊拉克。两伊战争的时候厂子可风光了，伊朗和伊拉克采购商都来抚城买货。那时候陈阿南他妈负责接待，把伊朗甲方安排到友谊宾馆，把伊拉克甲方安排到抚城大酒店，这两个国家正打仗呢，可别让他们碰见了。要是在咱们家门口碰见了打起来，国际影响也太不好了。

可是好日子没过多久，两伊战争打完了，海湾战争打起来了。陈阿南他妈还觉得坐着数钱的好日子又要来了，人家伊拉克好几千辆坦克，打坏了总得采购零部件吧，总得买新的补充吧。结果拢共就打了几天地面战争，就跟大象踩甲虫一下，美国人扑哧扑哧一下下把伊拉克的坦克都给摁瘪了。随着钢铁洪流拼数量的时代过去，国家注重高科技，兵工厂也开始减产转型了。

厂子一天不如一天，陈阿南他妈想，要不就拿姥爷留下来的钱做买卖吧。于是她就拉着几十个工人，一起辞职下海干起了配件厂，花钱买了厂里的冲压机，一开始是给沈阳的金杯汽车生产配件，慢慢做起来，后来连宝马都从她这采购配件。

有一家北京的采购商欠着二十万块钱的货款总不结算，陈阿南他妈就跑到北京要账，对方说我们现在也紧张，要不给你两套房子吧。对方说厂里在北京的望京有一套闲着的三居室，一平方米三千块钱，给你顶账吧。陈阿南他妈说，望京是什么意思，就是离老远瞅着北京？这就不是北京。本地人去趟王府井都说去一趟北京，这都五环外了，你说三千块钱一平方米，可三千块钱有人买吗？说啥也不要，就要钱。采购商说那行，你要城里的房子，我在成贤街有一个三合院，房子破点儿，但是好歹是城里，你要不要？陈阿南他妈一看这个三合院，说这还不如我们抚城农村大院敞亮呢，那我还是要望京的房子吧，一套不行，你得给我三套。

陈阿南不缺钱，他妈就想让他接手家里的产业，可是他不想。他这种人需要的不是钱，而是动静。陈阿南窝在北京望京的家里，开始研究如何把杜教授的发明变成量产的产品。既然要创业，就不能找个木匠，手工做一个卖一个，用什么样的材料来制作模具，材料的承压能力怎么样，用时间久了会不会疲劳，他作为一个医生，这些东西是玩不转的。

刘铮亮说："我就能干这个工业设计师，咱之前给德国一家医药公司做介入手术器具设计指导，两次项目合作，我知道这玩意儿怎么搞，而且这个发明从设计角度看并不难。"

陈阿南说："那你还废什么话，赶紧辞职跟我创业呀。"

刘铮亮说："我只是觉得这个产品有前途。"

陈阿南说："那我就给你股份。也是，现在都什么时代了，人家罗振宇都说，以后咱们职场人就是U盘，哪儿需要就插哪儿，没有必要把自己固定在哪家公司里。如果能把产品做爆款了，咱俩就都能财务自由了。我先注册公司，然后把这个科技专利转让到公司,我就要百分之十的公司股份,我组局,剩下的都归你。"

电话里两个哥们儿嘻嘻哈哈,刘铮亮也没当回事。

工业设计师有了,还需要一个产品经理。这个产品经理要精通材料,还要懂组装流程,更要有代工厂的资源。懂和不懂差距很大,比如这个LED屏是在外模黏合之后组装还是在外模黏合之前装进去,这里的成品率就差了十几个百分点。

陈阿南他妈不放心他一个人在北京,就跑来看他。他就跟他妈絮叨,说最近在找天使投资人谈,可是手里没有懂材料的产品经理。

陈阿南他妈问:"啥叫产品经理?"

陈阿南说:"就是既要懂材料,还要懂生产流程,懂得跟开发、设计提出需求,综合评定产品,就得这么一个人。"

陈阿南他妈说:"你冷不丁一说我还没听懂,你这说了半天我才明白,啥产品经理,这不就是车间里的技术员么,稍微厉害点就是助理工程师。你看着我啊,看着你妈我,我就是技术员呀。什么材料我不懂,聚丙烯能干啥你知道吗?锰钢合金焊点需要多少度你知道吗?橡胶履带纵向强度怎么增强?复合陶瓷装甲用的一等特级铝矾土什么颜色你知道吗?你妈我是造坦克的出身,'99式'我没赶上,往前几代坦克,就没有我不会修的。当年珍宝岛打仗,从黑龙江里捞上来老毛子的T-62坦克,那都是先运到我们厂,你姥爷我爸爸亲自上去研究装甲材料,分析完样本送到北京来研究反坦克导弹。咱们一家子的工程师、技术员,你还愁找不着产品经理。"

陈阿南说:"妈,我这个发明是要给人背在身上治病的,你不能给我整一套合金钢让人背上,整得跟钢铁侠似的,颈椎病没治好,腰脱又犯了。"

陈阿南他妈说:"这事不难,啥叫军民融合,当年有多少前辈的发明创造都在厂里档案室躺着呢。你不就要抗疲劳的轻质材料嘛,ABS塑料耐疲劳能力不行,容易坏。PVC行不行?这个你还嫌不好,PTFE,就是聚四氟乙烯。这玩意儿啥都抗,酸碱光照啥都不怕,你把它放王水里煮沸了都没事,还耐疲劳、耐高温,放西伯利亚零下七十度照样好使。你知道这玩意儿干啥的不?就是坦克炮弹里面的炸药垫圈,气密性可好了。你小时候,咱家也没钱给你买玩具,我给你做的水枪,打出去十多米远,就是那玩意儿。"

陈阿南就给他妈说好话:"你这个都属于技术合伙人了,得分你股份。"

陈阿南他妈说:"不用,我就当还刘铮亮人情了,你把他的股份比例抬高就行了。"

陈阿南说:"为啥,他是你亲儿子还是我是你亲儿子,他跟你有啥人情?"

陈阿南他妈说:"你高三的时候觉得自己跟不上了,想自暴自弃不好好学习,天天打游戏,花了好几千块钱,玩什么《魔兽世界》,你还记得吗?"

陈阿南说:"记得呀。"

他妈说:"后来你那个账号丢了是不是?"

陈阿南说:"对呀。"

他妈说:"后来找回来,什么装备都没了,账号因为多次违规杀人变成了游戏里的通缉犯,不能接任务了,对不对?"

陈阿南说:"是呀,后来我就不玩了。"

他妈说:"偷你账号的人,就是刘铮亮,他后来告诉我了。要不我为啥求那么多人给他安排七院的工作,你以为是你多大面子?就凭这个事,我念他一辈子好。我跟你讲,你能考上大学,多亏人家明里给你辅导,暗里偷你账号。人这一辈子交一个朋友不容易,顺风的时候人家不攀附你,逆风的时候人家不挂带你,这人就值得交。"

第十七章
送终

陈阿南走后，急诊室男丁就更少了。这一天，正好赶上车明明例假第一天，她在家里疼得躺在床上打滚，刚给赵主任打电话请完假，就有人打120，说有个老头心梗。刘铮亮一看科室里几个年轻医生都是刚毕业的毛孩子，就拉上一个护士上车出诊了。

老头在女儿家住，地址在抚城石油一厂老工人大院。

抚城石油一厂的前身是1928年日本人建立的满铁制油厂。1909年的时候，日本人刚跟俄国人打完日俄战争，当年甲午战争赔款和庚子赔款让日本人一下子阔了起来，可日俄战争打完，把本来就不富裕的帝国主义国家直接打残了，吃相也就不好看了。

辽宁的老人都知道，日本人来了东北后那真是把这儿当家，赖着不想走，就要在这儿生根发芽。李香兰她爸山口文雄就跟着勘探队四处找煤，有煤的地方就有气，有煤的地方还可能有油母页岩。油母页岩一般人不知道长什么样也正常，那东西藏在地底下一百多米深的地方，没多少人见过。不过这玩意儿能烧起来，给高温高压内热干馏，还能出油。

后来抗日战争打起来了，日本人也是给逼急了，说在诺门坎被苏联人用坦克追着满山跑，大日本帝国不能没有坦克装甲群。日本坦克在苏联坦克面前就跟蚕豆似的，蚕豆就蚕豆吧，好歹也能硌牙，可石油问题解决不了，蚕豆都跑不起来。

好几百人的勘探队把东北翻了个遍，还有一队人马去了哲里木盟，下了多少根探测锥，打下去不知道多少个眼，就是没找到石油。哲里木盟杜尔伯特旗那一片，后来改名叫大庆，就是现在的黑龙江大庆。

石油找不着，那就找找替代品凑合也行。山口文雄终于在抚城找到了含油量高的油母页岩层。

炼油厂第一炉就出来了两个玻璃瓶的人造石油，灌满了上飞机直接送东京给天皇献礼。不过等到抗战后期，美国飞机把海路给隔绝了，抚城的石油送不到日本本土，看把关东军这帮军国主义分子给急的，日本军官还说，我们可以派飞机空运人造油回本土，本土的海军没有燃料都不能出海了。

旁边一个高级军官上去就给一巴掌，开飞机送石油，你怎么不学周润发拿美元点烟呢？

抚城人都知道日本人会算计，修个大楼都要提前设计好机枪眼，一楼、二楼全部钢筋混凝土，墙面都快一米厚了，当永久工事用，发电厂这么建，石油厂也这么修，就要把这儿当自己家。不过千算万算，石油一厂修在了地层断裂带上。刚解放没几年，苏联派人来勘探，说这地表都沉陷几十厘米了，这冷却塔再熬几年都快成比萨斜塔了，没发现吗？

头几十年还能凑合，可旁边的西露天矿挖空了，北边的石油一厂也开始出现严重的次生灾害，没办法，厂子只能搬迁。2011年，厂子就搬走了。

但还有一些工人住宅没跟着搬迁。

刘铮亮今天去的就是这个住宅区，上世纪八十年代的板楼，因为属于沉降区，大部分人都已经搬走了，只剩下几户没搬家，过完这个夏天就搬走。毕竟冬天不给暖气了，这楼房里四面透风，冬天晚上零下三十多度，肯定能冻死人。

小护士打电话过去，问："去你们家的路怎么走？"

电话那边家属就说："你沿着铁轨第一个岔道口往北拐，过了土路有一个铁路桥，你从桥下面石墩子中间过来，就能看到我们家楼了。"

小护士问："你们家楼多少号？你别这么给我们指路，你就告诉我你家地址，我导航过去。"

电话那边家属说："哎呀，你问我，我也不知道，你就听我的，你就从铁路桥下面石墩子开过来就行。"

厂区内废弃的火车轨道杂草丛生，刘铮亮他们就只能四处找那个铁路桥，还有石头墩子。救护车好不容易才找到了穿过去的路，几个人抬着担架上楼，打开门，家徒四壁，只见病人躺在地上，病人家属正轻轻拍打着病人胸口。

刘铮亮问家属："你干啥呢？"

家属说："我爸这不心梗嘛，我这着急，一边等你们，一边给他顺畅顺畅血管。他不是血管堵了嘛，拍打拍打，就跟下水道似的，通通就不堵了。"

一边说，一边还在那拍。

刘铮亮一把把她扒拉到一边，几个人赶紧七手八脚把病人运上救护车。

到车上后，小护士赶紧就给上心电图，ST-T段改变。

家属还在那自言自语，说："痛则不通，通则不痛，我这给他这么拍拍没事吧？"

刘铮亮说："你先歇会吧，心梗那是冠状动脉堵塞了，你拍打不好，血管的斑块一不小心进脑袋里就是脑梗死，进肺里就是肺栓塞，到哪儿都能要命。"

家属说："他们说这招能治病啊，我哪儿知道不靠谱。"

刘铮亮说："他们是谁，你听谁说的？"

家属瘪在那不说话了。

刘铮亮又问："你说他疼，是不是胸口疼？"

家属说："是，疼了一个小时了，你们半天也不来。"

小护士刚要说家属几句，被刘铮亮一个眼神拦下了。

这时候已经不是斗嘴的时候了，病人已经一动不动。刘铮亮马上给病人做心肺复苏。他让小护士先抽血，等一会儿车到了医院第一时间去化验肌钙蛋白。瞅着这个病人也七十多了，一问家属，还有过高血压病史，急性冠状动脉综合征概率比较高。

车开回医院，赵主任就过来接诊。刘铮亮上来就跟赵主任说，赶紧跟心内说，如果能做主动脉球囊反搏术，说不定还能活，我这给他按压一道儿了，中间除颤也不管用。

心内科的医生很快就跑过来，先要家属签字，只有签字了才能手术。

家属一边签字一边问刘铮亮："这次我爸是不是过不去这个坎了？"

刘铮亮这次不用手术，坐下来安慰家属说："心脏就是一个泵，心梗时间长了，非常容易引发心源性休克。刚才你打电话叫120的时候，你父亲什么情况？"

"当时他呼吸困难，血压都快测不出来了，还以为是血压计坏了呢，以前都是高血压，从来就没见过低血压。"家属说，又问刘铮亮，"那我爸这个手术能治好吗？"

刘铮亮说："心脏这毛病，用球囊反搏术不是为了治好，只是一种辅助治疗。就跟你给鱼缸换水的时候，水管子边插上一个气囊，你拿手捏几下，水就泵起来了一样。但是老爷子岁数搁这摆着呢，刚才救护车上我就发现情况不妙。"

他看家属穿着白貂小袄，就说："你们家看样儿也不差钱，能有希望还是试试，光打肾上腺素这会儿不一定管用了。"

小白貂忙说："咋不差钱呢，差钱，能不手术尽量不手术，我爸岁数也大了，折腾不动了。"

刘铮亮没表达什么情绪，只是回到办公室查病人的验血报告，肌钙蛋白极高，看来是大面积心肌梗死。肌钙蛋白是心肌纤维受损降解出来的产物，心肌细胞死亡两三个小时就开始释放，这会儿都达到峰值了，神仙来了也救不回来。

不到半个小时，只听门外大厅患者家属突然一声哀号。刘铮亮跑出去，只见心内的医生和急诊赵主任都在安慰家属，病人没救回来。

刘铮亮一点儿都不觉得意外，他在救护车上就已经觉得凶多吉少了。

心内科大夫走出来跟刘铮亮说，没啥办法了，一针肾上腺素都没打完，脸色就发绀，体温都凉了，股动脉和颈动脉也没搏动了。给家属省点儿钱吧，也没做IABP（主动脉球囊反搏术），犯不上折腾。

家属穿着一身白貂，在四月的东北看起来略有些扎眼。这个时候的天气白天有时候能到二十度，可是夜里又能冲到零下，小水坑一早上还是会结上一层冰碴儿。

小白貂就在那儿哭，刚一声就被旁边的张德旭劝止了。张德旭说："你别在医院哭，这里还有病人呢，你控制控制情绪。"

小白貂就拉着张德旭的手在那儿一边哭一边念叨，说："这是我老公公，不是娘家爸。"

小白貂跟死者的儿子六年前结婚，结果她爷们儿喝完酒骑着摩托车出去浪，一脚油门从古城子大桥上翻到河里了。小白貂虽然在外面也有了相好的，但是一直就没再结婚。她惦记着公公家的几套房子，还有老头这么多年当石油一厂工程师拿的工资。

老公公能不明白这儿媳妇什么意思吗？只不过老伴死得早，儿子喝酒出车祸没了，人家惦记啥就惦记吧。老头的侄子想把他接到家里过，老头的弟弟也想让他去自己家过，去过几天，人家的意思就是你就在这住着就行了，吃喝买菜做饭啥的都不用你管，住着就行。可是你住人家那儿能不给钱吗？侄子就等着老头一口气来一把大的，张嘴给个十万八万的，结果老头抠抠索索地说，一个月交一千块钱生活费。

谁差你那一千块钱生活费，要给就给个大头，那才过瘾，你这细水长流的干啥呢？搞滴灌种植吗？没几天侄子就说："大爷呀，咱家现在人也不够，我白天上班，你侄媳妇白天还得去打工，不打工吃啥喝啥？孩子还得上学，白天没人照顾你呀。"

老头说："我不用你们照顾，我帮你们买菜做饭。"

侄子说："不是这么回事，哪能让你给我们买菜做饭呢？这样，大爷，你就出钱雇保姆，这样我们白天出门把你放家里也放心啊。"

老头心说，我一个月就五千多块钱退休金，雇个保姆就三千，你这是要撵我走呀。

老头回到自己家，儿媳妇小白貂就说："当年跟你儿子结婚，我啥也没要，婚房就是厂里的老破房子，也没买新房子。现在他出车祸没了，这房子也因为沉降不知道什么时候就要搬走了，搞不好要搬到刘山郊区。可是我还要上班，我在商贸大厦盘了一个店，单程坐公交车就得一个小时。你说我要住进你现在住的商贸大厦边上那套房吧，老公公儿媳妇住一起好说不好听，要不这的，咱俩换房呗？"

老头说："你就在旁边租个房子也不贵，为啥要跟我换房，租房子一个月才几百块钱，你出不起呀？"

小白貂说："我跟你儿子过一辈子，啥我都没捞着，最好的年纪过去了，现在还得一个人养活自己，你们家就没人能管管吗？再说了，有一天你老了，谁给你养老送终，是你侄子亲还是你儿子亲，你儿子虽然没了，但是儿媳妇不也得管你？你留那房子给谁呢，就非得跟你家姓？"

老头也是怕，怕自己有那一天没人管，就领着儿媳妇把房本改了。但是他还有两张银行卡，一个证券交易所账号，一个银行卡是工资卡。老头平时吃喝用，还有一个是固定储蓄卡，里边有二十万块钱。这三个账户，老头锁得死死的，谁都没告诉。

小白貂哭了三分钟，就跟张德旭拍板了丧事生意，一切从简，然后叫上相好的拿着医院的死亡证明马上去银行取钱。银行柜员说，有密码吗？要有密码你可以直接去ATM机上取钱，你也不用告诉我。如果你没密码的话，那拿着死亡证明和户口本没用，再说你俩还是两份户口本。就算你俩在一个户口本里也没用，你得去公证处，或者去法院，开遗产继承书，你得把家里所有有继承权的人都召集齐全。

小白貂一想，这要是把他们家这些豺狼虎豹都集合在一起，那还能有我什么事。正好医院这时候打电话来，说你们家到底谁说了算，死者他弟弟和侄子来了，要把老头遗体接到殡仪馆，但是住院家属签字的是你，你赶紧回来一趟，你们家人自己定。

小白貂马上赶回医院，一看老公公哥哥家的儿子，老公公的弟弟，老公公的侄女，一大家子都赶来医院了，非要给老头操办后事。两拨人就在急诊室门口剑拔弩张。

小白貂说："老头养老送终都是我，怎么你们突然就杀过来要办丧事？"

大侄子说："你别以为我不知道，我大爷工资卡里少说也有三十万，你提都不提，这么多年我们也尽孝了，我们也照顾他生活了，他在我们家吃喝拉撒全都是我照顾的。你在外面有人，别以为咱们老杜家不知道，老杜家的钱怎么就能跑外人兜里？再说了，你都改房本了，那你还去老房子干啥？"

小白貂说："我那不是去给我爸送菜嘛。"

小侄女说："谁知道你去干啥？老爷子一个人寂寞了，你去哄他高兴呗。"

小白貂说："你别乱喷粪，我嫁到你们老杜家就没享过福。"

小侄女说："儿媳妇哄老公公高兴怎么了，碰着你哪根筋了？炸毛干啥呀。你现在外面都有人了，别总老杜家老杜家的，你跟老杜家没关系了。"

刘铮亮正在旁边看着,这时艾三走了过来,说:"看见没有,今天这个买卖,我能赚辆车你信不信?"

刘铮亮当然不信,这家人一瞅也没啥钱,凭啥给你艾三十多万块钱办丧事?但是旁边来接他下班、约他出去吃饭的艾辰也笑着说:"你别不信,我爸干这行多少年了,他能从这帮狼嘴里抢肉。你瞅瞅这帮人的眼神,眼睛都红了,看啥都是钱,穷了大半辈子,冷不丁见到横财,就这德行。"

这边艾三把小白貂和她情人拉到医院角落里商量,艾三问:"你知道你公公一共有多少钱吗?"

小白貂说:"具体多少我不知道,但是工资卡里能有个十八九万,这个他们全家都知道;储蓄卡里有三十万,这个我看到存根才知道;还有一个证券开户单,买的是啥、买多少,我都不知道。"

艾三跟小白貂说:"人家为啥要来操办后事?因为你在法律上讲虽然有一定的继承权,但是人家一大家子人是不是过年过节平时也来送点米面粮油?人家侄子、侄女、弟弟都有继承权,人家那个是血缘关系上的继承权,所以你要跟他们打官司,最后最多你能拿一份,人家几家分几份。"

小白貂不确定艾三说得对不对,就看看旁边的情人,情人点点头,说艾三说得有道理,是有这个法律规定。

小白貂就问艾三:"那咋办呢?"

艾三说："我不白给人出主意，我也不讹你一笔钱啥的，那事咱不干。你听我的，把老爷子的葬礼办得风风光光的，六十四抬纸牛马，白纸堆堆他个三丈三，二十一个人的鼓乐队吹打三天三夜，楠木骨灰盒，墓地选址坐北朝南，对面左右两屏，左边有山，右边有河，全套下来十万块钱花出去。这给老爷子风风光光操办，谁都不能随便说个不字吧？人都一个样，气人有笑人无，你花钱多他们没法拦着，这事又不是花他们钱凭啥拦着？但是你得跟人家说，谁料理后事，谁就张罗怎么安排那些钱。"

艾三接着把办法说给小白貂听，他这么多年老江湖了，没送走一万也送走八千人了，人死如灯灭，灯灭了人心也就跟着黑了。这种事他见多了，谁的欲望是正确的，谁的欲望是错误的，这是没法衡量的，他也没兴趣衡量。

小白貂把全家人召集起来，说："老爷子来医院抢救签字都是我办的，丧事肯定我做主，没有我签字你们谁能把遗体拿走？既然我做主，我这么决定，老爷子存折里的钱，除去办丧事，剩下的，各家平均分。"

小侄子一听，马上说："你找的办丧事的人，万一给你吃回扣怎么办？"

小白貂说："你可以打听价呀，如果超出市价，我个人往里填。"

熙熙攘攘，皆为利而已，大家一听说可以分钱，也就不较真了。小白貂带他们去公证处，写了公证委托，然后料理后事，又带着一家子拿着杜老爷子的工资卡去银行办转账，一看现金，十八万。

小白貂收好公证书，拿出十万给艾三，说这是办葬礼的钱，又挨家给两万五千块钱，自己留五千块钱。她说自己都拿了老头的房子了，钱少要点儿。一家人拿了钱，又恢复到虚假的其乐融融状态。可是小侄女还是觉得这里面有假，她就去殡葬那打听价，一听那墓地就得四万多，顿时觉得这里面也没多少油水，白拿了两万五千块钱就可以了，堂兄妹俩甚至还觉得有点儿不好意思，有点儿欺负自己这个寡妇嫂子。

守灵的灵棚，白绸子配黑布，花圈扎了三十三只，沿着楼院的围墙摆满，整整三天，唢呐不停，二胡不断，满场都是二人转。

正所谓，十年笛子百年箫，一把二胡比天高。千年琵琶万年筝，唯有唢呐定乾坤。初闻不知君何意，听懂已是棺中人。锣鼓喧天劳半生，唢呐一响全剧终。曲一吹，布一盖，老少亲朋等上菜。啤的啤，白的白，吐了再回桌上来。

出殡那天风风光光，十七台黑色奥迪跟着大林肯灵车，绕着石油一厂转了三圈。艾三站在头车天窗里喊："月明星稀，乌鹊南飞，绕树三匝，何枝可依？山不厌高，海不厌深，杜公入土，都别太伤心。"

骨灰盒往墓室里一放，盖上大理石板，封了口，也就散了场。

小白貂跟艾三结了尾款，艾三跟艾辰说你开车帮大姐办点儿事，小白貂要去银行。她拿出储蓄卡和公证书，转账转走了二十万。艾辰以为事办完了，谁知小白貂还要去证券市场。

进去半个小时，出来的时候她满面红光，张嘴就夸："你爸真聪明，要没他的主意，我损失大了去了。哎呀，你说我这个老公公，抠抠索索一辈子了，今天才知道，2005年买的茅台酒股票，他要早给我，我不对他更好了嘛。"

艾辰本来就随口一问，老爷子买了多少呀。

小白貂也不回答，直接脱了外套，就把话题转过去了："天气是真热了，这貂春天是真不能穿了，一身汗。"

艾辰晚上就问艾三："你咋能让她自己拿到那么多钱呢？"

艾三说："你说他们家有好人吗？有一个孝顺的人吗？有一个有人味的人吗？没有。所以，就先拿一个工资卡当诱饵，让他们觉得这块肉也没多大，而且还要花不少钱办丧事，万一钱不够呢，这钱谁补？只要有钱拿，谁愿意给自己找事，只要这个公证书签了，人家小白貂那就是合法的唯一继承人，这些亲戚也不知道老头到底有多少钱。

"你爹我这么干，一来咱能挣一笔钱，二来呢，这一大家子都乐乐呵呵就行了。人家人品不好，你也不能给人家判死刑给毙了，做买卖嘛，让甲方舒服，还能让自己赚钱，就行了。你说这老头墓地这么好，墓碑那么漂亮，以后有人给他上坟吗？清明节还能给他烧点儿纸吗？人哪，有感情的就三代，三代往前，见都没见过，还哪有什么感情？所以你跟刘铮亮给我抓点儿紧，实在不行你就把他给拿下，怀孕生孩子，对我来说外孙子也能给我烧香上坟，死了也有人记得，多好！要不你看咱们平民老百姓也上不了史书，也不能唱歌，也不能演电影，来人间这一趟啥事都没留下，除了自己家孩子，谁还记得你？"

再后来，小白貂把商贸大厦边上的楼房也卖了，也跟她乙烯化工厂的情人断了联系，据说到南方做买卖去了。艾辰上网搜了一下2005年的茅台酒股票，当时才五十块钱，现在都已经九百多块钱了。

第十八章
农民工的峰回路转

车明明在接诊的时候遇到了一件怪事。四方台乡农村有个老李头，被家里人拉来看病。老李头今年六十五岁，两个月前就开始发烧咳嗽，一口口浓痰不停往外吐，胸口像是被人二十四小时不间断碎大石一样用锤头砸那种疼。

后来在家实在扛不住了，也藏不住了，这才被同村住的儿子发现，给带到医院来。一测血氧，才百分之八十五，这就别废话了，肯定是肺部疾病。老李头他儿媳妇听到这个数还数落自己爷们，你看，才百分之八十五，你瞅你那着急忙慌的，给人吓个好歹。

车明明看着CT头都没抬，说："百分之七十人就容易没了，百分之八十五就非常严重了。"

儿媳妇很尴尬，自言自语说："还以为人没了是百分之零呢，咱也没文化，让你笑话了啊。"

老爷子来的时候是儿子搀扶着进医院的，这会儿坐在急诊候诊大厅里就起不来了。他儿子费了半天牛劲，才把老李头给背到诊室。本来老李头在县医院打点滴，说是气管有炎症，打了半个月不见好，吃甘草片止咳化痰口服液也不见效，县医院一看，说你还是转院吧，你要不转院我就发病危通知了。小李一看得了，病危通知你留着吧，我赶紧先来七院看看，七院再看不了，打车去沈阳看。

车明明一看片子，没犹豫，这就是肺炎呀，看这片子里的肺部结构，一片花白，玻璃磨边，可是她又一想，一般细菌感染，县医院都打了半个月抗生素了，也应该有效果呀。

那这到底是什么病？

该怎么治？

应该用什么药？

车明明正在这灵魂三问，老李头吭哧吭哧上不来气，眼瞅着瘫在那儿要变成一摊泥了。这可给所有人吓坏了，车明明马上给刘铮亮打电话，让他来帮忙。

刘铮亮正在张娇那陪着小姑娘聊天，这几天她开始训练深蹲，进行腿部肌肉恢复。接到电话刘铮亮马上就跑过来，一看情况，发现老李头已经呼吸衰竭。

刘铮亮对车明明说，赶紧送ICU，呼吸这个事不能拖，几分钟就要人命。说完，他扛着老李头上了病床，车明明先跑去按电梯，两个护士帮忙一起往ICU送。

在电梯里儿媳妇就问，进ICU得多少钱？

刘铮亮一看她的打扮，就知道他们家没钱，但是有没有钱治病那是后面的事，人不能让气憋死。刘铮亮一边小跑推着病床一边对老李头儿媳妇说："先进去，随时准备，真要到关键时候，这钱你们也得舍得花。我们先进去观察，面罩吸氧，根据情况随时准备插管，别到时候手忙脚乱啥都没有，临时现搬设备，容易出现意外。放心，不按ICU给你们收钱，你们又没用多少耗材。"

果然，氧气面罩顶上去，老李头的气色马上好了很多。

不过ICU里面的气氛给老李头吓够呛，跟自己儿子说："我这是要完犊子了吗？"

老李头他儿子忙说："没事，这里头设备多，能治，你别多想。"

既然面罩顶上去还能扛，那能不插管就不插管，插管一个是危险，另一个患者也遭罪。

人到了ICU，刘铮亮又赶紧安排复查拍片，CT一出来，右下肺有渗出，看来确实可以定为肺炎。车明明就向家属要病历，县医院先给的头孢、阿奇霉素，没效果以后上的美满霉素。这就说明，细菌感染的可能性不大，头孢广谱抗菌；也不应该是支原体肺炎，更不会是衣原体感染，美满霉素这么凶悍的药都上了，这药江湖郎中都是拿来治淋病的。真菌也不应该，阿奇霉素治疗真菌感染和支原体感染效果也不错。

那会不会是肺癌？

于是把CT增强也做了一下，回来一看，不是肺癌，也不像肺结核。

刘铮亮一边看着片子一边对车明明说:"看到没有,病人有肺栓塞,右肺中叶、下叶这里都有。除了肺炎,还有肺栓塞,这就能解释他现在这些症状了,肺子里都堵上了,当然换气就换不了。要不怎么会胸痛呢?应该就是这个原因。"

老李头儿子问:"啥叫肺栓塞?"

车明明替刘铮亮回答说:"就是肺子里的血管被血栓给堵上了,本来这个血管长到肺子里是来交换气体,带着氧气走的,结果被血栓把肺动脉主干给堵上了,时间久了有可能给堵死,病人马上就严重缺氧,到时候你不管是插管还是送多少氧气都没用,就一分钟的事,神仙来了都救不了。"

刘铮亮接着说:"不过你爸这个属于肺子里的血管分支栓塞,相对来说情况好一些。"

如果肺栓塞再严重一点儿,那就得打溶栓针了。不过溶栓针有个弊端。溶栓针的主要作用成分叫尿激酶,这东西是从新鲜的人尿里提取出来的,本身不能除栓,但是可以激活血栓中的精氨酸分子链断裂,变成纤溶酶原,溶解以蛋白质为主体的血栓。不过这也有些缺点,就是血栓能溶解,可是这东西要求的使用环境也特别高,病人不能有脑出血病史,也不能有严重的心肝肾功能疾病,还不能有严重的糖尿病史。用的时候也要小心,一边血管造影一边往里泵,有时候还得用微导丝进去捅几下血栓,就跟广东人做烧猪往猪皮上打针眼一样,让猪肉更入味。稍微一不注意,万一病人这时候再突发脑出血,那手术室可就热闹了,就等多少个科室的大夫一起过来会诊吧。

"那样就太折腾了,现在还没到那一步呢,轻易不能溶栓。如果用抗凝法相对就安全点儿,抗凝有点儿像癌症治疗中的靶向药,不能解决肿瘤让它消失,但是可以抑制新生的肿瘤,防止肿瘤转移。只要不生成新的血栓,病情不会再加重,让病人用咱们人身体里自带的原装溶栓机制来溶栓,效果可能慢,但是安全。"

刘铮亮给重症的大夫这么一说,大家都觉得可行。几个年轻大夫一商量,就用华法林抗凝。

老头儿媳妇就问:"这药多少钱呀?俺家种地的,你们又是让住院又是输氧开药的,咱家扛不动咋办?"

刘铮亮说:"这药才二十几块钱,也不贵。"

儿媳妇说:"二十几块钱还相当于六七斤鸡蛋呢,一斤鸡蛋七个,六七斤都够老母鸡下两个月的了。"

来治病的都这样,哪个医生都遇到过这种跟自己算经济账的病人家属,只不过各自的计量单位不同,有的算鸡蛋,有的算猪肉,有的算出租车里程,有的算刮大白面积,还有的算饺子的个数。人有三百六十行,哪一行都是这么一点一滴攒下来点生活下去的本钱。医生们也不愿意反驳,也不想跟患者说我也有绩效,我后面科室还要背着预算和成本呢,这话不能说,说了就摘不开,所以就只能冷脸相对,看起来态度不好。

赵主任让刘铮亮和车明明盯着点儿,说:"咱们一个二级丙等医院，连呼吸重症科都没有，你跟家属说说，要是实在不行就让他们去沈阳看病吧，刘铮亮你一个神经内科的大夫，你们神内一年到头能做几次手术？你小子就是脑子灵，好学，脑子里储备多，可是这种呼吸的毛病，还是得去专业科室看，咱们能承接，能保证病人体征正常，就行了。"

赵主任跟刘铮亮说完，就去跟家属做工作，说："我们这边医生已经尽力了，给你们治病的是急诊大夫。这个急诊大夫你们不学医的可能不明白，其实我们就是医院里的导游，你有重大的疾病，还是得去专业科室看。可是我们医院没有呼吸重症科，你这病别在我们医院耽误了，赶紧去沈阳是最好的选择。"

话说完，天都黑了，两口子说，那也等明天一早稳定了再说。

结果半夜，老李头就又开始呼吸困难了，血氧又开始忽高忽低，他儿子叫了医生几次，重症病房的值班大夫也没了主意，问赶来的刘铮亮这要不要插管。

刘铮亮一个神经内科的医生，是很少有机会手术的，这就像是炮兵很难接触到一线阵地一样，你说他没参战吧，他打了不少炮，你说他见过敌人吧，他又离着老远。如果早个十年，他还能做介入导丝的手术，可现如今，连这个手术都被划入介入科势力范围了。现在你让他插管，没吃过猪肉只见过猪跑，虽然医院轮岗的时候操作过，但那也是辅助。把上学的时候多少年前学的东西拿出来用，要不是记忆力好，真有点儿发怵。

刘铮亮跟家属说，一会插管的时候可能要挑起会厌部位，这个地方平时是让人呼吸和吃饭别混在一起的一个道岔，专门切换气管和食道的。但是这里容易触发迷走神经反射，非常容易造成呼吸骤停和心脏骤停，尤其你们家老爷子现在严重缺氧，提前跟你们说一声，该签字签字，你们签字了我就动手。

老李头儿子马上一边签字一边说，赶紧的吧，再絮叨我爸就完了。

先打镇静剂咪达唑仑，往气管里插管不好受，你让病人神志清楚，他难受乱动，医生操作也麻烦。一针下去进入休眠，你好我好大家好，插管讲究下手要快。

先垫上小枕头，把患者的头上抬约十厘米。

压舌板看看有没有松动的牙，别插管不小心把牙顶气管里头。

检查呼吸气囊，捏一捏气密性正常，吸气把气囊放瘪。

插入导丝，稍微把导气管掰弯一些，让其更容易进人体气管。

刘铮亮就这么背着培训条例，一条条记忆在脑子里过电影。

在患者头顶位置扎马步，右前臂支撑在患者头侧，右手大拇指和食指控制口鼻位置，用力量使口、咽喉形成一条直线。左手拿喉镜，左手使劲，喉镜的镜片反射到会厌部，插入导管过声门，助手接简易呼吸气囊，吸引器清理导管里的分泌物，抽瘪了小气囊，再包扎。

这一套用完，血氧饱和度马上就上去了，一度过九十五。

可是，刚刚老李头呼吸困难，刘铮亮没有注意，这会儿他还在发烧，三十八度五。明明就是简单的肺炎，抗生素都把全身洗过一遍用了快一个月了，白细胞数字说多不多，说少不少，C反应蛋白也有点儿高。这就不科学了。

刘铮亮就琢磨："几样抗生素组团上，什么病原体也扛不住这么顶。就算有慢性细菌性前列腺炎，用一个月抗生素，都能把炎症彻底解决了，前列腺小管才多粗，那里面堵塞了都能消炎治好，更别说肺泡里了。而且，一个东北老农民，天天干活，重体力劳动血液流动速度快，没那么容易肺栓塞的。"

车明明说："一般来说，肺栓塞都是有点儿原因的，比如长期卧床，总不运动血管里就容易有沉淀，下半身水肿也容易血管里有垃圾，或者就是血液疾病，这几样老李头都没有呀。"

刘铮亮说："今天一天，烧就没退。"

车明明问："有没有可能是肺结核？"

刘铮亮摇摇头："不可能，入院就做涂片了，抗体检测也做了，都没问题。要不咱们再做一个T-Spot实验检测？"

那就再做一个吧，无论是在协和，还是在二级丙等医院，医生们都会遇到各种千奇百怪的病例，唯一的差别是心理期待不同。到七院来的病人如果不是危急，并不求你一定要解决问题，但是他们给你的耐心有限，能解决你就赶紧解决，解决不了别耽误时间，赶紧认夙给我办转院。别跟我说你多牛，你要是牛你就不在这混了。所以刘铮亮不敢耽误，临时又补了一个检测，就是想看看患者的T细胞是否有结核杆菌感染后的免疫记忆，有点儿像小学生经常双手合十，食指突出顶前面同学的屁股，前面小学生嗷一嗓子跳出去好几米，以后这小朋友再遇到你，绝不敢把后背留给你，他都得侧着身子走。这就是免疫记忆。

大晚上抽了一管子血，结果一看，阴性。

老李头就这么在床上没有意识地喘气，正常人躺在那儿能看到是胸腔在扩张和收缩，但老李头没有，感觉就是在给一个漏气的自行车车胎打气。老李头他儿媳妇半夜实在熬不住回家了，他儿子就坐在床前默默掉眼泪，一会拉着他爸的手，一会又给老头擦擦胳膊，擦擦脸。

父子情深，平时儿子跟驴似的，你说他一句他有一百句等着你，这会儿儿子知道怕了，有爹妈在，死神面前有人给你顶着，你就是七十岁，有爹妈在，你也是孩子，有人疼。如果父母走了，心也就慌了，这世界上就剩下你要主动付出的人了，对你阳光普照的人没了。说好听点儿，你以后就是这个家的顶梁柱了；说不好听点儿，顶梁柱只能在那顶着，不能修不能补，你就扛着吧。

小李还在那念叨："爸，山上的榛子还没收呢，你还得回去看园子呢，我冬天去南方送货，孩子他妈还得来照顾你，家里孩子还没人看，爸，你得好起来呀！"说完就接着哭。

没主意的人，一辈子都觉得自己满肚子是胆识，一身都是本事，被自己爹束缚住了，这会儿才发现，自己没啥用。

车明明觉得刘铮亮这次判断不对，刘铮亮也有理由，院里的内科大夫也拿不定主意。

车明明对刘铮亮说:"我觉得这就是肺结核,你想想,老爷子自己在家瞎治多长时间了你知道吗?他儿子知道吗?这么长时间用大剂量抗生素,有没有可能把病灶外的结核杆菌给杀灭了,所以测不出来?"

内科大夫说:"我们这条件有限,要不就送中心医院,要不就送沈阳得了,别把人耽误在这儿,到时候又惹麻烦。"

一瞬间刘铮亮又犹豫了。

车明明接着说:"我怀疑这老爷子得这病挺长时间了,要不我就去多留几次痰,咱们培养呗,抗体查不出来可能是浓度不够,多培养几次。反正这也大半夜了,转院也不现实,到了中心医院也是去急诊,跟在咱们这没多大区别。哪怕咱们培养出结果了,里面有分枝杆菌,让他们带着结果转院,也能节省时间。"

内科大夫对车明明说:"我发现你们急诊最近都好胜心那么重呢?"

车明明笑着说:"这不来了一个学霸么,平时不多努力一下,都怕被淘汰。人家博士都来干急诊了,我这本科毕业不努力能行嘛。"

刘铮亮觉得车明明说得有道理,赶紧就让她去留痰。一小时留一次,次次都培养,同时再查查结核杆菌DNA,两条路一起走,双管齐下。医院没有遗传科,得去矿务局医院做。内科医生说那边他熟,都是同学,这就开车送过去。

第一次,第二次,第三次,结果都查不出来。

老李头他儿子在旁边正哭着喊他爸的时候，昏迷中的老人突然涌上来一口老痰，浓黄中甚至都带点儿绿，他儿子赶紧起身给他扳过身子清理，别一口老痰给整窒息了。清理完正要扔了卫生纸，车明明正好来准备第四次涂片，一看这情况赶紧说别动，这口痰来得好，这口痰是从肺里倒腾出来的，新鲜热乎，估计没让抗生素给剿灭，可以抓活的，于是扒拉开卫生纸，拿涂片收集上了。

拿去一检查，真有抗酸杆菌，还挺多。这就证明肺结核的可能性很大了。

第二天一早，DNA结果也出来了，就是肺结核。

小李问车明明："我爸还需要转院吗？"

车明明眉毛一立："都确诊了还转什么院？只要知道敌人是谁，全中国的治疗方案都一样。这就跟侦探破案一样，最难的就是找出谁是凶手，人找到了，抓犯罪分子都是用枪和手铐，派出所的警察和特警队的警察抓人都用差不多的装备。不过你爸这个是传染病，老爷子肯定是怕花钱，自己在家折腾太久了，人都很危险了才来医院，你回去得跟老爷子说，别总想着在病上省钱，你在病上省那几十块钱，以后就得花大头买命。你说你们进ICU，虽然没上别的设备，但是也花了两万多，报销完了还得花一万多。过几天等他稳定些了，还是得去传染病院，不过现在走不了，太危险。"

刘铮亮也说："异烟肼、利福平、乙胺丁醇、吡嗪酰胺这几样抗结核药顶上去，老爷子几天就能好。你们要是缺钱，今天就可以出ICU，普通病房加氧就行。"

儿媳妇一早来送饭，一听说有这么一大串药要开，又开始心疼钱，说："怎么用这么多药，可算逮着一个往死里捏，把我们当癞蛤蟆攥出水来是吗？"

车明明说："你要自己能治你就在家治，什么叫攥出水，这几种药都是干啥的你懂吗？我们念了二十几年书不比你懂吗？异烟肼是让分枝杆菌营养不良，饿死它，利福平是专门骗了细菌的刀，不让它繁殖分裂；乙胺丁醇是化学阉割，专门对付青春期的结核杆菌，吡嗪酰胺是让细菌缺氧，活活憋死它。你知道结核病多难治吗？必须得联合用药、联合治疗，全方位让它们活不下去，断子绝孙，甚至还要把被T细胞吸收的结核杆菌也杀灭才行。再说了，你仔细看看这些药多少钱，全都是二三十块钱的，这都是国家药典里要求低价的药，全套下来不超过一百块钱，怎么就攥出水来了？"

儿媳妇还是不服，说之前ICU还有各种检查花了多少钱了。

车明明先让小李去交钱拿药赶紧用，写完单子抬头跟儿媳妇说："我们不是中医，望闻问切就能确诊，哪种病原体感染就得一一排除。不排除乱用药，你也看到了，你老公公自己吃药多久了，管用吗？"

用药不到三个小时，老李头退烧了。再去查一遍CT，儿媳妇又开始嫌贵，但是小李骂两句败家娘们儿你别说话，也就老老实实闭嘴了。一看片子，刘铮亮心里就高兴多了，肺部吸收好转，血氧也提高了不少。

刘铮亮说，看情况，可以撤呼吸机了。

中午吃饭的时候，刘铮亮就问车明明："你怎么就能判断出是肺结核呢？"

车明明说："你别跟我提这个病人，我现在脑子里还记得那口黏痰呢。我早上上班路上买了一份肯德基鸡块，打开那个酱包顿时就联想到那个画面，一点儿食欲都没了。

"咱这穷地方，老百姓有病，都不先来医院，都把自己当大夫，把抗生素当饭吃。老爷子熬到现在这样，吃了那么多种抗生素，把很多病征都掩盖了。你跟穷人打交道，就得分析他们的行为逻辑，一看他儿媳妇那抠抠索索的样，就能判断出老爷子就算生病了，也自己闷头吃点药顶过去就算了。要是别的什么病毒感染的肺炎，他们两口子这么长时间还能没被传染？肯定早就病快快的了。我一看他俩都挺精神，传染性不那么强的，就剩下肺结核了。"

陈阿南一个人在北京满城跑，写出来一个商业计划书就四处见投资人，同时他也催着刘铮亮赶紧出产品设计稿。

根据杜教授的理论，这个健身器材主要是为了锻炼颈部肌肉和韧带，胸椎部分锻炼的程度就弱很多，说大白话，就是后脖梗子这一片，再往上寰椎肌肉使劲的话，发力错误效果就不明显。寰椎下面是枢椎，再下面才是五个颈椎，颈椎下面是胸椎，这是每个人都一样的标准配置，谁也不比谁多一根，谁也不比谁少一根。但是问题是人和人的颈椎骨大小不一样，你要锻炼，就必须要让它旁边的肌肉做对抗运动，支点在哪呢？如果支点固定，就容易让这个产品不能适应所有的消费者；如果支点不固定，怎么运动才是科学的呢？这在设计上是一个难题。

刘铮亮下班不想去他妈那听絮叨，就跑到他爷爷家。去他爷爷家艾辰也敢上门。艾辰在旁边给他削苹果，刘铮亮就看着这个产品原始图纸一直琢磨。

艾辰也不敢吱声，就去厨房帮老爷子收拾。

刘铮亮他爷爷问："姑娘，你俩这都进行到哪一步了？"

艾辰还挺不好意思，心想这老头问题挺尖锐。

爷爷接着说："都老大不小了，该迈步的时候就多往前走几步，三步并两步。我这孙子从小念书念傻了，你得帮他开化开化，老爷们儿和老娘们儿在一起那么多有意思的事呢，天天抱着个电脑有啥可瞅的。"

晚饭快做好了，艾辰去叫刘铮亮，看他在那正愁着这个支点该怎么设计，就问这个支点一定要适应每一个人的生理特征吗，刘铮亮说当然了，人家买你的东西型号不合适，锻炼效果肯定不好。

艾辰让刘铮亮把样品给她试试。她一穿戴上这个设备，摆弄了两下，马上就跟刘铮亮说，这个能不能设计成活动的自行车座，你看骑自行车的人，有坐着骑的，也有探着身子骑的，人家那车座都是活动的，几个方向都能动，你为啥非要设计成固定的呢？

刘铮亮一听，这招聪明呀，能把问题解决了，这个支点是支撑在胸椎T9还是胸椎T10完全看个人习惯了，没有必要那么精准。

陈阿南把这个产品的样品拿给投资人看，投资人说："每年找我投资各种千奇百怪的商品的人不下一两百，你这玩意儿怎么就比别人的效果好？就算效果好，凭什么用户就相信？用户对你建立起信任的成本太高了，这就不可能是一个可以火的产品。"

陈阿南说："连智商税背背佳都能火，我这个正经的科学发明怎么就不能火？"

投资人说："小伙子你别激动，我给你投二十万，但我要百分之二十的股权。你先把这个项目跑起来。但是你这个产品，如果要大规模推广，那就得走电视台广告。像早几年橡果国际做的那几种产品一样，老百姓一打开电视就能看到，你管他信不信，他就是愿意买。"

陈阿南晚上就跟车明明打电话商量，车明明说："你缺他那二十万吗？这二十万烧完了，如果产品还是没起来怎么办？到时候公司注销吗？还是让人家把你清盘了？到时候这公司不是你的不说，人家杜教授的发明也被拿走了。"

陈阿南说："哎，你个学医的怎么懂得还挺多。"

车明明说："这不是你创业嘛，我最近天天研究这个，我就怕你这想一出是一出，缺心眼的，被人给忽悠了。"

车明明接着说："要我说，现在都是互联网时代了，咱们自己拿钱把产品开模，做不到量产就少做几个，你就去抖音、快手直播讲课都能推广出去。"

于是陈阿南在天津找了一家代工厂，开了模做出来第一件工程机。工程机和成品不一样，有很多附加功能还没加上去。陈阿南就给刘铮亮快递过来一台，说你找田姨先试试呗，看看咱们这个产品能不能治病。

刘铮亮跑到田姨的店里把这个"顶顶佳"送给她。

田姨就问："这玩意儿能彻底治好颈椎病吗？"

刘铮亮说："你得辅助饮食，你锻炼完了，得吃高GI值的食物，高GI会刺激胰岛素分泌，这样才有助于肌肉生长。肌肉一长，颈椎压力就小了，椎间盘就不会被挤压了。"

田姨就问："啥是高GI值的食物？怎么还扯上胰岛素了，我也没有糖尿病呀。"

刘铮亮说："就是进肚子里就化的，什么炸油饼、大果子、大馒头、方便面、炸薯条，这些都是。"

田姨一听乐了："哎呀妈呀，这些玩意儿我店里要多少有多少，我还以为啥山珍海味呢，就是顶饿的呗。你们知识分子就喜欢整词。行，我听你的，一天锻炼半小时，锻炼完了就吃大果子、大馒头呗？"

田姨练了半个月，脖子真就不疼了，原来走道歪个脖子，现在走道又开始拧胯骨轴子了。又练了一个月，田姨就来找刘铮亮他妈聊天，说："你儿子真厉害，给我做的这玩意比吃啥药都好使。"

田姨就问刘铮亮："你这玩意在哪儿卖？"

刘铮亮说:"这玩意现在才出来样品机,市场还没开拓,也没拉到投资,投资人给的价格完全谈不拢,所以现在就在淘宝上卖呢,这都一个多月了,一个也没卖出去。陈阿南天天坐在那直播,进来一个观众他都念叨一句欢迎,可人家一看他这张脸,停不了三秒就跑了。"

田姨说:"你们读书多的不会拢客,你知道咋拢客吗?你得找有说服力的人,人家替你宣传才管用。"

田姨立刻把刘铮亮和陈阿南拉进了一个病友群,群里面一个大叔是退役的战斗机飞行员,天天驾驶飞机做超负荷动作,人家那脖子要承受几倍地球引力的过载,五十多岁脖子就不听使唤了。田阿姨说老赵你得运动,飞行员老赵说我天天举铁,田阿姨用刘铮亮的话术说脖子上的肌肉你举铁根本锻炼不了。飞行员一开始半信半疑,用了一个月,马上五体投地。

飞行员老赵把以前的军官证拿出来,放到手机前,给产品做直播,就在快手上一边推荐一边演示,闲着没事的时候,还讲讲当年在青岛试飞的时候,美国飞机还来偷偷侦察,自己当年是怎么把他们撵走的。两三天时间,订单下了六百多个。

陈阿南晚上打开淘宝的时候直接哭了,他打电话给刘铮亮说:"亮子,这事成了,咱们有钱了,咱们能靠自己赚大钱了。谁规定创业就得花钱上电视打广告?我们可以在互联网上搞流量,一千万个人看到我这产品,就能有一千个人下单买。这玩意儿不花钱,还能免去中间商赚差价。"

田姨觉得这个东西靠谱,找刘铮亮说,这个"顶顶佳"不是没人投资吗,我想投资。刘铮亮问你打算投多少钱,田姨说五百万够不够。

陈阿南比刘铮亮聪明的地方是他知道怎么花钱。知道怎么挣钱不是一个人的本事,知道怎么花钱才是。如果给刘铮亮五百万他是摸不清头绪的,但是陈阿南把这五百万花到了刀刃上,这就是有钱人家的孩子的优势。

不出半年,陈阿南的公司就召集了十几个主播,又跟几个平台签了协议,有固定流量,就能吸引用户下单。"顶顶佳"一共出了三代产品,每一次都迭代一个新功能,也不用打广告,就在网店上卖,每天都能走个几百单。刘铮亮说现在还不着急分钱,还是好好把业务做扎实,接着走量。

按理说这时候陈阿南手里有钱了,晚上可以去三里屯浪了吧,可他心里惦记的是车明明。车明明有事没事损他几句,他干好事了夸他几句,陈阿南从她身上能获得成就感。

有时候你辛辛苦苦奔命,不就是想让一个老娘们儿在后面说一句,爷们儿你怎么这么厉害呀。这话车明明不能轻易说,陈阿南也不容易听得到。

陈阿南请车明明来北京过周末,车明明就问刘铮亮:"你说我去还是不去?"

刘铮亮说:"你愿意去你就去呗。"

车明明像是自问又自答:"你说陈阿南安没安好心眼?你说我这大姑娘去他那儿跟他过周末,好说不好听。"

刘铮亮就说:"我是知道他稀罕你,看你自己怎么想了。"

车明明赶紧说:"你可别再说了,这话得让他亲口跟我说。"

是,这话就得让老爷们儿亲口跟老娘们儿说,旁边人抢台词这事就不刺激了。就得是两个人逛了天桥,爬了长城,晚上躺在张家口野狐岭外滑雪场酒店天台的地毯上看银河,星河璀璨,并且四下无人,滑雪场上静悄悄,陈阿南悄悄凑到近前。

按理说你要追啥都没见识过的小姑娘得带她红尘作伴活得潇潇洒洒,策马奔腾共享人世繁华,你追见过世面的老娘们儿就得带她返璞归真,整点儿小浪漫啥的哄一哄,但是车明明肯定不是啥都不懂,也肯定没见过大世面。

陈阿南想了半天也不知道说什么,半天憋了一句:"你睡觉打呼噜吗?"

车明明让他给逗笑了,这么好的气氛你这一句话又给整回去了:"你看我,我不会说话,我就闭嘴数星星。"

陈阿南问:"那啥,你要不烦我,咱俩试着处处对象?"

车明明笑着说:"等你两天了。这环境,这酒店,啥都好,浴室里还有花瓣,装修还是瑞士小镇风格,可你这一张嘴,还是东北土老帽味。硬件设施都上去了,你这软件也不行呀。"

陈阿南不是没经验,这世上的事就是一物降一物,三十多了遇到这种事还手忙脚乱,那就不科学了。可是陈阿南这会儿也不知道怎么突破这层界限，让感情升华。

　　车明明是累坏了，不一会儿躺在那就睡着了。陈阿南也累，睡了半夜上个厕所，再回来就说什么也睡不着了。陈阿南过去捏着车明明的鼻子，一下给她憋醒了，说："你这呼噜声也太大了，真睡不着。"

　　车明明说："不可能，我睡觉从来不打呼噜。"

　　一会儿呼噜声又起来了。

　　陈阿南又过去摇醒，说："我有一个办法能让你不打呼噜。"

　　车明明问："啥办法？"

　　陈阿南说："咱俩就都别睡了。"说完，就钻进了车明明的被窝。本以为大功告成，却让车明明一脚给踹出来了。

　　车明明就说："你干啥呢，不明不白的就往我床上钻，你跟谁俩呢？"

　　陈阿南说："你刚才不是同意了吗？"

　　车明明说："我同意啥了？"

　　陈阿南说："你同意咱俩在一块了啊。"

　　车明明想了想："对呀，我同意了，你不说这事我都给忘了。"

　　行，那你上来吧。怎么整？我不会呀。

　　你就躺好别动就行了，我来整。

　　你能不能稍微动一动，你不动我怎么整？

　　你让我别动的，我躺着怎么整？

你光躺在那儿怎么整，腿得配合呀，一点儿都没有默契呢。

我又没整过我有什么默契，不整了。

别别别，整整整，你别动就行了。

你轻点儿整行不行。

整完了，大男大女久旱逢甘霖，两个人都轻伤不下火线，就好比正当年跟着薛仁贵征东的小将军李勣，袍染血，马加鞭，千军万马来相见。厮杀完了，躺在那喘着粗气。

车明明就说："好好的铁饭碗，你为啥冲动就给辞了。"

陈阿南说："当医生太辛苦了，咱先不说发论文、出课题、评职称，也不说出什么新技术了，还要不停培训，咱就说手术。从三助到二助，最后做到一助，我就光迈主刀这个坎迈了多少年了？我为啥不敢涉足外科，为啥那次车祸手术刘铮亮让我测颅压给我吓得一个礼拜都没缓过来？咱们这行什么经验都是手术台上积累的，课本上说的都是公式，习题是临时出的，一次一个样，答案也是随机发的，每次都不一样。当医生不可能不犯错，这辈子不让你在手术台上撂倒几个人那你还是实践太少了。古文里说，不为良相，便为良医。你以为这话说的是这哥们儿有情怀，不当官就当医生，这辈子就为人民服务？错啦，那是人家真的心狠，死人这事人家没往心里去。所以人家不为良相，便为良医。

"我不行，我心太软了，我就干这种活最好，别让我见识那么多生离死别，别让我见识那么多无能为力。你拿枪顶着我上前线这事我还真不怕，我最怕让我拿着枪决定谁活谁死。你看我这心理阴影面积多大？所以你问我为啥一冲动就辞职了，我跟你讲，那不是冲动，我这是躲开自己的短板，发挥自己长处。"

车明明说："那你这到北京创业，咱俩离那么远，谁没事天天看着你。"

陈阿南说："这不高铁马上就通车了，以后周末我就能回家了，两个小时就到了，下了车就上炕，多方便。"

第十九章
鬼门关

抚城七院和沈阳盛京医院经过几个月的协商，在市政府的推动之下终于被收编了。龙院长也终于到站下车，准备退休，沈阳那边新来的院长即将上岗。

退休之前龙院长把刘铮亮提拔到了急诊科副主任的位子。他把急诊科的几个人都叫到办公室，对大家说："金眼科，银外科，开着宝马口腔科，又脏又累妇产科，吵吵闹闹小儿科，普普通通大内科，一定小心放射科，死都不去急诊科。你们这几块料，我是真的打心眼儿里喜欢，尤其是你刘铮亮。我为啥喜欢你们呢？因为我是干院长的，是管理者，可是我也有情怀，我也是干医生这行的。当管理者，就要考虑预算、利润，你说这医院不大不小，赔钱了预算跟不上，那就得扣大夫的钱。抚城这地方经济不好，有时候医保的病人来了你都不敢多留，留时间长了医保限额用完了，别的病人来了怎么办？一边抠抠索索，一边还得给医生们想合法的来钱道儿，都念了这么多年书，凭啥书读得越多越要受穷？小护士一个月基本工资才不到两千，比对门冷面店服务员的底薪还少。人家服务员开一瓶啤酒还能挣一块钱开瓶费呢，咱们这行你扎一针给你开瓶费吗？不容易，这些日子大家伙做的事我都看到了，不说别的，咱们医院死亡率下降了10%，这里有挺大一份功劳就是你们急诊，想到这，我心里才舒坦点儿。"

龙院长看了一圈，又接着说："你们不知道，你看我当这个院长，人前人后挺风光，其实你们哪儿知道，我这活得比出租车司机还苦，睁开眼一天就几十万的成本，赚不了这些钱，医院就运转不下去，医保局就那么点儿预算，咋整？只能分摊到各个科室，科室主任再分给一个个医生。我太难了。

"这一轮医疗改革，医院管理上也要跟着改革，既不能像江苏宿迁那样把所有的公立医院都给卖了，全变成市场化民营医院，也不可能变回八十年代大锅饭全都管，一定是在中间找平衡点。"

车明明问："市场化不是对医生更好吗？"

龙院长笑着说："市场化当然对医生好，可是患者怎么办？你去买手机，是买小米还是华为还是苹果，你自己能选，可是你住院了，我问你是上德国的导丝还是国产的导丝，你作为患者能决定吗？只要你躺在我的手术台上了，我想让你花多少钱你就得花多少钱。这时候没有什么第三方能介入，工商局他能进手术室吗？大盖帽进来了，说你这个耗材用得不合理啊，他也得懂呀？刑事审判中间还有一个检察院呢，可是医院里没有这个流程，也不可能有这个流程。彻底改成市场化，医院就一定去创收，老百姓看病一定就贵；彻底改成公益性质，那就一定会把国家给整破产。为啥要不停地改革？就是不停地找到漏洞给补上，让中间商赚不到差价。改革是啥？改革就是利益再分配，你得把人家嘴里的肉抠出来，给老百姓吃，断人财路、杀人父母，人家不跟你玩命？就福建那个药监局副局长主持医改，那举报信堆满了纪委的信箱，人家利益集团都恨死他了，结果人家清清白白啥事都没有，这才能把改革持续下去。明朝为啥灭亡了？国家没钱，老百姓没钱，中间的地主有的是钱，可是收不上来。所以，医改的核心，就是跟中间利益集团斗。利益集团也不傻，人家也要四处活动，我这药卖一万块钱一瓶十多年了，凭什么你来了开价变成四百块钱不还价了，那我不想尽一切办法跟你斗？把你祖宗八代、亲朋好友、老婆儿子查一个遍，再把你身边人拉拢个遍，再把你上下左右公关个遍，就要把你整死。不容易，干这活就是刀尖上舔血。但这活还是得有人干。不这么干，老百姓就吃不起药，看不起病。每生一场大病都是一次伦理审判，是砸锅卖铁救人还是得过且过放弃，轮到自己身上，谁受得了这样的日子？时间久了人心就散了。"

停了一下，龙院长接着说："你们赶上好时候了，以后不用再跟我一样东挪西借了。盛京医院集团一入驻，咱们以后肯定就升级成三级医院了，虽然不是三甲，但好歹进一步了。中国医科大的毕业生也会往这儿派，医院后继有人，不用再拆东墙补西墙了，什么介入科、康复科，细分的肾脏内科、血液内科，我们医院没有的科室以后肯定也要建起来了，你们赶上好时候了，这风光的时刻我退休了……为啥以前咱们自己没有呀？没有人才呀，没有需求呀，没人来看这病，人家信不过你，你开科室招大夫来坐诊也没用。以后就不一样了，咱们有后继人才，有科研能力了。以后你们也都会慢慢转岗到别的科室，不能总干急诊呀？以后你们还会有自己的科研项目，尤其是你刘铮亮，你可得给我们医院的医生长脸，不能让沈阳来的那些人瞧不起我们。"

晚上，龙院长特意请急诊科几个大夫和护士长、护士们吃了一顿饭，开着车跑到一个澡堂子洗澡。没办法，东北人就喜欢这种社交，一大帮人洗完澡就在洗浴中心的KTV里唱歌，喝着啤酒欢送龙院长。

喝得差不多的时候，龙院长一把搂住刘铮亮的肩膀，说："亮子，我知道你不甘心，读了这么多书，那么优秀，美国约翰斯·霍普金斯医学院哪，你们这帮人听都没听过，人家都去过，联合培养的博士。你心里肯定还有个坎，你想要证明你自己，都不用问我就知道，你不用跟你爹妈证明了，也不用跟哪个女人证明，你就想证明给你老师看，让你老师后悔把你给开了，你说是不是，你说实话。"

刘铮亮点点头。

龙院长接着说："我跟你讲，有一天你要见到你老师，你就跟他说，老子救活了一个脑袋撞碎了的小姑娘，就让她家里花了三万块钱。老子救活了一个脑疝的患者，手术全套加上康复下来才两万块钱。我跟你讲，我全国各地哪个医院没去过，我这辈子啥没见过,你这个,让你老师知道,他得后悔死。"

刘铮亮无数次脑海里闪过他再次见到老师的场景,他希望这个曾经对他充满期望而后又失望透顶的人,能够改变看法。他打开手机,看着王好的微信,又偷偷打开了他的朋友圈。这两年多,他不敢和王好打招呼,甚至都不敢给他朋友圈点赞。他手术成功后,会发一个朋友圈介绍一下病情,说几句核心数据,让圈内人明白这个手术的难度系数,王好也从来没给他点赞过。这个人仿佛消失了,或者说,这个人把刘铮亮删除了。

谁让你小资产阶级布尔乔亚呢?谁让你精致的利己主义者急功近利呢?可是我生在这个家庭是不能改变的呀,我读这么多书不是要甘受清贫的呀,如果读书就要受穷,那天底下谁还读书呢?都不读书社会怎么进步呢?往小了说,是经济条件限制了刘铮亮的觉悟;往大了说,是眼前的世界抬高了道德门槛。

龙院长喝了一口酒,吃了一口菜,接着说:"当医生,本不应该受穷,在哪个国家,医生都是有钱人,出门有车,家里住的都是大House,人家美国就连护士一年都十几万美金的工资。为啥咱们给不了?因为你是发展中国家,你得原始积累,你得省吃俭用搞建设。医疗这个产业,放在哪个国家都是无底洞,美国有钱吧,他们也整不起全民医保,为啥?医生太贵了。你培养一个吊车司机,两年就行了;你培养一个中学老师,四年就可以了;你培养一个厨师,一年就可以做菜了。可是你培养一个医生得多少年?不算基础教育,专业培养就十二年打底。成本在这呢。那为啥咱们能整得起全民医保了呢？医生相对便宜。

"咱们中国，每个时代都有牺牲的行业，五六十年代是谁？农民。要发展重工业，那就得把农产品价格压低，一台缝纫机二百多块钱，一辆自行车一百多块钱，那都是三四个月的工资呀。那时候一个工人月工资才三四十块钱，跟现在的一两百不是一回事，可是粮食才几分钱一斤。九十年代是谁？国企工人。那么重的财政负担，那么低效的产能，不牺牲就一起被拖死。所以刘铮亮，你得明白，你既然选择了这行，就不是来这行赚大钱的，这行就不是发大财的行业。这个行业发大财了，中国人那就不光是看不起重症了，一个阑尾炎手术就能把穷人逼入绝境。医疗行业有一个铁三角，效率、质量、价格，这三样你只能选两样，要效率和质量，那就得花高价，跟美国私立医院一样。要质量和价格，那就得等着，跟英国公费医疗一样，有病你得等几个月才能安排上手术，小病自己就等没了，大病就把自己给等没了。要效率和价格，就是咱们这种普通医院。这个世界上哪有十全十美的事呀，哪有十全十美的制度？能运行得下去的制度，就是好制度。没有最优解的时候，你给我一个八十分的解决方案，就行。"

刘铮亮散场回医院值夜班，躺在床上翻看王好的朋友圈。朋友圈里说那边几个同学刚刚救活了一个特别复杂的颅内感染病例，王好带着几个学生去海淀柳叶刀烧烤店喝了庆功酒。

柳叶刀烧烤店是一个医生辞职后开的，他想给医生们一个轻松聚餐的环境。以前王好在手术的时候用电刀开刀后，患者的皮肤被烧焦,都会有一股焦味。王好就逗旁边这帮观摩的学生:哎呀,这个味,晚上想去柳叶刀吃烧烤了。旁边的护士长赶紧制止,你快别说了,我都要吐了。

那时候刘铮亮多自豪呀,他可是全中国最好医院的医生啊。

他放下手机,又去病房看看张娇,张娇在病房里已经睡着了,张德旭在走廊里刷着快手。刘铮亮问张德旭他闺女最近怎么样,张德旭高兴地说:"今天我闺女自己上厕所蹲便,自己擦屁股了,给我高兴坏了。"

刘铮亮听到这话,似乎明白了,他在哪个最好的医院,不是自豪的本源;他价值的本源,是每一个病人。这一刻,他觉得自己也挺幸福的。

七院正式加入盛京医院集团,龙院长也终于退休了。合并仪式很简单,原定要来讲话的市长被省里纪委给带走了,一大帮人在门口停车场等了半天,本来要剪彩,后来新院长怎么打电话都联系不上,就自己来宣布合并了。事后才知道,市长因为腐败被调查了。就是前面说的贿选案被带走那位。

院里新来了很多从沈阳调过来的年轻医生,护士倒还是原来的班底。

新来的医生里有一个刚毕业的小姑娘叫李青橙。她从中国医科大学硕士毕业后就在盛京医院做妇产科实习医生,抚城七院刚改制成盛京医院抚城分院,她就被调到急诊。小姑娘是大连人,说话一口海蛎子味。

李青橙刚来七院,还有点儿瞧不上这边的医生,心说这都什么大学毕业的,技术水平能跟上嘛。一直到有一天,急诊来了一个病人,才改变了她对急诊科其他人的看法。

七院马路对面有一个中学,就是抚城一中。这是抚城最好的高中,全市最聪明的孩子都往这考,念了三年书再考大学,年年都有清华北大的苗子从这出去。

上午十点多,学校里正做课间操,突然一个孩子做着做着就蹲在那捂着胸口,一股恶心劲上来,把早上吃的连汤带水吐了一地,蹲没蹲利索,马上又坐地上了,坐没坐稳当,就躺那了。班主任老师一看吓坏了,赶紧抱起孩子就往医院跑。学校离医院太近了,都不用打电话叫救护车,出了校门过马路,再走一百米就是七院,赶紧跑到急诊。

刘铮亮一看这班主任正是自己高中时的班主任王宝,就问:"王老师您这什么情况?"

王宝一愣,说:"刘铮亮你不是在北京吗?"也是着急,他也就没再问,直接说自己班学生不知道什么情况。

刘铮亮就问孩子:"你怎么了?"

孩子说:"胃疼,早上饭都吐了。"

刘铮亮见孩子眉毛紧锁,疼得都有些颤抖,就把孩子放到门诊检查床上,一边按一边问:"这里疼吗?这儿呢?"

孩子指着肚脐一圈,说这疼,又指了胸口,这也疼,又指了肋下，说这儿也疼。

刘铮亮问:"我按压你觉得疼痛加剧了吗?"

孩子回答:"没有,疼得不厉害。"

刘铮亮又问:"疼了多久了?"

孩子回答:"昨天晚上我开始觉得有点儿难受,今天早上吃早饭就不舒服,第一节课下课我也没出去活动,第二节课我就想活动活动,刚动几下,就顶不住了。"

刘铮亮扭头问王宝:"王老师,早上孩子吃啥了?"

王宝说:"就是学校定制的早餐,不可能有问题,我们老师、学生都吃,两个猪肉酸菜馅的包子,一份牛奶,一个煮鸡蛋。"

刘铮亮接着问孩子:"那你拉肚子了吗?肚子胀吗?放屁多吗?喘气有没有上不来气的感觉?头晕吗?"

孩子回答:"没拉肚子,没有屁,喘气也顺当,也不头晕,就是觉得我这胃有点儿疼。"

刘铮亮又回头问王宝,给孩子爹妈打电话了吗,王宝一听,对呀,刚才都吓怕了,忘了这个事了,赶紧掏出手机给孩子家长打电话。

王宝刚说完这边的情况,让他们赶紧来医院,刘铮亮就插了一句,说问问他们两口子有没有相同的情况,王宝就问了下家长,家长说什么事都没有。

这就怪了,平时学生们三餐都是在学校统一吃定制餐,晚上八九点钟才放学,回家也就吃点儿宵夜。如果是家里的食物有问题，爹妈应该也有反应；如果是学校的食物有问题，同学和老师也应该有反应。应该不是食物中毒。

李青橙和车明明就在旁边看着，刘铮亮接着问："你以前有过胃炎、胆结石的毛病吗？"

孩子摇摇头。

刘铮亮接着问："你爹妈有过结石病史吗？"

孩子又摇摇头。

王宝小声说："孩子生病你问人家爹妈干啥？"

李青橙替刘铮亮解释说："胆囊结石有的医生认为不是遗传病，也有的医生认为得结石病有遗传因素，以前有个病例是九个月的婴儿得了胆囊结石，那么大点儿的孩子肯定不可能是由饮食习惯导致的，还没断奶呢，哪有饮食习惯这一说？问爹妈有没有病史，也能部分确认孩子是否有可能是结石导致的疼痛。"

刘铮亮皱起了眉，又问："那你平时经常肚子疼吗？"

"也没有，平时跳绳、跑步、打羽毛球，什么活动都参与，活蹦乱跳的，从来没疼过。"

刘铮亮让车明明来写病历，他左思右想，但也没觉得这事有多重要。他刚才给孩子压腹检查了，孩子也没有疼痛，这就不是急性腹膜炎。

王宝这时候就安慰孩子说："放心吧，这是你师哥，我学生，是协和的博士，水平相当高了。"

刘铮亮这会儿脑子正在高速运转，车明明听到这话乐了，旁边的李青橙却心里一惊，怎么这个呆头呆脑的急诊科大夫，居然是顶级的博士？这老师缺心眼吧，博士来我们这儿，还是当急诊科大夫？

刘铮亮像是跟自己，也像是跟车明明、李青橙说："腹痛，呕吐，应该是急性肠胃炎，可是他这又完全没有其他病征。这样吧，先检查一下，阑尾炎、胰腺炎、胆囊炎、肠梗阻、胃肠穿孔、肾结石，这一套都查一遍。"

这时候孩子家长来了，就在边上站着。

车明明就跟刘铮亮说自己的疑问：麦氏点没有压痛，应该不是阑尾炎。阑尾炎是先上面疼，再肚脐疼，最后右下腹部疼，但甭管哪儿疼，别的地方都是炎症波及，麦氏点肯定会疼。可是这个孩子不疼。肝胆区敲打半天，也没看孩子有什么反应，估计也不是胆结石什么的。孩子也没黄疸，小脸红扑扑的，肝应该也没事。后腰叩击肾区也不疼，估计也不是肾结石、输尿管结石。孩子早上就吃这么点儿东西，昨天晚上也是在学校吃的，胰腺炎概率也不大。

她就跟家长说："抽血化验，X光，腹部B超，都做一遍。没什么问题我填单子，你们直接交钱去吧。"

家长有些犹豫不定，这两口子都穿着套袖，蓝灰色的工装，怯懦地站在门口。车明明看到这也明白个大概了，说："没多少钱，三百块钱顶天了。"两口子这才去交钱。

空闲的工夫，王宝就问刘铮亮："你怎么跑七院来了，你不是在北京吗？"

刘铮亮就把自己被开除的事说给自己的老师听了。王宝听完后才说了一句："岁不寒，无以知松柏；事不难，无以知君子。"

家长带着孩子回来了，三个大夫看着片子和化验单，胰腺没有水肿和病变；胃里也没有发炎症状；肾脏和输尿管里除了尿就是尿，一点儿石头都没有；胆囊里干干净净。刘铮亮又看了血常规化验单，发现白细胞高，看来还是有炎症，但是具体哪儿有炎症也说不清楚。

李青橙对刘铮亮说："刘大夫，会不会是慢性肠炎？"

刘铮亮不是不知道这毛病像慢性肠炎，可是慢性肠炎至少得腹泻呀？但是查不清原因，那就暂时先按这个来开点儿药，孩子腹痛，有可能是肠痉挛，给来点儿解痉药，开了一盒硫酸阿托品，让肠胃舒服点儿，有止疼效果。

王宝跟孩子家长说："我下午也没课了，我就在医院陪着孩子，你俩回去吧，别耽误买卖。吃完药观察观察，没啥事再走。这大夫是我学生，你们放心，都是自己人，都会尽心尽力。"

两个家长千恩万谢地走了。

刘铮亮把孩子和老师带到留观室，让孩子躺着休息，又开了点儿消炎药。硫酸阿托品吃下去，孩子精神头明显马上好些了。消炎药的点滴打上，王宝就跟孩子说："你将来也得读博士，这是我最喜欢的学生，我天天挂在嘴边上的刘铮亮，就是他。"

急诊到了下午人少多了，刘铮亮就过来跟孩子和老师聊天。他问这孩子爹妈是干什么呢，王宝说孩子爹妈是农贸市场里卖酱菜的，两口子不容易，就靠一瓣瓣甜蒜、一斤斤雪里蕻、一头头茼蒿供他念书。这孩子也争气，年级前十，上次还考了第二。这个班将来清华的苗子就是他。

孩子一听到班主任说自己爹妈是卖咸菜的，有点儿自卑地低下了头。刘铮亮握住孩子的手说："别因为爹妈的工作不好意思，我爹妈都是下岗职工，我爸当年下岗了，就站在咱们学校西门的法库街市场当力工，我妈有矽肺病在家待着，我每天放学都能看着我爸在那儿，尤其冬天的时候，穿着二棉鞋在那跺脚取暖等着活，二十五块钱给人家扛一天沙袋，装一车。"

王宝说："这个你俩挺像的，上礼拜期中考试这孩子发烧，烧了三四天，都四十度了，我让他回家休息，这也不是啥重要考试，他都不回去，就得要一个成绩，给爹妈看看。"

刘铮亮一听发烧好几天，又摸了摸孩子的额头，赶紧拿温度计来测，还烧着呢。这都烧几天了，发烧感冒也不至于呀。

刘铮亮问："这会儿身上还难受吗？"

孩子回答："肚子不那么疼了，就是胸口有点儿闷，还是有点儿恶心。"

刘铮亮的表情有点儿紧张了，他拿出听诊器对准了孩子的心脏，刚才孩子说肚子疼，注意力都集中在了腹部，他就完全没往心脏这边想。再看看现在孩子的状态，呼吸有点儿急促，脸也开始发白，白得有点儿吓人。

刘铮亮又问："身上有劲吗？"

孩子说没有劲。

刘铮亮赶紧喊李青橙，让她给孩子抽血送去化验，白细胞刚才就高，不用查血常规了，就看心肌肌钙蛋白和心肌蛋白酶。他不敢耽误时间，李青橙刚抽完血，他就让车明明来做心电图，结果是ST段损伤型改变，早搏，三度房室传导阻滞，心动过速。

刘铮亮再摸摸孩子的手，明明额头在发烧，手却有些凉。测一下血压，血压非常低。

刘铮亮小声嘀咕："可能是暴发性心肌炎。"

李青橙不信："还没做病毒检测，哪怕做心内膜活检也行啊。不能这么武断就确诊。"

刘铮亮马上说："第一是咱们医院做不了病毒检测，第二是宁可信其有，也别误诊耽误了。"

十几分钟后数据出来了，心肌肌钙蛋白和心肌蛋白酶两样数据都特别高，几乎可以判断心肌细胞死亡量很高。

刘铮亮终于明白为什么用了阿托品后孩子状态好了些，这个药除了能治疗肠痉挛和止疼，还是可以一定程度上刺激心脏的，这就部分掩盖了孩子早已经心力衰竭的病情。阿托品本来是要用来治疗肠胃病的，刘铮亮之前以为孩子就是肠胃有点儿问题，而短暂缓解的症状让他以为自己判断正确了，可实际上是阿托品让本来已经心率降低的问题因药物刺激而更接近正常，掩盖了心力衰竭的本质。

当刘铮亮想到这时，痛苦不已，他脑海里呈现出无数个误诊的画面，甚至已经出现了很多人诘问的场景。

他对车明明、李青橙说："这孩子上个礼拜就发烧了，现在还没好，我刚才聊天才知道的。我摸孩子的手，发凉。结合所有病症和数据，可以肯定，这是暴发性心肌炎。孩子现在非常危险，随时有可能发生心源性休克，乃至猝死。咱们医院别说ECMO，就连PCPS也没有，孩子随时有可能心脏骤停，到时候怎么办？"

李青橙就提醒刘铮亮说："市中心医院有IABP，可以用。"

刘铮亮马上说："东京大学2018年有过一个633人的救治数据统计，IABP和ECMO联合使用，能让心源性休克和心肌炎患者的生存率提高20%。而且IABP只是一个辅助的血泵，孩子呼吸跟不上的话，血氧低，时间稍微长一会儿，脑供血不足，就算救回来，脑子也不行了。而ECMO是一个人工心肺，能供氧，最重要的是，IABP还是寄希望于心脏凑合用，ECMO可以让心脏休息休息，能干活固然很好，你罢工了我也能顶上。人身上什么器官都能歇着，就这个心脏休息不上，如果心脏骤停，血氧跟上，还是能活的。现在这孩子属于器质性病变，随时有危险，得想办法给他转院，别去中心医院了，到时候万一救不过来，再转院就转不了了。直接去沈阳盛京医院总院，他们那有ECMO，半小时能开到。"

李青橙说："你别冲动，你想的都是极端情况，一般就是心脏骤停、心源性休克IABP也是可以解决的，你这转院去沈阳，万一路上发生意外，责任算谁的？再说他这情况也不符合转院条件呀。"

刘铮亮说:"如果用IABP,用到一半发现不管用就晚了。这么大的孩子,生命力旺盛,上设备有很大概率能扛过来,不上设备说没就没。"

刘铮亮话还没说完,留观室的王宝老师就跑过来说孩子突然头晕,慢慢失去意识了。

车明明害怕刘铮亮又冲动,拉住他说:"你等会儿,去盛京医院上ECMO,这得多少钱?你也不看看他们家有那么多钱吗。就在这儿保守治疗,抗病毒药、心脏营养药都安排上,真要是没挺过去,你也没责任。这要是半路出现问题,我告诉你,你可就没吃饭的地方了。你再想想,能有什么替代方案,咱们在这顶顶,说不定就能顶过去,别慌神。"

遇到事就顶顶,遇到问题就凑合凑合,刘铮亮可以用碎骨头凑合人造颅骨,也可以用咽拭子凑合当内镜和斑马导丝,但是,眼前这个孩子的心脏,他能拿什么凑合呢?

凑合不了。你晚上饿了,说我吃不起酱肘子,能不能臭豆腐拌大米饭?那能凑合,可是心脏要是不跳了,拿什么凑合?医疗服务拼到最后,抄近路的这些小聪明都不管用,只有实打实的钱,实打实的技术顶上去,才是救命的唯一法门。

刘铮亮呆在那儿,他觉得车明明说得有点儿道理,可是他没更好的方案。

车明明没闲着,赶紧安排抗病毒药物奥司他韦静脉注射,一刻也不能耽误，越早越好。这药上得越早，生存概率越大，去哪儿治可以接着讨论，基础治疗别耽误。

暴发性心肌炎发病后，免疫介导机制会增强炎症对身体各器官的损伤。这话说白了，就是死了的心肌细胞会发出信号，告诉它的小伙伴，说人都死了你还干啥活，一起歇着吧。这时候，就要上大剂量激素。

刘铮亮让李青橙赶紧准备激素甲强龙，这种药可以抑制免疫反应，也就是让已经死亡的心肌细胞别没事乱传话，让其他活着的细胞接着干活。李青橙看到刘铮亮开的这几种药都是要拼命了，也就不敢再言语，马上准备操作注射。

刘铮亮看着这个和他同一个班次、同一个学号的小学弟，仿佛看到了他自己。他们俩坐在同一个位置上，在类似的家庭环境中相隔十六年，在同一个空间里过着类似的生活。也许这孩子将来也会遇到更多生活中的困苦，但，一切都在于今天的决定。

这孩子是成为刘铮亮的经验还是教训，已经不重要了，总要有个人替他决定，要不要冒险。

刘铮亮拿起电话，呼叫救护车到位。

救护车直接叫到急诊科外，几个人赶紧把孩子推上车，李青橙和王宝陪着，车明明在急诊留守。车上还有氧气，李青橙赶紧给孩子供氧，让他能多扛一会儿。同步的心电监护显示孩子已经出现房颤，刘铮亮赶紧给孩子用AED除颤，双相除颤150焦，缓和一点儿，过五分钟又来一次，150焦。

也不能光除颤，刘铮亮还要在空当里给孩子做心肺复苏，就算孩子现在没有意识，先用外力给他泵点血，脑袋只要有平时30%的供血，人就还有希望。李青橙打电话让那边的心脏重症科准备好，这边救护车马上到，同时给孩子注射胺碘酮，缓解一下心律失常。

车走的是北环路，外环路进沈阳可以躲避堵车。王宝给孩子家长又打了一个电话说明情况，让他们赶紧过来。

已经发现孩子有心衰症状，刘铮亮赶紧让李青橙注射多巴酚丁胺。

李青橙问："是静脉注射吗？"

刘铮亮说："这玩意不能剂量过大，也不能速度太慢，用微量泵，每分钟15微克单位量，孩子看样子体重65公斤，你就按一分钟1000微克速度泵药。"

李青橙说："你这个超过标准用量了。"

刘铮亮一边做心肺复苏一边喊道："让你打你就打，我负责。"

李青橙也没说什么，从小到大谁敢跟老娘这么说话？可是她也没经历过这种事，暴发性心肌炎漏诊比比皆是，极少有人能挺到确诊，所以刘铮亮到底对不对，她现在也没有一个准确的答案，只能在不理解中执行。

处理完微量泵，她一直盯着心电图。刘铮亮说随时观察心电图，看看孩子用药后有什么反应。

救护车从高架桥直达沈阳市中心，下了匝道，马上就进了盛京医院，重症科的大夫马上出来接。

刘铮亮一秒钟也不停地给孩子做心肺复苏，让孩子的脑部供血能相对够用，李青橙举着奥司他韦注射液，一帮人忙活着推病床，一路小跑直接把人送进ICU。

主治大夫问："你们确诊是心肌炎了吗？"

刘铮亮做了半个小时的心肺复苏，送到ICU门口，才得空休息一会儿，从床上下来，说："还没做病毒和心包穿刺，我们医院做不了，但是几乎所有指征都可以判断是心肌炎。"

主治医生这才赶紧送着孩子进病房。

王宝问刘铮亮："这两种治疗方案有啥区别？为啥不能就在抚城用IABP？多悬哪，万一路上出意外，你就得担责任了。一条人命哪，多大的责任。"

刘铮亮说："IABP只是一个保底方案，这种暴发性心肌炎很容易就让心脏彻底熄火，到时候就算用上IABP，万一出现室速室颤，心率不规则，压差小，血压跟不上去，血氧也跟不上去，脑供血倒是有，但血里头没有氧，就去脑袋里走个过场，那就无力回天了。你好不容易教出来一个好学生，救回来脑子不好使了，这孩子本来还是家里的希望，缺氧的话脑细胞大面积死亡，一下子变成爹妈的负担了，活着还有啥意思？"

王宝点点头。

刘铮亮接着说:"IABP就跟农村的压水井差不多,你一下一下压水的时候,IABP能识别出来,还能工作;如果你小幅度快速压这个水井的把手,水就不容易泵上来了,这时候IABP也识别不出来,它就帮不上忙了。它就是个辅助设备,你心脏跳动,能帮你加两成的泵血量,但是心脏不跳了,就跟学生不学无术放弃学习了,那花再多钱补课也没用。"

这时候,主治医生问谁是家属,王宝马上站出来说家属还没来,在路上呢。

主治医生说:"那哪儿行,现在哪儿等得起?这孩子现在情况特别危急。这一个是家属签字,还有一个病危通知书也得签字。"

王宝说:"我是孩子老师。"

医生说:"老师哪儿行,老师签字这责任太大了。"

王宝说:"一日为师,终身为父。孩子在学校生病,我就是监护人,我能签。"

主治医生小声嘟囔道:"那你要不怕法律风险你就签,我提醒了啊。"

王宝签完两份字,就坐那儿了。刘铮亮不放心,也消毒跟着进了ICU。

孩子刚进去就给上了IABP。刘铮亮毕竟不熟悉心脏重症,这活儿得让盛京医院的大夫来。一个值班医生负责心电监护,又给推上了升压药,插管呼吸机辅助呼吸。另一个医生在护士消毒备皮后立刻在孩子的左腿股动脉血管放进一个导管,这是主动脉球囊反搏导管,把一个网状球塞进血管里,一下下帮助心脏泵血。3D造影设备在旁边显示着,旁边的刘铮亮和李青橙眼睛都不敢离开屏幕,因为孩子的血压只能维持在60左右,而且心律不齐,压差才21毫米汞柱,刚刚过了警戒线。压差再小一点儿,IABP就得手动操作,机器识别不了。两个人就盯着,生怕一眼没看到就错过,随时准备人力顶上,手工去捏气囊。

一个护士递过来肾上腺皮质激素地塞米松,这是要改善心室功能。人到了这时候,就得靠激素刺激。主治医生刚要打,刘铮亮马上拦下来说:"不能用这个静脉通路,你再扎一针,离通路远点儿。"

主治大夫就问:"为什么?"

刘铮亮说:"我们刚才这个通路上多巴胺了,你再上地塞米松,两个药一个酸一个碱,酸碱中和会析出形成黑色沉淀。多巴胺类药物不能跟地塞米松用一个静脉通路。"

主治大夫没说话,他多看了一眼刘铮亮,觉得今天这是遇到茬子了。这小子和以往地级市医院的大夫都不是一个路子。

就这么过了一个多小时,能做的都做完了,刘铮亮和李青橙两个人都放松下来,坐在手术室墙边的地上闭目养神,突然一个护士大叫:"不好!"

孩子的血压突然完全测不出了,心脏骤停。

刘铮亮不等主治医生召唤，自己就拿过来除颤器，给孩子电击，用电来刺激心脏。一次，两次，三次，能量调到200焦，再来一次，还是没反应。护士在一边做心肺复苏，主治医生拿出手电看看瞳孔，摇摇头说孩子瞳孔都散了，看样子不行了。

刘铮亮急得大吼道："那不是瞳孔散大，那是因为我给孩子用了阿托品，就是眼药水的那个阿托品，这是散瞳，不是瞳孔散大。"

阿托品不光能治疗肠胃疼痛痉挛和心率低，还是眼药水的重要配料。谁近视眼了需要去医院验光，直接去眼镜店不散瞳就验光得到的数据都不准，本来二百度的近视，不散瞳就验光，就能给你配一套三百度的近视镜，戴久了，你也就是三百度的近视了。西药有很多药都是作用在组织里的，就比如说枸橼酸西地那非，本来是用来治疗心血管疾病的，它能让人的平滑肌保持松弛，你别没事瞎紧张。人身上平滑肌特别多，主要功能就是用来当阀门，它一紧张，阀门就打开了，血液就可以从它那儿过，它一松弛，血液就过不去了。后来病人们吃着吃着，低头往下看发现这玩意还能让我的血液聚集在我最想聚集的地方，阀门关得死死的，一两个小时都不散会。那你也别治啥心血管疾病了，先来救急吧，这药有一个俗名，就是伟哥。

主治医生说："谁让你用阿托品的？"

刘铮亮说："我误诊了，我以为是肠痉挛。"

看到主治医生又恢复了点儿信心，刘铮亮就说："上

ECMO，别犹豫了。"

主治大夫说："上这个倒是可以，可是患者家里能顶得住吗？"

刘铮亮说："我来拿这个钱。"

主治医生说："这孩子是你什么人？"

刘铮亮说："这是我误诊的第一个病人。"

主治医生摇摇头，心说这孩子真是一个实惠人，可是这么大的事不能你说了就算，还是得跟家属定。他马上叫上刘铮亮出门去跟家属商量。人家主治大夫不能听你喊一嗓子，就撕开耗材给你上设备，这一袋耗材五万多块钱呢，没人付款就得从他工资里扣。

这时候两个卖酱菜的家长坐着城际大巴赶过来了，两个老实人泪眼婆娑就等着医生一句话。这滋味但凡有点儿阅历的人都经历过，人这一辈子，经历一回这样的事都能给顶一个跟头摔在那三年起不来。这两个人颤颤巍巍就等着医生给最终判决。

主治医生说："孩子心跳停了，我们建议上ECMO，你们家属结合一下实际情况，最好马上给我一个答复。这个心肺支持系统特别贵，你们家属来定是否用。"

孩子他爸一听说心跳停了还以为人没了，眼神瞬间就没了希望，但听到后面说还可以抢救，就试探性地问了一句："这东西多少钱？"

主治医生回答："六万块钱起步，基本上一天一万。"

孩子他妈当场就瘫在地上了，眼泪和鼻涕马上就像听到命令一样一起冲出来,她用都有些反光的套袖擦了擦鼻涕,也不知道该怎么办,嘴里念叨着:"咋这么贵呢,买条人命咋这么贵呢。我浑身上下就带了一万块钱来呀,家里砸锅卖铁也没有那么多钱呀。"

孩子他爸压抑着,憋着鼻子里那点儿酸劲,扭曲着脸说一句:"我没能耐呀,我他妈太没能耐了!"

刘铮亮说:"我这有钱,我顶上。"

王宝突然站起来,问刘铮亮:"他说的那个啥,艾克莫,是不是就是你说的那个?"

刘铮亮点点头。

王宝接着说:"上,治,赶紧的,我们有钱。"

他拿出银行卡说:"我有钱,赶紧去交钱,我腿软了,走不动道了,刘铮亮你去交钱。"

刘铮亮赶紧拿过老师手里的银行卡,要了密码去把钱交了。回来的时候家长两口子坐在长椅上,手握着手,两双眼睛直勾勾地盯着ICU的门。

刘铮亮就对王宝说:"王老师,你拿这钱不合适,你一个月才挣多少钱呀,我来拿一半吧,毕竟这主意都是我出的。"

王宝说:"你还是不是我们班的学生?你以前就知道自己闷头学习,从来不考虑别人,人是挺聪明的,可就是自私,也自卑。我们班班规你还记得吗?"

刘铮亮愣在那儿没想起来。

王宝说:"你们上学的时候,家长一个个全都是下岗职工,那一年我刚参加工作,第一年当班主任,就分到你们这些考得好的公费班。自费班的学生家里都不缺钱,可是你们公费班大部分家里很穷。冬天下雪了,咱们班不是有承包的雪段嘛,大家伙都去扫雪你还记得吗?"

刘铮亮点头说:"记得。"

王宝问:"那你知道为啥咱们班要扫那么长的雪段,有几个自费班不用扫吗?"

刘铮亮摇摇头,说:"都过去十多年了,记不住了。"

王宝说:"那是他们花钱了,扫一场雪我们当时能挣四百块钱,现在物价上涨了,扫一场雪两千块钱。扫完雪,这钱就给全班买保险了,一年十几场雪,全班一个不差都有商业保险,上全额报销。再加上学校上的基础保险,赔付两百万封顶。两百万还不能买这小子的命吗?"

刘铮亮想起来了,是有这么个事,只不过保单早就不知道丢哪了,但是王宝这一提醒,他确认了记忆中确实有这个事。

王宝接着说:"这规矩这么多年,我一直都坚持着,多少届学生了,今天终于用上了。穷人家的孩子,没有什么抗风险能力,就跟早春下种的萝卜秧子一样,看着支棱着茁壮成长,可一场霜冻就能给你打回原形。没有钱盖大棚怎么办?难道就不种地了?点火放烟,拿烟盖住秧苗也能抗霜。对你们个人来说,人生这几十年没得过什么大病,可是对我这老师来说,迎来送往好几千个学生了,有五六个孩子生大病,那就是灭了五六个家庭的希望,这是一道概率题。学着点儿吧，小子，别看你现在学历比我高，我这智慧，那都是经世致用的。一天当你老师，这一辈子都比你棋高一着。"

刘铮亮已经出了ICU，再消毒进去进进出出很麻烦，于是就打电话给李青橙问问孩子的情况。

李青橙说："孩子已经上了ECMO，目前心脏还是没有心跳。抗病毒药物也已经注射了。"

王宝问刘铮亮："为啥这个ECMO这么贵呀？六万块钱起步，一天就一万块钱。"

刘铮亮说："这机器最贵的是耗材，工作原理倒简单，就是在体外把静脉血里的二氧化碳置换出来，再把氧气放进动脉去，再把有氧气的血液泵到全身，不通过肺，直接在机器里就完成这一步。可是这个置换的材料要求特别高，得让氧气进去，还得让二氧化碳能出来，还得把血液留住。美国人用一种塑料拉成很细的中空管，让血液在管子里流淌完成氧合。这玩意儿用久了容易产生血栓，又不能一个人用完了给另一个人用，那么细的管子消毒都不好消毒，所以几天就得换一套。你就当是空气净化器换滤芯，空气净化器虽然贵，但是是一次性投入，滤芯你总得换，这就吓人了。而且这个塑料材料PMP氧合板就美国3M公司垄断生产，什么东西只要一垄断，而且你还非用不可，那就肯定贵了。不过，现在国内有专家开始研究这个材料，据说要进入批量生产了，说不定，以后咱们中国人用ECMO就没那么贵了。咱们中国人只要量产的东西，再贵的都能给你做成白菜价，青霉素原来也是老外有钱人才用得起的神仙药，咱们给做成了基础药，你自己愿意的话，当饭吃都能吃得起。"

有了希望，时间就更难熬，刘铮亮下楼去买了点儿包子给大家当晚饭，可是孩子爹妈一口都吃不下。

刘铮亮接着和王宝一边吃着包子一边聊天，王宝问到了陈阿南，听说陈阿南居然和刘铮亮当了一年多的同事，就乐了。他说："没想到咱班第二名和倒数第二名都成同事了。"

刘铮亮笑着回应道："咱班第一名和倒数第一名还都在国外干代购呢，都是殊途同归。"

王宝感叹道："你说的是张冬梅吧，咱班第一。她虽然学习好，但是没有大智慧，就知道考名牌大学然后出国定居，那么聪明的脑袋，错过了咱们国家发展最好的这十多年。在国内有所作为多好，总比在国外当代购有价值多了。她拿了一个美国国籍，就觉得呼吸的空气都是甜的了？那么聪明的脑袋不能用来创造价值，咱不说对不对得起别人，等她过完大半辈子，她才明白最对不起的人是自己。你别看你被开除了，还是能发光发热，咱靠脑袋吃饭，凭能耐被人尊重，多好。"

重症病房里，主治医生给孩子打上了维生素C、辅酶q10，还有果糖二磷酸钠，治疗部分结束了。面对这个孩子停摆的心脏，医生们也只能寄希望于大量的营养成分能重新激活心脏，让它恢复跳动。心脏这个东西，可以给它搭桥，也可以给它加固瓣膜，加个起搏器，加什么都行，但是它突然不走了，怎么刺激它都不动了，这时候神仙也没辙，只能等。

基督山伯爵不是说过，人类最伟大的智慧就是等待与希望吗？

半夜两点，孩子药劲过了，醒了，还喊饿，说想吃麻辣拌，说嘴里没味。李青橙给逗乐了，说这哪儿来的麻辣拌，你要嘴里没味，这有苹果，你吃着吧。

孩子拿着苹果在那儿吃，李青橙就拿手机给刘铮亮拍视频，一边拍孩子一边拍了设备，心电图上一条直线，没有任何波动。

李青橙边拍边说："看到了吗？孩子醒了，脑供血正常，看样子脑袋应该没受什么影响。就是心脏还没恢复。不过你放心，心肌蛋白酶低了不少。"

刘铮亮拿着手机给家长和王宝看，王宝笑了又哭了，一把鼻涕一把泪地说："以后你出息了要是忘了我，腿给你打折了。"

孩子爹妈在旁边问："这孩子都醒了，是不是就没事了？"

刘铮亮笑着说："还是要等等，现在只能证明孩子脑袋没受影响，但是心脏还没恢复跳动，不过孩子年轻，年轻人有生命力，咱们再等等，肯定有希望。"

后半夜三点的时候，孩子的心跳终于回来了。重症监护病房里突然传来一阵欢呼，李青橙撒丫子跑出来，见到刘铮亮就是一个大拥抱。孩子爹妈也马上站起来问什么情况，李青橙说孩子状态好多了，心肌酶和心肌肌钙蛋白恢复正常值了，心脏开始自我修复，人活过来了。

整整十二个小时,心脏停跳了整整十二个小时。

李青橙搂着刘铮亮说:"你太厉害了!你怎么猜到IABP不一定管用的?"

刘铮亮已经流下了眼泪,说:"我昨天是犯了错的,接诊的时候没先用听诊器听听心脏,也没测量体温,所以就没考虑到心肌炎。这孩子在我手里耽误了两个小时十五分钟。要是救不回来,我得内疚一辈子。"

龙院长说过,好医生都是一床床手术、一个个病人,甚至是一个个生命堆出来的。刘铮亮知道,干这一行,第一个误诊的病人早晚要来,就像再牛的律师也有打输的官司,再厉害的刑警也有解不开的悬案,再好的技工也有不合格的焊点,他只是希望这一天来晚点儿。

此时此刻,李青橙对刘铮亮产生了一种难以言说的情愫。人的感情啊,复杂在哪呢?就是明知山有虎,偏向虎山行。她看刘铮亮的眼神都不一样了,一开始她没觉得抚城这地方还有明白人,还一度觉得院里把她发配到抚城挺不平衡的,可现在她坐在返程的救护车上看着刘铮亮的侧脸,就跟犯了花痴一样小鹿乱撞。

人的魅力,一直让人摸不清。你经常看到一个长得像水缸的爷们儿领着一个大长腿,那大腿一迈步,旁边的老爷们儿从她胯骨轴下面走过去都不用弯腰低头,旁边人看到了就琢磨,这女的稀罕他啥呢?年轻人就笑着说床上功夫了得吧,中年人就说智慧和责任吧,老年人就说性格好吧。这些都是猜测,每个人对爱情这个东西的敏感点不同，李青橙喜欢的，是刘铮亮聪明但不自负。人一自负就容不得别人说，他吐的唾沫落地都是一根钉，可是别人的天灵盖撞破了也打不开他的心房，这样的老爷们儿不能跟。

李青橙觉得，她想抢抢刘铮亮。咱啥条件也不差，要腿有腿，要腰有腰，要模样有模样，要脑袋有脑袋，工作体面，咱给陌生人的印象也是温婉，至于在家里是不是抠脚大汉这不重要，那都是结婚以后才会露馅的事，结婚以后才暴露的问题这会有必要细抠吗？有多少老娘们儿结婚之前知书达理，过不了一年就跟母老虎似的呜呜喳喳，其实是生活雕琢出了本我？

陈阿南以前也这么问过车明明，车明明的回答就比较到位：鱼都钓上来了，还喂啥鱼饵呀。

第二十章
去武汉

2019年,抚城的冬天一如往年一样寒冷。这里纬度不高,可因为身处长白山余脉,零下三四十度的气温,让人就想买个貂皮大衣,把自己裹在里面。抚城的老娘们儿就喜欢买貂,为啥?因为房子不值钱,车也不值钱,大冬天挂个大金链子,只能在澡堂子里让人看见。貂儿不一样,走哪儿都能收获艳羡的目光。

这是一个有点儿浮夸的地方,也是一个有些实诚的地方,太老实的人会挨欺负,太张扬的人会被收拾。

临近春节,陈阿南从北京坐着高铁去上海找供应商。在上海和供应商谈完,他拉着供应商去合肥的代工厂看看配件的组装流程,上海那边的LED配件在组装过程中损毁有点儿高,主要是因为LED屏幕的外屏硬度有点儿高,他想让供应商想想办法,同时也要看看是不是合肥代工厂的工人在操作上有问题。

可高铁刚到南京,列车广播员就广播说,本次列车终点站武汉因为交通管制将无法转乘其他车辆,如有转乘需要的乘客,请在合肥站下车，使用其他交通工具。

新年初的时候，陈阿南就注意到武汉有肺炎的新闻，这段时间他太忙并没有频繁看新闻。车到合肥的时候，所有人都离开了座位下车，整个火车瞬间变成了空车，驶离站台。

这是春运时期，这种事从未见过。

晚上，陈阿南就在宾馆的电视上看到了对钟南山的采访，新型冠状病毒性肺炎，肯定有人传人，武汉要封城。他马上给刘铮亮发了微信："出大事了。"

陈阿南问刘铮亮："要不要去武汉？"

刘铮亮反问道："你去吗？"

陈阿南直接打电话过来说："我肯定得去呀，我追求的是啥？我追求的就是出点儿响动，要参与了这事，将来够我吹一辈子的了。我就是骑自行车，从合肥骑过去，我也得去。"

陈阿南只是给车明明发了一个留言，并没有打电话。车明明拿着手机哭成了泪人。这件事的悲壮之处在于，你知道战争会胜利，但是你不知道庆功宴上，你是以什么形式到场，是一个活生生的人，还是一张黑白照片。

陈阿南得到消息的同时，刘铮亮正在家里准备年夜饭。

不一会儿，院里微信工作群就出现了一段话，动员支援武汉报名。

刘铮亮他爷爷让他把艾辰请来，刘铮亮他妈不同意，刘铮亮吃完饭也没看春晚,就回院里值夜班去了。

本来是年三十,整个医院居然灯火通明,整个院领导班子都在大会议室里开会。医院大厅里,张德旭和窦丽萍在看电视,张娇也可以走出来看电视了。电视里一个解放军军官说,疫情面前,人民军队誓死不退!

刘铮亮对张德旭说:"明天早上带着孩子出院吧。我看孩子恢复差不多了。"

这一家子不知不觉已经在医院里住了一年多,伤口愈合倒是早没问题了,可是康复训练一直就在医院里进行,张德旭和窦丽萍换着班搀扶女儿从住院部下楼进院子,再到门诊楼爬到三楼,再从三楼回到住院部,每天早上如此,周而复始。他们两口子有市侩嘴脸那一面,可也有江湖气那一面。啥叫不市侩?不就是把贪婪藏得更深点儿嘛。窃钩者诛,窃国者侯,平民老百姓就这仨瓜俩枣的,眼珠子都盯着呢,吃相肯定不好看。就像鲸鱼身上的藤壶,寄生在鲸鱼身上,让鲸鱼又疼又痒的。人家也想仗剑走天涯,看一看这世界的繁华,可明天是晴天还是下雨你不知道,兜里有没有钱你自己得知道。人这点志气,就是让钱慢慢熬没的。

人啊,怎么才能看出生命力?就是一闷棍接着一闷棍,打得你哭爹喊娘,可是你缓过来还得往前走。再难的时候都挺过来了,还怕什么前路茫茫?

张德旭在刘铮亮这儿获得的不仅仅是自己闺女重生了,更是钱这个东西有时候也不那么好使。刘铮亮他爷爷说,有人才有家,没有人给你个故宫住，那也不是家。

张德旭问："你们是不是也要去支援武汉了？"

刘铮亮点点头。

张德旭又问："你是不是肯定要去？"

刘铮亮又点点头。

张德旭从手上摘下煤精手串，他曾经说这是杨靖宇送给他爷爷的传家宝，刘铮亮表示怀疑，这么爱吹牛的人，能说几句真话呀？

张德旭说："这手串，真是杨靖宇送给我们家的，别的牛我敢吹，这事我不敢。我也不送给你，我借你戴着，打完仗你得还回来。这东西有英雄气护体，咱不信鬼神、不信教，咱得信祖宗、信英雄。"

说完，他就把乌黑锃亮的煤精串给刘铮亮戴上了。

没有人再关心春节联欢晚会，甚至整个城区，都几乎听不到鞭炮的声音。这个城市多愣啊，哪怕是萨尔浒大战后的第一个春节，努尔哈赤就在十五公里外枕戈待旦，抚城人也是要放炮仗过除夕的。今年全歇了。抚城人见过世面，1910年的肺鼠疫都经历过，遗体火化的传统就是从那年开始兴起的。可那次是细菌，这次是病毒。敌人更小了，也更强了。

刘铮亮打开了王好的朋友圈，王好的朋友圈就一句话："我们来了。"坐标地点是武汉天河机场。刘铮亮已经两年没敢给王好发过一个短信、一句问候了，他不知道要跟自己的老师说什么，难道说我现在在急诊混得挺好的？或者说虽然我现在不搞学术了，但是我给人做心肺复苏手法有长进？王好是把他当苗子培养的，他曾经拍着刘铮亮的肩膀说："小伙子好好干，大科主任位置肯定有你一个。"

刘铮亮想了半天，虽然他还没来得及跟七院的领导请战，但他第一时间要表白的，是王好。

"王好老师，武汉见。"

王好此刻正在带着队员熟悉流程，在医院里督导建立隔离区，告诉每一个队员哪儿可以脱防护服，哪儿只许进不许出，哪道门必须关了才能递送物资。他没有时间看放在防护服里的手机，所以也就没有回复。

刘铮亮的这几个字，就像是一封战书，他是多想让王好感到后悔呀，但是这个老师又是对你那么真诚和充满期冀，是你让人家心里拔凉拔凉的，所以你不能拿出刀来捅人家。

刘铮亮又给艾辰发了一句话："我报名去武汉了。"

看到这话艾辰马上开着车来医院，跑到急诊来找刘铮亮，劈头盖脸就说："你往前冲什么？你又不是感染科的，也不是呼吸科的，你你这连编制都没有的一个合同工，充什么大瓣蒜？"一边说就一边哭。

刘铮亮说："你不懂，我是干这行的，不能躲。"

艾辰问："得去多久？"

刘铮亮回答："不知道。"

艾辰又问："是不是特别危险？"

刘铮亮回答："不知道。"

艾辰哭起来真好看，刘铮亮一把搂过艾辰抱在怀里。他不是一直想要一段撕心裂肺的爱情吗？这会儿不就来了？这时候就该亲亲，该抱抱，天王老子也拦不住青年男女激动的心情。一想到马上就要去战场了，一想到马上要山水相隔难相逢了，这时候不升华一下情感，都对不起自己了。刘铮亮这个书呆子，好像这时候才开窍了。老电影《刑场上的婚礼》那种浪漫，无外乎如此了吧。

院里工作群又来了通知，大年初二早上集合出发去武汉。

大年初一，值完夜班的刘铮亮一早儿回家。临走的时候，他遇到了准备出院的张德旭、窦丽萍、张娇一家三口。张娇已经可以正常走路，只不过遇到楼梯的时候，后脚跟着地，身体还是有些不稳。这已经算恢复得不错了。这孩子以后的人生必定艰辛，可能没有机会展示曼妙的舞姿，可能每一个动作都略显僵硬，可能说的每一句话都像是电池快用完了的老式录音机，可那又如何呢？人生来就是要迎接艰辛的，支棱着活下去最要紧。

张德旭背着被褥，窦丽萍抱着洗脸盆等洗漱品，张娇在两人陪护下慢慢踱步。张德旭本想说一大串感谢的话，被刘铮亮拦下了。

刘铮亮指着大厅里已经穿上防护服的护士，说："赶紧回家吧，别在医院停留。抚城在外打工的人多，这大过年的，万一哪个病人从外地回来了，多危险。"

张德旭往前走了几步，突然停下来，回头拉着自己闺女一起给刘铮亮鞠躬行了个大礼，大老远喊道："刘大夫，别忘了回来的时候把手串还我。"

值班这一晚上刘铮亮并不累，跟往年不同，今年可没有放鞭炮炸坏了眼睛的熊孩子被哪个爹妈抱来急诊，也没有火灾烧伤，更没有酒后摔伤。新上任的市长在电视上讲话，同步直播到互联网平台。市长说，都在家消停待着啊，没事别出去乱逛，哪儿哪儿都封路了，哪儿哪儿都去不了，也别出去放鞭、滑冰、去哪儿滑雪，你觉得那儿人少，不能传染，可是我告诉你们啊，我们最好的医生都去湖北了，家里就剩下急诊了，啥大手术都做不了了，真要炸到眼睛，摔伤了，骨折了，医院里没什么大夫了，没人管，大家伙也别给大夫添乱，就算为了你自己，也都老老实实在家待着，别串门。

整个城市都老实了，人人都消停在家待着，让刘铮亮久违地在办公室小床上躺了一个通宵。

但是他没睡着。

回到家，刘铮亮就开始收拾行李。刘铮亮他妈是工农街信息部部长，整个街道谁家闹离婚、谁的媳妇跟谁眉来眼去她全都知道，自己儿子这么反常的行为她马上就猜出来了。

刘铮亮他妈说："我跟你说啊，不许你嘚瑟，充大个儿报名去武汉，别怪我没提醒你，你要敢去，我就不认你这个儿子。"

刘铮亮苦笑着说:"我都报名了。"

刘铮亮他妈听到这话愣了几秒,眼泪马上就下来了,骂道:"我们家不充大个儿,我们家不缺英雄。你大舅我亲哥,当年就牺牲在猫耳洞了,你姥姥到死都念叨她大儿子,一辈子都见不着自己儿子,背着人的时候偷偷哭,从四十岁哭到八十岁,可她还有两个儿子、两个女儿呢,再怎么哭她还有人戴孝送终呢,我就你一个儿子,你要是死了,我怎么办?我们家不缺烈属牌子,挂了几十年了,谁也不能说我们家什么,国难来了咱们家没跑,可不能回回有事都可着咱家摊事儿。我不同意你去,你也不许充什么英雄。非典那年,那都是拿人命往里填,填出来的经验教训,说不好听的,谁去得早谁就是炮灰,你不知道吗?我这初中毕业的文盲,我都知道,你都读了那么多书你不懂吗?你就忍心让你妈后半辈子哭,白发人送黑发人吗?"

她一把抢过刘铮亮的行李箱,直接扔床柜里,一屁股坐在床上,说什么都不让他拿。

刘铮亮没办法,只能先把他妈稳住。后半夜,趁着老两口睡着,这才拿个塑料袋,装上牙刷和刮胡刀,偷偷摸摸出门走了。

第二天一早,刘铮亮他妈睡醒了,去儿子房间一看,立刻就炸了营,给儿子打电话也不接。

刘铮亮他爷爷说:"你就让孩子去呗,老爷们儿这时候不往上冲,在家眯着,一辈子都抬不起头来。"

刘铮亮他妈这时候也不是低眉顺眼的儿媳妇了,大声说道:

"他是我儿子，我能管，别人谁都没资格说话。"

她觉得这时候必须得找艾辰帮忙，她自己儿子她知道，儿大不由娘，但是有个老娘们儿她儿子肯定买账。可是她没有艾辰电话，只好大清早跑到白事会门口敲门，可谁在大年初二办丧事，人家都要往后顺延，所以也没人在这时候做买卖值班。

敲了半天门没人应，刘铮亮他妈就想到找艾三，艾三的电话找熟人一问就有，要来艾辰的电话，就说要她帮着拦住刘铮亮。

艾辰心说这事我也拦不住呀，我喜欢这爷们儿不就是因为他有主意嘛。但是未来婆婆说要帮忙，那不出来肯定不行，也就来刘铮亮他们家商量对策。

艾辰说："大姨，要不你把行李带上，我开车带你去追上车队，他们肯定去桃仙机场坐飞机走。"

刘铮亮他妈问："带行李干啥？"

艾辰说："人都出发了，你这时候能把他拉回来吗？即便拉不回来，你也得让他把行李带上。万一没有换洗的衣服，再发烧感冒了，抵抗力一弱，那不更危险嘛。"

刘铮亮他妈一听这话有理，赶紧把行李箱拿出来扔在汽车后备厢里，车上了高速，直奔沈阳。两人一到机场候机大厅，就看见好几百个医生正在那集合列队，省里的领导在那壮行讲话。

刘铮亮他妈一看周围的记者长枪短炮拍照录像，好几十个领导在那泪眼婆婆送行，就知道儿子是拉不回来了，她本来坚毅的步伐也一下子就跟踩了棉花一样步履蹒跚。

她从人堆里认出了自己儿子，赶紧把行李箱推着送过去，也不等领导把话讲完。这时候谁还管你是不是领导啊，我跟我儿子多待一秒钟就赚一秒钟，你说你的爱谁谁了。她直接把行李箱递过去，又捶了自己儿子一下，想拥抱一下，又怕人家笑话，看了一会嬉皮笑脸的刘铮亮，撇着嘴扭头就走，想说几句话，又要耍横不说。不懂表达情感，不善于表达情感，她是原生家庭里成长、什么毛病都有的一代人，可她毕竟有情感。

刘铮亮远远地看看艾辰，艾辰也远远地看着刘铮亮，就在领队下命令说准备进机场登机的时候，刘铮亮小声问旁边的李青橙："你说我这时候说，等我回来娶她，行不行？"

李青橙也小声说："可别喊，电影里喊这样台词的，到最后都回不来，都让最后一颗子弹给解决了。"

车明明在旁边用肩膀顶了一下李青橙，说："你这是什么动机？人家都谈上恋爱了。"

李青橙笑着小声说："有守门员照样进球。"

这时候电视台的记者采访完医生，好不容易发现了一个送行的家属，就把话筒递过去，说采访几句，说说你现在什么心情。

刘铮亮他妈马上脱胎换骨，说："我儿子能被组织选中参加援鄂医疗队，我感到非常光荣。我们家属全力支持，不让他在前方有任何后顾之忧。我们全家都非常支持他，希望他能在武汉做出成绩来，给全国人民交一份合格的答卷。"

艾辰在旁边都看傻了，她没想到刘铮亮他妈不大的脑仁里藏着两套语言系统，一套是市井小民撒泼打滚的，一套是庙堂之上指点江山的。

等刘铮亮他妈上车坐回副驾驶的位置上时，艾辰说："姨，你接受采访说得挺好呀，正处级干部讲话也就这水平了。"

这时候刘铮亮他妈才情感决堤，哭着说："漂亮话谁不会说呀，我自己儿子我舍不得。"

车渐行渐远，飞机也消失在天际。

天空中，在手机还有最后一点信号的时候，刘铮亮接到了王好的回复："我在同济医院重症区，你被安排在哪儿？"

刘铮亮回复了三个字："雷神山。"